DESTIN
LA SAGA WINX

Ava Corrigan

DESTIN
LA SAGA WINX

Traduit de l'anglais (États-Unis)
par Axelle Demoulin et Nicolas Ancion

hachette
ROMANS

Traduit de l'anglais (États-Unis) par Axelle Demoulin et Nicolas Ancion

L'édition originale de cet ouvrage a paru chez Scholastic Inc., sous le titre:
Fate The Winx Saga: The Fairies' Path

Hachette Livre, 58 rue Jean Bleuzen, 92170 Vanves.

Le début du conte de fées

Allongée sur son matelas pneumatique dégonflé posé à même le sol froid, Bloom Peters frissonna et remonta le sac de couchage miteux jusqu'à son menton. Elle aurait voulu rentrer à la maison.

Aucune bonne fée ne vint exaucer son souhait.

L'entrepôt où elle passait ses nuits était le genre d'endroit qui filait des cauchemars et Bloom en avait déjà sa dose. Des détritus étaient entassés dans les coins de l'immense espace et, parfois, elle entendait des bruits bizarres provenant des piles de déchets... des bruits dont elle préférait ignorer la source.

Le clair de lune projetait des rais de lumière froide à travers les ouvertures du toit ; on aurait pu croire que des vaisseaux extraterrestres cherchaient une proie à enlever.

Heureusement pour Bloom, ses cauchemars mettaient en scène des maisons en feu, pas des entrepôts glacés. Et, tant qu'elle ne dormait pas, elle ne risquait pas de faire des rêves atroces.

Elle se redressa dans son lit de fortune, prit son bloc-notes et se servit de son téléphone pour éclairer la première page.

La liste s'intitulait *Mais qu'est-ce qui m'arrive ?*

Pyrokinésie ?

Mutations ?

Super-pouvoirs ?

Résistance au feu ?

Sous l'énumération d'idées, elle avait consigné les résultats de ses expériences.

6 juillet – bougies : pas de brûlures.

8 juillet – réchaud de camping : pas de brûlures.

10 juillet – chalumeau : pas de brûlures.

Ces tests avaient été flippants, mais bien moins que le souvenir de sa maison dévorée par les flammes. Toutes les nuits, elle revivait la dispute qu'elle avait eue avec sa mère, puis le moment où elle s'était réveillée et avait découvert l'incendie. Même si elle ne savait pas comment ça s'était passé, elle était certaine que tout était sa faute. Elle avait foncé dans le couloir en feu pour rejoindre la chambre de ses parents. Le lit, les rideaux, toute la pièce, n'étaient plus qu'un brasier. Bloom se souvenait de son père au sol, secoué par une horrible quinte de toux, et de sa mère enveloppée dans un plaid et couverte de brûlures. Comme si le feu s'était jeté sur elle pour l'engloutir, alors que Bloom n'aurait jamais…

Bloom n'aurait jamais…

Sauf qu'elle l'avait fait.

Toutes les nuits, elle sortait sur la pointe des pieds de sa belle chambre normale, située dans sa belle maison normale en plein dans les travaux de reconstruction après l'incendie. Elle se réfugiait ici, se blottissait sur le sol et essayait de réfléchir à la manière de s'en sortir. Elle se considérait comme une guerrière, mais c'était *elle* qui avait fait du mal à sa mère. Et elle ne savait pas comment se battre contre elle-même.

Un nouveau bruissement se fit entendre, beaucoup plus fort cette fois. La jeune fille se retourna. Elle ne voyait pas grand-chose à travers les fenêtres crasseuses. Si un inconnu l'avait vue se glisser dans l'entrepôt abandonné, il pouvait se mettre toutes sortes d'idées en tête.

Elle posa son téléphone et son bloc-notes. Qu'on essaie de l'approcher... Elle avait fait du mal à sa propre mère : elle n'hésiterait pas à tout brûler pour un pervers.

Des pas résonnèrent. Bloom serra les poings. Elle sentit une démangeaison au creux de ses paumes, de la chaleur qui s'accumulait.

Le bruit ne venait pas de la porte.

Bloom fit volte-face et aperçut la dame.

Ce n'était pas un intrus banal.

Cette inconnue était *extraordinaire*, cela ne faisait aucun doute. C'était une femme blanche, grande, d'âge moyen, vêtue de vêtements classiques, ses cheveux blonds cendrés noués en un chignon sévère. Elle avait des sourcils sombres et décidés, et un air extrêmement digne. Sa présence suffisait à transformer l'entrepôt sordide en pièce luxueuse.

De plus, un portail de lumière chatoyante s'était ouvert dans le mur derrière elle. Une preuve irréfutable qu'il se passait quelque chose d'inhabituel.

— Bloom Peters ? Je suis Farah Dowling. Je te demanderai d'oublier mon prénom immédiatement. Si tu rejoins mon école, tu ne l'utiliseras pas. Les directrices n'ont pas de prénom.

Le choc initial de Bloom commença à s'estomper.

— Si je rejoins… votre école ?

Un petit rire s'échappa de sa gorge.

— Oh, une mystérieuse inconnue est venue me parler de son école de sorcières ?

— Pas de sorcières, corrigea la nouvelle venue.

La jeune fille balaya son objection d'un geste.

— Et là, vous allez m'annoncer que désormais je suis magique ?

— Tu l'as toujours été, Bloom, précisa la directrice. Simplement, tu ne le savais pas encore.

Bloom en avait assez entendu. Elle avait peut-être de mystérieux pouvoirs qu'elle ne parvenait pas à contrôler, peut-être que le monde perdait la boule, mais ses parents lui avaient appris à se méfier du bla-bla des inconnus, surtout ceux qui débarquaient en pleine nuit, surtout quand leurs techniques de recrutement rappelaient celles des sectes. Bloom ricana, abandonna son sac de couchage et marcha vers la porte.

La voix de la femme élégante l'arrêta à la sortie de l'entrepôt.

— Je suis au courant pour l'incendie.

Bloom se mit à trembler comme la flamme d'une bougie sous une bourrasque soudaine. Lentement, elle se retourna. La nouvelle venue la regardait fixement, mais sans méchanceté.

— Où vas-tu ? poursuivit-elle. Tu ne peux pas rentrer chez toi. Tu as trop peur de causer à nouveau du mal à tes parents.

La directrice avait raison. Bloom frissonna. Même en Californie, les nuits peuvent être froides.

Miss Dowling s'avança vers elle et la jeune fille s'immobilisa, tétanisée par une émotion où la peur se mêlait à une sorte d'espoir.

— Tu cherches des réponses. Je suis professeure. Ça veut dire que j'ai toutes les réponses. Ou du moins, c'est ce que je prétendrai.

Bloom avait bien plus envie de rentrer chez elle que d'obtenir les réponses. Mais elle ne pouvait pas rentrer sans mettre ses proches en danger. Pas sans aide. Alors, quand la directrice reprit la parole, elle l'écouta.

Conte de fées n° 1

Sauve-toi, enfant de l'homme !
Fuis vers les bois et les eaux sauvages…
W. B. Yeats

FEU

Je venais tout juste d'arriver au château, et honnêtement j'étais en état de choc.

Je n'arrêtais pas de me répéter *détends-toi, Bloom*, mais c'était impossible de se détendre au pays des fées. Je ne m'attendais pas à ce que ma nouvelle école de fées ressemble au château dans le livre de contes que j'adorais. À une époque, ça avait été mon bien le plus précieux, l'album le plus luxueux de tous ceux que je possédais, avec des dorures sur la couverture. Puis j'avais grandi et j'avais rangé le livre dans mon coffre à jouets, avec mes ours en peluche.

Je pensais avoir passé l'âge des contes de fées.

C'était avant que je n'utilise la magie pour foutre le feu à ma maison. Mon coffre à jouets et mon livre illustré avaient brûlé, eux aussi.

Même enfant, je n'avais jamais vraiment imaginé entrer dans un conte de fées. Pourtant l'endroit où je me trouvais ressemblait en tous points aux illustrations de mon album.

Des collines verdoyantes qui paraissaient aussi douces que du velours, des forêts sombres et profondes, puis un château entouré de hautes grilles et de jardins.

La façade était flanquée de tours au dôme pointu et le toit parsemé de tourelles. Les murs semblaient être en granit, mais plus lisses, comme si la pierre avait été transformée en verre ou recouverte d'un vernis magique. Peut-être que les fées étaient capables de faire un truc pareil.

Je n'avais aucune idée de quoi elles étaient capables. Pourtant, apparemment, j'en étais une.

Dans mon livre de contes, il n'y avait pas de nuées d'élèves d'à peu près de mon âge. Une jeune fille afro-américaine aux longues jambes, l'air sûre d'elle, avec une veste en jean, est passée devant moi en portant un sac de sport.

Une seconde… elle ne pouvait pas être afro-américaine. Chez les fées, il n'y a ni Afrique ni Amérique. Je ne connaissais même pas le nom du royaume dans lequel je me trouvais. Et je n'aurais jamais imaginé que les fées pouvaient pratiquer les sports extrêmes.

Une autre fille, au teint pâle avec une nuée de cheveux bruns, a traversé la cour d'un pas rapide en trimballant des plantes en pot contre sa poitrine. Une troisième, au style vaguement punk, le teint olive, marchait d'un pas nonchalant, les oreilles couvertes par un casque stéréo duquel s'échappait un léger bourdonnement. Je n'aurais jamais imaginé non plus que les fées écoutaient du rock.

Il y avait un type longiligne en jean moulant, avec des sourcils moqueurs et un nez effilé. En Californie, il y avait plein de jeunes mecs blancs un peu chelous dans son genre, mais celui-ci portait un couteau à la ceinture. Un *vrai* couteau ! Je n'avais aucune envie de faire sa connaissance.

Une superbe fille blonde au teint de porcelaine prenait un selfie avec un groupe d'élèves plus jeunes, qui semblaient horriblement intimidés. Un halo lumineux flottait dans l'air et faisait briller ses cheveux. C'était un effet vachement flatteur. Les fées semblaient capables de modifier l'éclairage pour se mettre en valeur.

J'ai jeté un coup d'œil à mon téléphone. Miss Dowling m'avait dit qu'une élève plus âgée, une certaine Stella, viendrait à ma rencontre et m'expliquerait comment fonctionnait l'école. Elle était en retard et j'en avais marre d'attendre. Je trouverais bien le chemin toute seule.

Je me suis mise à avancer, puis j'ai hésité, j'ai changé de direction et je me suis remise en route. L'essentiel était de me lancer.

— Toi, t'es complètement larguée, s'est exclamée une voix.

Un type me parlait. Heureusement, pas le mec au couteau, mais… Désolée, cher inconnu, j'ai pas le temps.

L'inconnu a repris, d'un ton songeur.

— Le problème, c'est que tu en fais trop alors que personne te calcule. Tu marches beaucoup trop vite. Et, maintenant que je suis là, tu ne me donneras pas la satisfaction de faire demi-tour.

J'ai jeté un coup d'œil discret dans sa direction et j'ai souri. L'inconnu était mignon, il avait des cheveux en pétard maîtrisés avec soin qui formaient un casque doré, et un tee-shirt rose, ce qui me plaisait parce que les stéréotypes de genre, c'est pour les faibles. Il avait le teint hâlé par un bronzage d'été qui me faisait rêver, moi avec ma tête d'aspirine, mais, même s'il était pas mal, je ne voulais pas l'encourager.

— Bon, j'imagine qu'on va devoir continuer cette comédie. Il y a pire, mais…

Je me suis arrêtée et je me suis tournée vers lui.

— Je n'ai pas besoin de ton aide, mais merci quand même.

Maintenant que je le regardais bien, l'inconnu était *très* mignon, avec une mâchoire de jeune premier et un air sûr de lui. Bon, il était peut-être mignon, mais j'étais du genre indépendante.

— Je ne me souviens pas de te l'avoir proposée, a-t-il riposté. C'est très présomptueux. Tu dois être une fée.

Ben oui… C'est en tout cas ce que m'avait dit la directrice. J'ai pris une profonde inspiration et je l'ai dit à haute voix pour la première fois.

— Oui. Je suis une fée.

Le château et le mec mignon sont devenus flous pendant quelques secondes. J'ai continué à parler, mais j'avais du mal à cacher que j'étais submergée de sentiments contradictoires. Il a deviné que je n'étais pas d'ici et son regard s'est adouci comme s'il se sentait mal pour moi.

En Californie, je n'avais pas réussi à m'intégrer. Est-ce que j'y arriverais ici ? Ce garçon semblait parfaitement à l'aise dans ce château, dans ce monde où les fées existaient vraiment. Une partie de moi avait envie de continuer à lui sourire et une autre avait envie de se débrouiller sans lui.

— Hé, mec ! Arrête de te la jouer avec les première année.

Le gars mignon s'est retourné en entendant la voix, qui appartenait au type au couteau. Oh non. Pas question de rester là.

Je me suis dirigée vers l'escalier pendant qu'ils se tapotaient amicalement le dos.

Si j'avais bien entendu, celui au couteau s'appelait « Riv ». J'étais mal placée pour juger qui que ce soit, avec un prénom comme Bloom.

La blonde à la beauté magique m'a rattrapée dans l'escalier. Elle aurait été plus jolie encore si elle n'avait pas grimacé comme si elle avait une odeur atroce sous le nez.

— Bloom ?

Visiblement, cette moue de dégoût, c'était pour moi.

— Tu dois être Stella, ai-je répondu. Salut. Je t'ai attendue. Je me suis juste un peu… impatientée.

Très peu impressionnée, elle s'est mise à me guider à travers le château en commentant le décor majestueux dans lequel nous passions. Certains lustres étaient si délicats qu'on aurait dit des étoiles suspendues à des rubans dorés. Les salles étaient vastes et lumineuses. À travers les vitraux, les rayons de soleil colorés formaient des motifs aussi complexes que de la broderie au bas d'une robe de princesse.

La plupart des vitres étaient teintées de différentes nuances de vert qui baignaient les pièces d'une atmosphère particulière, comme si l'univers n'était qu'un assemblage de jade et d'émeraude. Même si Stella n'était pas impressionnée, elle était super impressionnante. Ses cheveux étaient noués en une tresse super cool, elle portait un trench qui avait l'air d'être de la haute couture et des bottes rouges incroyables. Moi aussi j'adorais les bottes et je portais souvent du rouge et du rose parce que ce sont des couleurs que les rousses sont censées éviter et que j'adorais enfreindre les règles. Mais aucune de mes tenues n'était à la hauteur de celle de Stella.

Même sa main portait des décorations. J'ai désigné d'un signe de tête le bijou à son doigt.

— C'est une sacrée bague !

— C'est un objet de famille. Une bague dimensionnelle. La seule chose qui m'empêche de devenir dingue, ici, c'est de pouvoir m'échapper.

Elle a continué à commenter sur un ton dédaigneux le château, alors que j'observais le bijou en cachette.

— Si jamais tu veux rentrer chez toi, a déclaré Stella en exhibant l'anneau.

La bague exerçait une sorte de pouvoir, je ne savais pas pourquoi. Je mourais d'envie de rentrer à la maison. Mais je ne pouvais pas. La directrice m'avait promis des réponses.

J'ai laissé Stella me conduire à l'étage du château jusqu'à un ensemble de chambres qu'elle a appelé « l'appartement Winx ». J'ai posé mes bagages sans faire très attention à ce qu'elle me racontait. Je ne pensais qu'aux réponses que je cherchais.

Le premier point à l'ordre du jour, c'était de trouver Miss Dowling.

FEU

Une fée qui semblait surtout s'intéresser à son téléphone m'a indiqué le bureau de la directrice. Une fois là-bas, je me suis retrouvée confrontée à de nouvelles questions. Il y avait un globe terrestre, mais différents royaumes avaient pris la place des continents. Un de ceux-ci s'appelait Eraklyon, un nom qui m'évoquait un dragon qui s'éclaircit la gorge. D'après la carte, le royaume dans lequel je me trouvais s'appelait Solaria.

L'école de fées Alféa et le royaume des fées Solaria... Difficile de trouver des univers plus éloignés de la Californie et de ma petite personne.

La directrice devait connaître les réponses à mes questions. C'était mon seul espoir. Elle semblait à sa place parmi ces livres et ces vitraux colorés, pas loin de la mappemonde des royaumes et d'une table étincelante. Elle se tenait derrière son bureau, debout devant une chaise sculptée avec soin, tournant le dos à des fenêtres circulaires en mosaïque verte. Elle venait de me dire que j'étais une fée du Feu.

— Ça, je le sais déjà, ai-je répondu sèchement avant de poser ma première question : alors, quand est-ce qu'on commence ?

Miss Dowling a déclaré d'un ton posé :

— Les cours débutent demain. Tu étudieras d'abord les bases. Tu vas apprendre à utiliser ta magie lentement, mais sûrement.

Ça m'a un peu vexée. Comme elle était venue me chercher personnellement, je m'attendais à ce qu'elle m'offre des leçons particulières. Mais non, j'étais juste une élève parmi les autres. Ce n'était peut-être pas plus mal. Mon objectif était de me tirer d'ici le plus rapidement possible.

Mais un mot qu'elle avait utilisé me préoccupait.

— Quand vous dites *lentement*...

— Je ne plaisante pas. La magie peut se révéler dangereuse, comme tu le sais. Notre programme est conçu dans cette optique. Fais confiance au processus.

J'ai objecté, un peu énervée :

— Le... *lent*... processus.

— Les diplômés d'Alféa ont gouverné des royaumes et des armées. Nos anciens étudiants ont forgé de puissantes reliques et ont redécouvert une magie perdue depuis longtemps. Ils façonnent l'Autre Monde. Si tu es une étudiante douée, tu feras comme eux.

Sa voix était profonde, posée et convaincante. Ses paroles se déroulaient devant moi comme les cartes de royaumes étranges.

Miss Dowling était douée pour les beaux discours de recrutement, mais je ne cherchais pas à être recrutée :

— Ce château… l'Autre Monde, Alféa ? Honnêtement, on dirait *un livre de contes qui prend vie*, c'est fantastique. Mais ce n'est pas chez moi. Je n'ai pas besoin de diriger un royaume ou d'être à la tête d'une armée. Je suis là parce que vous avez promis de m'apprendre à maîtriser mes pouvoirs.

Je ne voulais pas la supplier de me rassurer, mais elle ne faisait rien pour m'apaiser.

La directrice a plongé son regard froid et impassible dans mes yeux implorants. Sa voix était comme un trait qui cherchait à mettre fin à la discussion.

— Non, Bloom. Tu es là parce que tu savais que tu n'avais pas le choix.

Je lui en voulais de ne pas m'aider, mais elle avait raison. Ici, je pouvais apprendre à me contrôler. Mes parents méritaient mieux qu'une fille aussi indomptable qu'un feu de forêt. C'est pour eux que je devais rester.

FEU

J'étais prête à tout pour mes parents, y compris à prétendre que j'étudiais dans un pensionnat en Suisse. Du coup, mon appel vidéo de l'après-midi avec eux était un peu gênant, surtout quand ils ont demandé à voir la vue de ma fenêtre. Si seulement le pays des fées avait hébergé des pistes de ski ! Quand j'étais petite, je jouais à la princesse avec ma mère, à l'époque où elle imaginait encore que je deviendrais cheerleader un jour et peut-être même reine du bal. On se déguisait et elle mettait une musique entraînante. Je me souviens de paroles qui disaient *Ferme les yeux et ouvre ton cœur !* Le lavage de cerveau à base de chansons à l'eau de rose n'a pas marché. Je n'ai jamais vraiment aimé les robes de princesse à froufrous, mais l'idée d'habiter dans un château me faisait rêver.

Sauf que, dans mes rêves, la princesse avait une chambre pour elle toute seule.

Dans ce que Stella, la jolie blonde, avait appelé l'appartement Winx – c'est-à-dire une série de pièces lumineuses dotées de hautes fenêtres avec une vue spectaculaire que je devais cacher à mes parents –, une seule personne jouissait d'une chambre individuelle. Et je n'ai pas été étonnée d'apprendre que cette chanceuse n'était autre que Stella en personne.

Une deuxième chambre était occupée par Musa, la fan de musique que j'avais aperçue dans la cour, et Terra, qui passait son temps à disposer des plantes sur toutes les surfaces libres. Pour ma part, je partageais ma chambre avec une fille qui s'appelait Aisha. J'avais tout de suite remarqué son sac de sport et son impressionnante collection de médailles, plus étincelantes encore que le miroir de sa commode. Je ne savais pas où elle se trouvait en ce moment. Elle se déplaçait avec une rapidité étonnante, passant d'une chambre à l'autre avec grâce.

Elle avait l'air gentille, mais je ne m'imaginais pas devenir la BFF d'une sportive de haut niveau.

Quand ma mère, qui espérait encore que je devienne Mme Populaire un jour, m'a posé des questions sur mes colocs, j'ai haussé les épaules.

— Tu sais, on est cinq filles dans un espace clos, donc… c'est juste une question de temps avant que ça dégénère et qu'on s'entretue façon *Sa Majesté des mouches.*

Ma réponse ne lui a pas plu. À la fin de la conversation, mes parents ont à nouveau demandé à voir les Alpes. J'ai regardé autour de moi, paniquée. Je ne pouvais pas leur offrir de vue sur des montagnes enneigées, pas plus que la fille populaire dont ils rêvaient.

Sur ma table de nuit, une ampoule s'est éteinte, avant de se rallumer, puis de s'éteindre une dernière fois.

La voix calme d'Aisha a annoncé :

— C'est l'heure. Extinction des feux et des téléphones.

J'ai dit à mes parents que je les aimais et j'ai interrompu la communication. Ma camarade de chambre venait de gagner ma gratitude éternelle.

Elle m'a adressé un petit sourire, qui m'a semblé chaleureux.

— Tu peux m'expliquer pourquoi ils pensent que tu es dans les Alpes ?

— Mon père et ma mère sont humains. Ils n'ont apparemment pas le droit de connaître l'existence de cet endroit. Ils croient qu'Alféa est un pensionnat international en Suisse.

Aisha a eu l'air surprise.

— Des parents humains avec une fille fée ?

J'espérais que c'était moins inhabituel que son ton ne le laissait entendre. Elle ne paraissait pourtant pas du genre à se laisser facilement impressionner. Je me suis mise à déballer mes affaires pour cacher mon malaise.

— D'après Miss Dowling, il y a une fée quelque part dans mon arbre généalogique. Une lignée magique en sommeil depuis longtemps.

J'ai soupiré.

— Désolée, je finirai par m'habituer à le dire sans trouver ça totalement ridicule.

L'étonnement d'Aisha a fait place au sarcasme.

— J'y crois pas ! Tu serais la seule personne de l'univers qui n'a jamais lu Harry Potter ?

— Tu rigoles ? Si tu savais combien d'heures j'ai passées à répondre à des tests du Choixpeau magique…

— Serdaigle ?

J'ai remarqué qu'elle avait des mèches bleu cobalt très cool dans ses tresses africaines.

— Parfois Serpentard, ça change, j'ai admis.

Ça m'est arrivé de tricher pour ne pas avoir Serpentard. J'avais peur que ça ne me rende plus Serpentard encore.

— Ça explique les mensonges, a observé Aisha sans méchanceté.

— Gryffondor ? j'ai riposté. Ça explique le jugement.

Nous avons toutes les deux souri. Puis j'ai attrapé ma trousse de toilette et je me suis dirigée vers la salle de bains. Jusqu'à présent, ma nouvelle coloc me plaisait bien. Si on finissait toutes par s'étriper dans l'appart, peut-être que je tuerais Aisha en dernier.

Cela me laissait encore le loisir de sélectionner qui je tuerais en premier.

Je suis passée devant la chambre de Stella et je l'ai vue examiner les vêtements argentés et brillants posés sur son lit avec des airs de général planifiant une campagne militaire.

— Je peux t'aider ? m'a-t-elle demandé sans se retourner.

La directrice m'avait informée que Stella était censée être mon mentor, même si jusqu'ici elle ne paraissait pas avoir envie de tenir ce rôle.

— Tu te changes ? je lui ai demandé.

— Comme tu vois.

— Je croyais que la fête de bienvenue était une soirée décontractée ?

— En effet.

Juste pour clarifier, j'ai insisté :

— Tu te changes même si c'est décontracté ?

— Les gens m'ont déjà vue dans cette tenue. Ils s'attendent à ce que je porte des habits différents.

Stella a prononcé ces mots comme si c'était une évidence. Elle examinait une jupe avec l'intensité de mille soleils.

J'ai battu des cils, surprise.

— Les gens s'attendent à ce que tu portes plusieurs tenues dans la même journée ?

— Les gens s'attendent à ce que je soigne mon look.

Elle a posé les yeux sur ma tenue très décontractée, puis elle s'est approchée de son miroir sans un mot. Tandis qu'elle admirait son reflet, ses yeux se sont tout à coup mis à briller d'un jaune ambré, on aurait dit que des phares de voiture venaient de s'allumer dans son visage. Un rayon de lumière chatoyante est apparu. D'un geste désinvolte, Stella a attrapé la lumière magique et l'a positionnée de façon à ce qu'elle éclaire sa tenue.

Je suis restée figée, prise comme un lapin dans les phares de la magie.

— Tu voulais autre chose ? a-t-elle demandé d'un ton indifférent.

— Cette lumière. C'est magique, non ? Comment tu as fait…

— Je suis tutrice, m'a-t-elle rappelé avec fermeté. Pas prof particulière.

OK, message reçu.

Elle s'est légèrement radoucie.

— C'est un truc que tu vas apprendre dès le premier cours, mais… la magie des fées est reliée aux émotions, qu'elles soient positives ou négatives. L'amour, la haine, la peur… Plus l'émotion est forte, plus la magie l'est.

— Alors tu me détestes ou tu as peur de moi ? j'ai ironisé. Tu me regardais quand tu as fait ce truc magique. Et je suis presque sûre que tu ne m'aimes pas.

Je plaisantais, mais Stella a semblé me prendre au sérieux.

— Je ne te connais pas. Mais à force, je trouverai bien… quelque chose à apprécier chez toi.

À en juger par son attitude, elle n'en était pas encore convaincue. Mais c'était plutôt sympa, de ne pas rejeter l'idée en bloc. Même moi, parfois, je me regardais dans le miroir et je ne voyais pas grand-chose à aimer.

Je me suis demandé si une de mes nouvelles colocataires avait déjà ressenti la même chose. Terra, si heureuse et enthousiaste, Musa la fille cool, Stella la glamour et Aisha qui semblait si équilibrée. À mon avis, non.

ESPRIT

Cinq filles. Quarante-huit plantes. L'appartement Winx était bondé. Musa avait l'impression qu'il y avait trop de monde partout : elle était assaillie par les sentiments intrusifs des autres, qui rampaient sous sa porte comme un flux constant de messages qu'elle n'avait pas sollicités.

Musa aurait tellement voulu avoir une chambre pour elle seule. Mais non. Terra avait envahi l'espace, effondrée parce que Stella, la reine des abeilles, lui avait ordonné d'emporter ses plantes ailleurs.

Terra semblait facilement blessée. Sa douleur résonnait dans la tête de Musa comme un gong. Celle-ci serra les dents et commenta :

— Elle a l'air charmante.

Les émotions de Stella étaient tout sauf positives. Mais Musa avait observé depuis longtemps que les sentiments de la plupart des gens n'avaient rien d'attrayant.

La voix super douce de Terra s'est mise à vibrer et à prendre de la vitesse. Elle a rétorqué avec gentillesse :

— Elle me taquine, c'est tout. Et je sais que c'est beaucoup. Surprise, la fée de la Terre, Terra, aime les plantes ! C'est de famille. J'ai une cousine qui s'appelle Flora, ma mère s'appelle Rose et mon père travaille dans la serre ici au château. C'est comme ça que je connais beaucoup de deuxième année. J'ai grandi à Alféa et…

Terra voulait dire *beaucoup de deuxièmes années, comme Stella.* Ça semblait bizarre. Cette information déclencha une alerte dans la tête de Musa, comme si elle avait remarqué la disparition d'un livre sur une étagère.

— Stella est en deuxième année ? Qu'est-ce qu'elle fiche dans cet appartement avec des première année ?

— Ah oui. En fait... je ne sais pas. Une erreur administrative l'année dernière ? Enfin, je crois...

Et moi je crois que tu mens, pensa Musa. Elle tourna le dos et... plongea son pouvoir vers Terra. Elle eut la vague impression que...

Non, elle ne devait pas creuser cette affaire. Beaucoup de gens mentaient. Il ne fallait pas encourager Terra, c'était clair. Elle remplissait déjà leur chambre de plantes et la tête de Musa de trop d'informations qu'elle n'avait pas demandées.

— Tu sais quoi ? décida Musa. C'est pas grave, en fait.

Elle saisit son casque comme un naufragé se cramponne à un bateau de sauvetage.

Cela ne suffit pas à arrêter Terra.

— Oui, il vaut mieux ne pas lui en parler. Faisons juste... Nous toutes... On n'a qu'à dire qu'on s'en fiche.

— Ça tombe bien, c'est ma devise dans la vie. Parfait pour moi.

Musa prononça ces mots pour mettre fin à la conversation gentiment mais fermement.

Terra la Terreur ne le comprit pas.

— Tu veux une succulente ? C'est très branché. C'est une plante qui demande peu d'entretien. Idéale pour toi. Enfin, je ne te connais pas, mais...

— Si je la prends, tu vas te taire ? demanda Musa d'un ton cassant.

Elle s'en voulut aussitôt et corrigea :

— Désolée, je disais ça pour rire.

Elle prit la succulente pour faire plaisir à sa coloc et fut récompensée en la voyant se détourner. Soulagée, Musa s'empressa de replacer le casque sur ses oreilles.

Puis, ce fut le désastre. Parce qu'en réalité Terra ne voulait pas vraiment qu'elle prenne une plante. Elle voulait juste que Musa interagisse avec elle, qu'elle s'intéresse à elle, qu'elle se laisse submerger par son torrent d'émotions. Qu'elle s'y noie.

— En fait, celle-ci serait peut-être plus…

Musa tourna le dos pour que Terra ne puisse pas observer son visage. Elle espérait de tout son cœur que sa coloc lui ficherait la paix et laisserait tomber.

On frappa à la porte. Musa se tourna vers le battant. Elle supposait que c'était Aisha les eaux calmes ou Bloom le tisonnier.

Stella n'était clairement pas du genre à frapper.

Aisha passa la tête à l'intérieur de la chambre.

— Tu as grandi à Alféa ?

Aisha était accro au sport et voulait trouver une piscine parce qu'elle prétendait dépérir si elle ne nageait pas deux fois par jour, tous les jours de la semaine. Terra se lança dans un flot complètement inutile d'informations au sujet du bassin où les Spécialistes s'entraînaient. Elle en profita pour raconter que les élèves de la division militaire de l'école s'amusaient à se pousser dans l'eau pendant leur entraînement au combat.

Musa laissa Aisha se débrouiller avec Terra.

Vous feriez mieux de vous habituer à être déçues toutes les deux, pensa-t-elle. Aisha n'aurait pas de piscine près d'ici et Terra n'allait pas se faire d'amis à l'école.

La coloc de Musa était le genre de personne qui cherche à ce que tout le monde l'aime. Et qui se donne tellement de mal que personne ne l'apprécie au bout du compte… ce qui la pousse à se donner plus de mal encore. Le cercle vicieux de ceux qui font trop d'efforts.

Ça faisait de la peine à Musa de voir Terra s'acharner ainsi… mais elle ne l'aimait pas pour autant. Ce genre de réaction expliquait en partie les problèmes de l'amatrice de plantes.

Peu importe. Musa avait ses propres urgences à gérer. Elle se fichait des fées du Feu, de la Lumière, de la Terre, de l'Eau ou des Spécialistes. Elle se concentra pour ne plus entendre ni rien ni personne.

SPÉCIALISTE

C'était encore une belle journée sur Alféa, où les puissants Spécialistes s'entraînaient pour défendre les royaumes magiques. Les apprentis se battaient sur les plates-formes surplombant l'étang, un vaste plan d'eau rectangulaire dans lequel se reflétaient les murs gris en pierre, une allée bordée d'arbres d'un côté et une bande de pelouse de l'autre. Un crétin venait de se faire pousser dans l'eau.

Riven esquissa un sourire moqueur et balança son épée. Après un long été de vacances, c'était cool d'avoir à nouveau une lame en main. Ce qui était moins cool, c'était Sky, son meilleur ami, irritant au possible, qui n'arrêtait pas de parler de cette rousse du monde des humains qu'il avait rencontrée hier. Riven était persuadé qu'elle était dingue.

Il en était certain parce que c'était ça que Sky cherchait chez les filles.

Un autre truc qui n'était pas cool dans leur session d'entraînement, mais auquel il s'attendait : Sky était en train de le battre à plates coutures.

— Tu t'es ramolli, cet été, observa Sky en riant.

Riven lui montra les dents.

— Rectification : je me suis défoncé cet été.

Inutile d'essayer de vaincre son adversaire. Il était le meilleur. N'importe qui à Alféa aurait pu le dire… juste après avoir décrété que Riven était le plus nul.

Ça ne servait à rien, mais Riven essayait quand même. Personne n'avait jamais prétendu qu'il était malin.

Le père de Sky était Andreas d'Eraklyon, un héros de légende, décédé, pourfendeur des Brûlés. Son père de substitution était Silva, le directeur des Spécialistes, leur chef intrépide aux yeux bleus glacés, fan de jogging matinal. Riven jeta un coup d'œil méfiant aux alentours. Il avait un problème avec l'autorité, plus précisément avec quiconque avait de l'autorité sur lui. Il était certain que Silva allait débarquer pour expliquer à tous les bébés de première année qu'ils devraient prendre exemple sur Sky et faire tout comme lui, sans jamais lui arriver à la cheville.

Que quelqu'un me tue, pensa Riven. *Je me casse dans les bois pour me défoncer.*

Il se dirigea vers la forêt en ignorant les protestations de son ami. Il remarqua qu'un bébé Spécialiste le regardait partir. Don ? Non, *Dane.* Riven envisagea de lui faire un doigt d'honneur, mais il avait la flemme.

Il franchit la Barrière bleue scintillante qui servait de protection magique contre les Brûlés. Gare à ces monstres sans merci dotés d'une force et d'une rapidité surhumaines ! Même si, à vrai dire, personne n'en avait aperçu un seul depuis seize ans. *Waouh*, trop flippant.

Riven était allergique aux discours censés susciter l'inspiration.

Il était en train de s'installer sur des pierres couvertes de mousse quand il entendit un bruit. Un son sec et soudain. Un claquement sinistre, qui faisait penser à des os qui s'entrechoquent.

Ça venait des arbres. La forêt paraissait tout ce qu'il y a de plus normal, les branches incurvées étaient chargées de feuilles verdoyantes, des traits de lumière tombaient là où les rayons perçaient. Le bruit avait mis les nerfs de Riven à vif et il avait la chair de poule malgré le soleil radieux.

Il scruta les alentours en appliquant toutes les techniques de formation dont il parvenait à se souvenir, pour que ses sens soient en alerte et pour être paré à toute éventualité.

Mais rien n'aurait pu préparer Riven à ce qui se trouvait derrière les feuilles : le cadavre mutilé d'un vieil homme. Il ne restait pratiquement rien de sa tête. La peau de sa joue était déchirée comme du papier, mais ce qui était encore visible laissait deviner une terreur et une douleur qui dépassaient l'imagination.

Son corps avait été taillé en pièces. Dans les profondeurs des pires blessures, les pires lacérations, les plus déchirées, Riven entrevit de la chair carbonisée.

Il observa l'homme réduit en charpie en essayant d'être un guerrier, de se montrer courageux. Puis il se mit à courir, trébuchant sur les racines des arbres, fonçant à travers la forêt sombre et profonde en direction de la Barrière et de la sécurité. Il cria pour avertir Sky. Et Silva. Pour appeler à l'aide.

TERRE

Des guirlandes lumineuses étaient suspendues dans la cour, de la musique retentissait joyeusement. Terra était enfin étudiante à Alféa, elle prenait part à la fête d'orientation comme elle en avait toujours rêvé.

Après avoir été pendant des années la fille du prof qui traînait près de la serre, elle était désormais une élève à part entière.

Mais quand Terra avait pensé à cette scène, pendant des années, elle n'avait pas imaginé qu'un meurtre serait le principal sujet de conversation. Les ragots concernant les cadavres, même pendant une soirée, ce n'était pas son truc.

On racontait que Riven avait découvert un corps dans les bois et que ce vieil homme avait pu être tué par un Brûlé, mais des rumeurs concernant les Brûlés couraient en permanence. Terra savait que ça ne pouvait pas être la bonne explication.

Riven doit être bouleversé, pensa-t-elle, mais au fond elle s'en fichait. Elle participait à une fête avec ses nouvelles colocs. Elles habitaient ensemble dans l'appartement Winx, ce qui était un nom trop cool. Peut-être qu'elles pourraient s'appeler le Winx Club ?

Terra, Aisha et Musa étaient en train de se servir de la nourriture, de s'amuser, de discuter du… meurtre.

— Il était peut-être juste vieux, avança Terra, un peu mal à l'aise. Les gens vieillissent et meurent, c'est la vie. On mourra tous un jour.

Son commentaire était bien. Pas trop glauque.

La nouvelle coloc de Terra, Musa, qui était trop cool pour l'école et surtout trop cool pour Terra, ironisa :

— C'est bien connu, quand tu prends de l'âge, la décapitation, ça te tombe dessus d'un coup.

Terra se mordit la lèvre. Musa devait la trouver vraiment bête.

Aisha était occupée à empiler une magnifique tour de biscuits sur une serviette de table. La Tour Penchée des Biscuits. Terra jeta un coup d'œil nerveux aux plats disposés devant elles. Elle avait parfois l'impression que la nourriture allait la mordre avant qu'elle ne s'en saisisse. Elle ne pouvait pas se permettre de prendre un biscuit. Les autres filles de l'appartement Winx étaient si minces et si jolies. Si elle s'empiffrait de cookies, les gens allaient dire : *Pas étonnant qu'elle ressemble à ça.* Mais si elle chargeait son assiette de carottes, on dirait *Quand on voit son physique, ça m'étonnerait qu'elle se contente de ça.* C'était compliqué de savoir quoi faire.

Musa et Aisha plaisantaient sur le nombre de biscuits que cette dernière mangeait. Apparemment Musa était capable de sourire.

Elle désigna d'un signe de tête les friandises.

— Je ne te juge pas, mais…

— J'avale un million de calories par jour. Si je ne nageais pas, je serais énorme.

Aisha avait l'air amusée par cette perspective. Elle était mince et musclée. Normal qu'elle trouve drôle l'idée d'être énorme.

— J'ai fait de la danse, renchérit Musa. Je connais ça.

Elles semblaient effectivement se comprendre. Et très bien s'entendre.

— Sur ce…

Aisha se leva pour aller se réapprovisionner.

Musa laissa échapper un petit rire :

— Deuxième round. Eh ben. Deux fois par jour. Tous les jours. Ce n'était pas une blague.

Aisha s'éloigna en riant. Maintenant que sa coloc n'était plus là, Musa en profita pour replacer le casque sur ses oreilles, mais Terra intervint.

— Donc tu entendais ce qu'elle disait tout à l'heure ? demanda-t-elle d'un ton plus sec qu'elle ne l'aurait voulu.

— Quoi ?

Terra savait qu'il valait mieux ne pas insister. Elle avait déjà un nœud dans l'estomac et elle ne ferait que l'aggraver. Mais c'était plus fort qu'elle.

— Dans la chambre. Parce que je me souviens que tu avais ton casque. Et… tu m'as ignorée comme si tu ne m'entendais pas. Mais tu… entendais ce que disait Aisha ?

Musa sembla choisir ses mots avec soin.

— Parfois, je mets mon casque quand je n'ai pas envie de parler.

— OK. J'ai l'impression que ça t'arrive souvent avec moi.

Sous les lumières qui scintillaient et au son de la musique, Terra vit sa nouvelle colocataire réfléchir à la meilleure façon de se justifier.

Musa est quelqu'un de bien, pensa Terra avec tristesse. *Elle ne voulait pas me faire de peine.* Elle ne *l'aimait pas*, c'est tout.

Après un silence, Musa expliqua :

— C'est un truc que je fais. Ce n'est pas…

— Ne te tracasse pas, l'interrompit Terra, qui en avait brusquement marre d'elle-même. Pas besoin de te justifier. Tu en as assez dit. Et moi beaucoup trop.

Elle rendit à sa coloc le seul service qu'elle pouvait en partant, la laissant en paix. Terra se retrouva ainsi seule pour sa première fête à Alféa.

Elle vit son père passer, l'air particulièrement déterminé. Quelques élèves lui crièrent *Bonsoir, professeur Harvey !*, mais il ne parut pas les entendre. Même son père était plus populaire qu'elle. Et en ce moment, il était son seul espoir.

Terra tenta d'adopter un ton joyeux.

— Hé, papa ! Tu vas à la serre ? Tu as besoin d'aide ?

Ça ne pouvait pas être en rapport avec… avec le corps. Non, elle était sûre que les nouveaux crocus pleureurs venaient d'arriver.

Son père baissa les yeux vers elle avec une expression bienveillante.

— Hors de question, ma chérie. C'est ton premier jour. Tu ne vas pas te cacher dans la serre aujourd'hui. Tu as toujours rêvé d'étudier à Alféa et maintenant tu y es. Va parler aux autres. Montre-leur qui tu es.

C'est justement ma personnalité qui pose problème, se dit-elle. *J'aimerais tellement être quelqu'un d'autre.*

Elle n'allait pas partir à la recherche de son frère super irritant. Elle ne pouvait pas retourner avec Musa et Aisha. La simple idée d'aller trouver Stella était à la fois hilarante et flippante. Et Terra n'était même pas sûre que Bloom allait venir à la fête. La jeune fille rousse tout droit sortie du monde des humains – aussi mince et jolie que les autres colocataires – avait l'air ailleurs même quand on lui parlait.

Comme si elle était concentrée sur autre chose et n'avait de temps pour personne.

Il fallait l'admettre : il était clair que les colocataires trouvaient toutes Terra ennuyeuse comme la pluie. *Pourtant*, se dit-elle, *la pluie arrose la terre, c'est vraiment intéressant.* Malheureusement, personne n'était de son avis.

Elle avait juste envie de trouver une personne avec qui passer du temps, faire des activités amusantes, comme un compost. Une seule. Une amie.

Lâchée même par son père, elle posa les yeux sur les tables couvertes de nourriture abandonnée. Elle pourrait au moins se rendre utile. Il fallait que quelqu'un remette un peu d'ordre.

FEU

J'ai scruté le campus, à la recherche de mes colocs de l'appartement Winx. J'avais passé assez de temps à écrire dans mon carnet à propos de l'incendie et à penser à mes parents. J'étais ici, à Alféa, et j'y resterais jusqu'à en avoir appris suffisamment pour rentrer chez moi. Je devais en prendre mon parti.

Il y avait beaucoup de monde à la fête. Des fées. De drôles de gens dotés de pouvoirs magiques, dans cet étrange endroit féerique. Après deux minutes à peine, j'en avais déjà assez.

Au lieu de repérer une de mes colocs, j'ai reconnu le mec mignon que j'avais aperçu plus tôt. Je me suis dirigée vers lui, soulagée de voir un visage familier.

— Il y a vachement de monde, j'ai commencé, pour expliquer mon air sans doute un peu stressé.

— Pourquoi, vous ne faites jamais de fêtes en…

Il s'est arrêté pour réfléchir avant de risquer :

— *Californie* ?

J'ai feint la surprise.

— Oh, tu t'es rappelé !

Le mec mignon m'a souri.

— Impressionnée ?

Qu'il se soit donné du mal, peut-être. J'aimais bien la prudence avec laquelle il avait dit *Californie* comme s'il prononçait un mot étranger. Sa prononciation était correcte, mais j'avais décelé son hésitation.

J'avais tout de même envie de changer d'air.

— Tu ne connaîtrais pas un endroit qui serait l'opposé de ça ? Qu'est-ce qu'il y a, là, dehors ?

Il a eu l'air alarmé.

— Au-delà de la Barrière ? Ça dépend des rumeurs. Des ours, des loups ou des trucs plus dangereux encore.

— Mais pas de gens ? Parfait. Merci.

Ça me faisait penser à l'entrepôt où je me réfugiais quand j'étais chez moi. Un lieu inoffensif, mais trop sinistre pour que les gens aient envie de s'y aventurer. Je serais tranquille là-bas. Quand je me suis dirigée vers les portes, le mec mignon m'a déconseillé d'y aller seule. Il m'a proposé de m'accompagner et j'ai soupiré. Le baratin typique.

— Ce n'est pas pour te draguer, je te jure. Fais-moi confiance.

J'ai repensé à ce que Stella m'avait dit, qu'une fois qu'elle me connaîtrait elle trouverait probablement quelque chose à aimer chez moi.

Ça m'a fait sourire. Ou peut-être que c'était le garçon en face de moi qui me mettait de bonne humeur.

— Je te connais à peine, mais peut-être qu'un jour ça viendra.

Il était vraiment mignon et il se donnait du mal. Et puis, pour lui, la Californie était un concept étranger. Il s'en fichait sans doute que je ne m'intègre pas ici. Peut-être que je devais le laisser m'accompagner…

Comme si je l'avais fait apparaître en pensant à elle, Stella a débarqué.

— Salut, Sky. Je peux te parler ?

Elle portait sa nouvelle tenue impeccable et avait deux verres en main. Chacune des lumières de la cour semblait illuminer ses cheveux dorés. Elle s'adressait au mec mignon, qui s'appelait apparemment Sky. D'après son expression, il connaissait bien ma coloc.

Bah, ce n'était pas mes affaires. Je les ai laissés. Tout autour de moi, les gens discutaient avec excitation d'un film d'horreur gore avec des tripes partout. Je n'étais pas là pour me faire des amis, pour faire confiance à qui que ce soit ou pour apprécier les gens. De toute façon, je rentrerais bientôt à la maison.

J'ai franchi ce que Sky appelait la Barrière. Pour me retrouver enfin seule, dans un endroit où je serais en sécurité.

TERRE

Terra passait en transportant des plateaux chargés de nourriture lorsqu'une scène d'une injustice révoltante attira son attention.

Oh, pour l'amour de… Riven était en train de tyranniser un pauvre Spécialiste. C'était son comportement habituel dès qu'il se sentait déstabilisé. Un jour, elle l'avait vu foncer vers une fougère d'une manière qui laissait supposer qu'il voulait soit la tailler en pièces soit lui faire des câlins.

À l'époque, elle s'était dit : *Le pauvre, il ne doit pas aller bien.* Aujourd'hui, elle était plutôt convaincue que *le pauvre* devrait être composté.

Sa victime devait être en première année. Terra ne se souvenait pas d'avoir aperçu ce garçon l'année précédente. Riven avait passé un bras autour de sa taille et lui faisait boire un verre que Terra soupçonnait fortement de contenir de l'alcool.

Comme les yeux du nouveau imploraient son aide, Terra décida de se porter à son secours.

— J'y crois pas : tu intimides le nouveau ? T'es tellement cliché.

Riven sourit, évidemment.

— Ce n'est pas de l'intimidation s'il est consentant, si ?

Son ton était chargé de sous-entendus.

— Je ne comprends pas ce que ça veut dire ! protesta le nouveau.

Il se sentait clairement mal à l'aise. Terra l'aurait été aussi à sa place. Il ne devait pas apprécier la personnalité exécrable de son aîné.

— Ignore-le, lui conseilla-t-elle en indiquant Riven. Il se prend pour un dur à cuire ; tu aurais dû le voir l'année dernière. C'est juste un geek déguisé.

Les yeux de l'intéressé se rétrécirent.

— Et elle c'est juste trois personnes déguisées en une seule.

Un silence retentit parmi le brouhaha de cette fête où Terra n'avait pas sa place. Le nouveau lui adressa un regard interrogateur, comme pour lui proposer d'intervenir. C'était très gentil, mais pas du tout nécessaire.

— Je gère, mais merci quand même, lui dit-elle.

Elle s'approcha de Riven. *Quel soulagement*, pensa-t-elle distraitement. *Je ne suis pas obligée d'être gentille avec le sociopathe en jean moulant.* Elle allait l'écraser.

— Tu vois, tout le monde croit toujours qu'on peut traiter la petite grosse comme de la merde, commença-t-elle d'un ton beaucoup moins agréable que celui qu'elle avait employé avec le nouveau. Parce que les gros sont gentils. Inoffensifs. On devrait déjà être contents que quelqu'un daigne nous adresser la parole.

Les plantes grimpantes sur le mur du château derrière Riven commencèrent à se tordre et à bouger, comme de sympathiques serpents verts.

— Mais parfois on a passé une mauvaise journée et un petit connard maigrichon dit ce qu'il ne fallait pas au mauvais moment, poursuivit-elle. Et, tout à coup, on n'est pas contents qu'on nous adresse la parole. Et on n'est pas gentils. Et surtout on n'est pas inoffensifs du tout.

Les plantes s'enroulèrent autour du cou de Riven. Ça se joua si rapidement qu'il n'eut pas le temps d'utiliser ses compétences de Spécialiste pour leur échapper. Les tiges l'étouffaient, il n'était plus capable de parler. C'était tellement agréable et reposant.

Terra lui adressa son plus beau sourire.

— Qu'est-ce que tu dis, Riv ? Je suis sûre que c'était très drôle, malheureusement, je ne t'entends pas.

Le visage du jeune homme était tout rouge. Il était sur le point de s'évanouir, remarqua Terra avec cette sorte de distance joyeuse qui était sa marque de fabrique. Elle ne devait pas le laisser perdre connaissance. Ça ne lui plairait pas.

Les plantes grimpantes reculèrent. Le Spécialiste aspira une énorme bouffée d'air.

— Tu aurais pu me tuer, espèce de tarée, cracha-t-il comme si c'était lui qui avait été insulté.

Il s'enfuit en courant. Terra lui lança d'un ton agréable qui lui vint tout naturellement pour une fois :

— Tu m'as manqué aussi !

Puis elle réalisa soudain comment elle venait de se comporter devant le nouveau et se tourna vers lui, ultra gênée.

— Bonsoir, lâcha-t-elle. Désolée. Moi c'est Terra. Ce n'était pas terrible comme premier contact.

Il lui sourit. C'était un faible sourire, mais elle apprécia l'effort.

— C'est mieux ou c'est pire que de vomir après un seul verre ?

Elle remarqua que le nouveau Spécialiste était très mignon. Ce qui était impressionnant pour quelqu'un à deux doigts de vider son estomac sur le sol. Il avait d'adorables boucles aussi sombres qu'une forêt épaisse, coupées court avec les tempes rasées. Ses yeux étaient d'un brun chocolat profond, comme de la terre fertile qu'on vient de retourner, et il avait des bras bien sculptés. Tout en lui était beau, ses muscles ondulaient sous sa peau lisse et brun foncé. Il avait les dents blanches, mais son sourire était en train de se dissiper.

Tu l'admireras plus tard, aide-le d'abord. Il arrivait à se retenir, mais Terra avait l'impression qu'il n'y parviendrait pas longtemps. Elle devait l'emmener dans un endroit tranquille et peut-être aller lui chercher une serviette imbibée d'eau fraîche.

— Moi, c'est Dane, l'informa le nouveau alors qu'elle l'emmenait.

Tout ce que Terra réalisait, c'était que c'était quelqu'un qui avait besoin d'elle. Enfin.

FEU

La forêt était belle et paisible, comme je l'espérais. De minuscules insectes multicolores voletaient par essaims entiers entre les arbres, on aurait dit des joyaux lumineux sur le vert des feuillages ombragés.

Ce bois mystique était l'endroit idéal pour pratiquer ma magie. Stella avait expliqué que la magie était liée aux sentiments. Comme l'amour. J'ai sorti mon téléphone et j'ai fait défiler des photos de ma famille. OK, Bloom, des pensées positives ! Tu peux y arriver !

La maison en feu. Ma mère, immobile.

Non, Bloom, pas ces pensées…

Courir vers mes parents qui hurlent, en sachant que j'arriverai trop tard…

Oh, oh. Je sentais quelque chose. Ça allait sûrement fonctionner. J'avais *l'impression* que cela pourrait marcher. Je me suis concentrée sur ce sentiment, plutôt que sur mes souvenirs. Je me suis mise à ressentir de la chaleur partout.

Tandis qu'une lueur s'élevait en moi, un petit feu s'est développé dans ma main droite. Puis la gauche s'est également enflammée. J'ai eu du bol que mon portable ne se mette pas à fondre.

J'ai fixé les flammes jumelles dansant dans mes paumes. C'était envoûtant. Magnifique. Je commençais à me sentir bien.

Je jonglais avec les flammes comme si c'étaient des balles, leur lueur me paraissait semblable à celle des étoiles, laissant dans leur sillage une pluie d'étincelles.

Elles étaient de plus en plus chaudes, leur intensité s'étendait. Du feu dégoulinait de mes mains.

J'ai senti la panique monter en même temps que le brasier grandissait.

J'ai tenté de jeter les boules de feu et je me suis rendu compte trop tard que c'était une très mauvaise idée, des étincelles se sont écoulées de mes paumes et le sol de la forêt a pris feu.

Par-dessus le crépitement des flammes, j'ai entendu la voix calme d'Aisha prononcer mon prénom.

Gênée, j'ai tenté de combattre la panique, tandis que ma colocataire se dirigeait vers moi. Ses vêtements bleus formaient un contraste saisissant avec les feuilles vertes et la terre sombre de la forêt. Ses longues tresses de cheveux noirs étaient encore mouillées parce qu'elle avait nagé dans la rivière : elles étaient maintenues à l'écart de son visage par un bandeau en tissu. Tout en approchant, elle continuait à parler, sur un ton calme et apaisant, mais je n'étais pas d'humeur à être apaisée.

— Tu ne devrais pas être ici, ai-je grondé.

— Toi non plus. Tu as perdu le contrôle.

Ma frustration brûlait en moi comme un feu d'enfer.

— Je le sais très bien.

Je le savais mieux que personne.

— Calme-toi. Si tu t'énerves, ça risque de...

— Barre-toi !

Le cri de frustration a jailli de moi et s'est manifesté dans les flammes à mes pieds. Je me suis tout à coup retrouvée au cœur d'un incendie, comme une sorcière sur un bûcher, sauf que les flammes ne me faisaient aucun mal.

Elles ont explosé vers Aisha, se précipitant pour l'envelopper comme elles s'étaient précipitées vers ma mère cette nuit-là.

J'étais un feu de forêt en forme de fille. Tout le monde avait intérêt à se tenir à l'écart.

— Fiche le camp, Aisha ! j'ai crié. Cours !

Mais au lieu de m'écouter elle a fait face aux flammes qui fonçaient vers elle. Elle s'est accroupie au sol et ses yeux ont brillé d'un bleu éclatant tandis qu'elle invoquait l'eau. Du liquide a jailli du sol en gouttes qui pleuvaient vers le haut, comme si Aisha avait inversé le ciel et la terre avant d'invoquer la pluie.

Le liquide a frappé le feu comme une épée bleue et a arrêté net ma vague de destruction.

EAU

Aisha n'était pas encore familiarisée avec Alféa, mais elle avait l'habitude de faire partie d'une équipe. Elle était ravie d'avoir des colocataires et encore plus heureuse de partager une chambre plutôt que de se retrouver seule comme Stella. Elle avait tout de suite apprécié Bloom, elle aimait sa franchise et son humour.

C'était dommage qu'elle ait déclenché un feu de forêt, mais Aisha essayait de gérer la situation. Si elle parvenait à convaincre les filles de l'appartement Winx de former une équipe, elle serait capable de surmonter n'importe quelle épreuve qu'Alféa mettrait sur son chemin.

Aisha attendait quelque chose de Bloom. Pas spécialement une explication, mais peut-être une parole du genre *Désolée d'avoir failli te faire cramer* ? La jeune fille ne prononça pas un mot d'excuse. Elle s'enfuit en courant pour rejoindre le château.

Aisha la poursuivit et la rattrapa dans la cour pour tenter de lui faire comprendre à quel point elle s'était montrée inconsciente.

— Tu étais comme un train fou lancé à grande vitesse. Tu ne maîtrisais plus rien !

— C'est pour ça que j'étais *seule*, pour essayer de comprendre comment ça marche.

— Génial.

C'était l'idée la plus débile qu'elle ait jamais entendue.

— Je n'ai pas grandi ici, s'énerva Bloom. Mes parents n'ont pas de pouvoirs magiques. Je n'ai pratiqué la magie qu'une fois dans ma vie. Et ça a été…

— Quoi ? Catastrophique ? compléta sèchement Aisha. Bienvenue au club. J'ai inondé tout mon lycée après avoir raté un contrôle de math. Les robinets, les gicleurs… *les toilettes*. T'as déjà pataugé dans de l'excrément humain ? Moi oui. Et ce n'est pas agréable. Parfois être une fée, ça veut dire mettre les mains dans le caca.

C'était censé être une histoire drôle, une histoire qui ferait rire Bloom. Qui les aiderait à tisser des liens, à former une équipe. Quand sa camarade de chambre s'arrêta et se retourna en la regardant droit dans les yeux, Aisha crut un instant qu'elle allait lui raconter un truc idiot qui lui était arrivé et qu'elles pourraient en rire ensemble.

— On partage la même chambre, Bloom, murmura-t-elle pour l'encourager. On doit être prêtes à se confier l'une à l'autre.

Aisha et Bloom avançaient dans un passage. Bloom regarda par le balcon d'un côté, puis alla s'asseoir sur un banc. Elle prit une profonde inspiration et raconta son histoire. Qu'elle se disputait avec sa mère au sujet de sa vie sociale, que la jeune fille préférait réparer de vieilles lampes cassées plutôt que de jouer les cheerleaders. Qu'elle avait claqué une porte et que sa mère avait dit : *Tu claques une porte, tu perds la tienne*. Ses parents avaient retiré le battant de ses gonds et Bloom était sortie des siens.

— Cette nuit-là, impossible de dormir. Chaque fois que je fermais les yeux, je sentais la colère monter un peu plus. Et c'est à ce moment-là que la catastrophe est arrivée. L'incendie.

Elle s'arrêta une minute pour jeter un coup d'œil à Aisha, afin de s'assurer qu'elle avait compris.

Elle avait parfaitement saisi. Elle contemplait Bloom en silence, l'air horrifié. Dans le ciel sombre, les cheveux flamboyants de la jeune fille ressemblaient à des flammes.

— On aurait dit que le feu était en vie, poursuivit Bloom. Je ne me rappelle pas combien de temps je l'ai laissé brûler. Je me souviens juste des cris.

Quand elle acheva son récit, elle se retenait clairement de pleurer. Elle était secouée d'un léger tremblement, comme un coureur qui a poursuivi son effort au-delà son endurance. Bloom donnait l'impression de lutter depuis longtemps pour contenir ses larmes.

— Ma mère était couverte de brûlures au troisième degré. Par ma faute. Et si je n'étais pas entrée là-dedans pour arrêter ça ? Pour arrêter ce que j'avais provoqué ?

Elle avait l'air à bout de force.

— Après l'incendie, je me suis échappée en douce toutes les nuits. J'avais tellement peur de leur faire encore du mal que je dormais dans un entrepôt vide hyper glauque près de chez moi. Jusqu'à ce que Miss Dowling me trouve et…

Elle ne termina pas sa phrase, mais frissonna légèrement, faute de feu pour la réchauffer ou… détruire tout sur son passage. Ce n'était pas l'échange de secrets amusant qu'Aisha avait imaginé. Le langage corporel de Bloom indiquait qu'elle se refermait déjà, comme si elle était convaincue que sa camarade de chambre allait s'éloigner à grandes enjambées maintenant qu'elle connaissait la vérité.

Mais Aisha alla s'asseoir à côté d'elle.

— Bon, murmura-t-elle. Ton histoire de feu bat mon histoire de caca. Tu as gagné.

Elle réussit enfin à faire sourire Bloom.

— Et tes parents n'avaient aucune idée de ce qui s'était passé ? Ils ne se doutaient pas que c'était toi qui avais causé ça ?

— Je ne sais pas si mes ancêtres fées sont très éloignés, mais la seule forme de surnaturel à laquelle mes parents croient, c'est toucher du bois.

Aisha fronça les sourcils. Cela n'avait aucun sens.

Bloom perçut tout de suite le doute de son amie.

— Qu'est-ce qu'il y a ?

Aisha hésita.

— C'est juste bizarre. Tu as mobilisé beaucoup de magie sans trop d'efforts. C'est difficile de croire que tu es issue d'une lignée en sommeil. Est-ce que c'est… possible que tu aies été adoptée ?

À en juger par la façon dont les yeux de Bloom pénétrèrent dans ceux d'Aisha, il n'y avait aucune chance.

— Non. J'ai entendu mille fois l'histoire de ma naissance.

Le ton de Bloom était sans réplique.

— Le bébé miracle. On avait décelé une anomalie cardiaque quand j'étais dans le ventre de ma mère, mais, le lendemain de ma naissance, ça avait disparu.

Aisha sentit son cœur se glacer.

— Oh, waouh ! s'exclama-t-elle. Tu es une changeling !

— Qu'est-ce que c'est ?

Aisha se tut. Elle voulait que sa nouvelle coloc l'apprécie, qu'elles s'entendent bien. Elle ne voulait pas être celle qui venait détruire toutes ses illusions.

— Aisha. C'est quoi une changeling ? insista la jeune fille face au silence qui s'éternisait. On partage la même chambre. On doit être prêtes à se confier l'une à l'autre. Tu te souviens ?

Aisha prit une profonde inspiration.

— Un changeling, c'est un bébé fée échangé avec un bébé humain à la naissance.

On aurait dit que le monde vacillait autour de Bloom, comme la flamme d'une bougie sur le point de s'éteindre.

— Attends, articula Bloom d'une voix tremblante. T'es sérieuse ?

— C'est une pratique barbare et ça n'arrive pratiquement plus jamais…

— Ce n'est pas possible !

Aisha tenta de s'exprimer de façon posée, de faire en sorte que sa nouvelle amie comprenne et soit prête à accepter la vérité.

— Tu as de grands pouvoirs, Bloom. Tu es forcément une fée pur sang.

— Je le saurais quand même, si mes parents n'étaient pas mes parents.

Elle avait du mal à empêcher sa voix de chevroter.

Aisha céda immédiatement.

— OK. OK. Tu as raison.

— Comment tu peux insinuer un truc pareil ?!

Le ton accusateur de Bloom la fit monter dans les aigus.

— J'essaie juste de t'aider.

Bloom se leva du banc.

— Eh ben, c'est raté, conclut-elle froidement.

Elle tourna le dos à Aisha comme si c'était sa faute. Comme si elle lui en voulait et la détestait.

Et pourquoi Bloom ne l'aurait-elle pas détestée ? Ce qu'Aisha venait de lui dire signifiait qu'elle ne pourrait jamais rentrer chez elle. Qu'elle n'y avait plus sa place.

Pour ce qui était de se rapprocher de sa nouvelle camarade de chambre, c'était mal parti.

ESPRIT

Musa appréciait Aisha et, surtout, son aura qui lui évoquait des eaux tranquilles. C'est pour cette raison qu'elle tentait d'apaiser l'inquiétude et la culpabilité de sa colocataire, alors qu'elles retournaient toutes deux à l'appartement Winx, après la soirée de bienvenue.

— Elle ignore mes textos, déplora Aisha.

— Bizarre, ironisa Musa. Je me demande si c'est parce qu'elle t'a ouvert son cœur et que tu lui as annoncé qu'elle était un monstre ?

Cette remarque ne parut pas apaiser Aisha. *Oups*, pensa Musa, *ce n'était pas très délicat.*

— Tu n'as pas vu Bloom ? demanda Aisha à Stella en se précipitant dans la chambre, avant d'en ressortir aussi vite.

Stella était allongée sur le canapé et prenait des selfies.

— Non. Pas récemment.

Son ton alerta Musa. Et Aisha était si bouleversée qu'elle devait faire quelque chose. Elle activa ses pouvoirs et fit face à Stella, les yeux brillants.

— Ton visage est très calme, mais tu es rongée de remords, l'informa-t-elle.

Aisha examinait Musa d'un air intrigué, avant de commenter d'un ton sans jugement :

— Tu es une fée de l'Esprit !

Puis elle se tourna vers Stella au moment où Terra sortait de sa chambre.

— Une fée de l'Esprit ? répéta Terra avec force. C'est quoi ta connexion ? Les souvenirs, les pensées…

— Ce n'est pas le moment, l'interrompit Musa.

Terra observa tour à tour chacune de ses colocataires.

— Tout va bien ?

Aisha soupira.

— Pas vraiment. Je cherche Bloom et, bizarrement, Stella se sent coupable.

L'intéressée poussa elle aussi un soupir, comme si elle était terrassée par l'ennui.

— Vous pourriez réserver ce genre de cinéma au club d'art dramatique ?

Musa réalisa à quel point Stella était déterminée à mettre cette histoire sous le tapis et préféra ne pas insister. Surtout que Terra était aussi au courant de ses pouvoirs, désormais. Musa savait trop bien comment tout ça allait finir. Elle prévoyait déjà que Terra n'oserait plus l'approcher. Elle se sentit subitement très fatiguée. Stella pouvait garder ses secrets pour elle.

Mais Terra s'approchait de la princesse et sa démarche n'avait rien à voir avec son insouciance habituelle. On aurait dit un soldat montant au front.

Musa était presque impressionnée.

— Elle parlait avec Sky, non ? demanda Terra d'un ton autoritaire.

— Et alors ? rétorqua Stella, hautaine.

— Je sais ce qui est arrivé à la dernière personne qui a *parlé* avec Sky. J'étais là l'année dernière, tu sais.

Une fissure apparut dans le masque d'indifférence de Stella quand elle riposta :

— Tu ne connais pas toute l'histoire !

Terra semblait s'en ficher au plus haut point.

— Ricki était ta meilleure amie avant de parler à Sky. Et maintenant, elle n'est plus là. Tu veux nous rappeler pourquoi ?

Une menace planait dans l'air entre les deux jeunes filles.

— Où est Bloom, Stella ? insista Terra.

Stella décida visiblement qu'elle ne pourrait pas remporter ce bras de fer.

— Elle avait le mal du pays, expliqua-t-elle. J'ai voulu me montrer gentille, je lui ai prêté ma bague.

L'anneau magique de Stella… celui qui permettait aux fées de voyager d'un royaume à l'autre.

— Je croyais qu'elle fonctionnait juste *à l'extérieur* de la Barrière.

C'est-à-dire à l'endroit même où un homme avait été assassiné.

Et dire que Musa avait passé la soirée à tenter de ne pas prêter attention aux pensées concernant le sort qu'avait subi le vieil homme…

FEU

Les détritus empilés dans les coins de l'entrepôt étaient plus bruyants que jamais, mais je m'en fichais. J'ai couru sur tout le trajet pour rejoindre la maison de mes parents. J'allais franchir la porte en courant et la refermer pour ne plus jamais ressortir.

Un pan de la façade était toujours recouvert d'une bâche. Des gravats et des matériaux de construction étaient empilés devant. La lumière du porche était comme un phare qui éclairait mon trajet.

Qu'est-ce que j'allais faire, une fois rentrée chez moi ? Je fouterais le feu une fois de plus ? Je tuerais mes parents ?

Je me suis arrêtée. J'ai sorti mon téléphone et je les ai appelés en les observant par la fenêtre tandis que je leur parlais. Quand ils m'ont demandé si tout allait bien, je leur ai menti, j'ai prétendu que je n'arrivais pas à dormir à cause du décalage horaire.

— Tu sais que tu as le droit de ne pas aller bien, m'a rappelé maman. Tu n'as que 16 ans. Ce n'est pas rien d'être aussi loin.

Papa a ajouté avec douceur :

— J'en aurais été incapable à ton âge. Heureusement que tu as hérité du courage de ta mère.

C'était faux, je le savais à présent. Ça ne pouvait pas venir d'elle. Pas étonnant que j'aie toujours été une telle source de déception à ses yeux.

Sauf que je la voyais par la fenêtre de la cuisine. Elle n'avait pas l'air déçue du tout. Elle semblait ravie de me parler. Comment est-ce que je pourrais jamais lui avouer ce que je lui avais fait ? Comment est-ce que je pourrais lui révéler ma vraie nature ?

Maman avait raison. Même si j'étais toute proche, je n'aurais pas pu être plus éloignée. Et c'était *terriblement* dur.

Mes parents m'ont dit qu'ils m'aimaient. Je les aimais aussi. Mais je n'étais pas à ma place en ce lieu. Je ne l'avais peut-être jamais été.

Je suis retournée discrètement à l'entrepôt où j'avais passé des nuits tourmentées pendant trop longtemps. Une fois arrivée, j'ai eu l'impression de n'avoir jamais quitté ce monde, de n'avoir jamais vu Alféa. Comme si j'étais depuis toujours coincée ici, perdue sans savoir quoi faire, impuissante.

Puis j'ai entendu de faibles chuchotements. Des sifflements. Des bruits étranges.

À travers les fenêtres poussiéreuses, la lumière extérieure a commencé à disparaître.

J'ai levé la tête et, dans la pénombre offerte par la lucarne, j'ai distingué une silhouette.

Même au premier regard, j'ai deviné qu'elle n'était pas normale. Ses membres étaient trop allongés et sa posture tordue. La forme effrayante a fait un pas chancelant vers moi.

Une chose était sûre, cette créature n'était pas humaine.

J'ai titubé en arrière, je suis tombée et la bague de Stella s'est échappée de ma poche. Je l'ai vue rouler et disparaître entre les barreaux d'une grille dans le sol. *Oh non.*

J'ai rampé jusque-là et j'ai plongé la main pour la rattraper. Impossible : elle était hors de ma portée. J'ai tendu en vain les doigts pour essayer de la prendre. Je me suis arrêtée en entendant le râle.

Lointain, mais de plus en plus fort.

La créature inhumaine se rapprochait de moi. J'ai redoublé d'efforts pour récupérer la bague, puis je me suis collée contre le mur sous la fenêtre. J'ai tenté de retenir ma respiration, malgré mes tremblements.

Le visage monstrueux de la chose s'est mis à m'observer à travers la vitre sale. Il n'était qu'à une dizaine de centimètres de moi.

Sa chair était carbonisée, ses orbites creusées, dépourvues de paupières, mais tout au fond, ses yeux noirs semblaient en alerte. Comme si elle me voyait et savait ce qu'elle devait faire.

Le verre s'est brisé et des débris sont tombés sur le sol. J'ai soulevé la grille et je me suis faufilée dans l'ouverture étroite. En me contorsionnant, je suis parvenue à faire passer mon corps, puis j'ai rampé dans l'espace minuscule. De la vapeur me brouillait la vue. Puis je l'ai aperçue, à quelques mètres seulement : la bague de Stella. De l'autre côté d'un nouveau grillage à mailles verticales. Je me suis dirigée vers le métal brillant quand un énorme bruit a résonné comme un écho dans ma tête.

Le monstre se tenait sur la grille au-dessus de moi.

J'ai rampé aussi vite que j'ai pu. L'anneau était de l'autre côté du grillage, mais il y avait un trou juste assez large pour que j'y glisse la main. J'ai essayé d'attraper la bague et j'ai presque réussi à la toucher.

Mais l'ombre de la créature s'agitait au-dessus de la grille. Le monstre s'est mis à tirer frénétiquement dessus pour la détacher. Une première fois. Une deuxième. Puis, dans un fracas métallique retentissant, il est parvenu à ses fins et s'est laissé tomber dans l'espace minuscule où je m'étais faufilée.

J'ai tenté une dernière fois d'attraper l'anneau, mais la créature a abattu la main dessus.

J'ai opté pour une nouvelle tactique. Je l'ai appelée mon plan B : j'ai décidé de prendre mes jambes à mon cou.

Je suis ressortie en rampant le plus vite possible et j'ai couru vers la sortie de secours de l'entrepôt. Derrière moi, j'ai entendu le monstre se lancer à ma poursuite. Je n'osais pas me retourner. Ce n'était pas nécessaire, de toute façon. Pas de doute. J'entendais qu'il me rattrapait.

Puis Miss Dowling est apparue avec une expression particulièrement sévère.

— Par ici, m'a-t-elle ordonné froidement.

Elle s'est écartée, révélant une porte avec un encadrement de lumière vive. Un portail magique. Je l'ai traversé.

Une fois de l'autre côté, je me suis retournée au moment où la directrice s'interposait entre le monstre et l'ouverture. Elle a levé la main et le battant s'est refermé en claquant. Aussitôt, le silence s'est installé.

Je suis restée bouche bée, sous le choc, mais sauvée.

Derrière moi, la voix d'Aisha a demandé :

— Ça va ?

Je me suis retournée et j'ai constaté, à mon grand étonnement, qu'Aisha, Terra et Musa m'attendaient. À en juger par leur expression, elles avaient aperçu le monstre de l'autre côté du portail.

— Je crois, oui. Qu'est-ce que c'était, ce truc ?

Terra a déclaré d'une voix terrifiée :

— Je crois bien que ça s'appelle un Brûlé.

Je n'en revenais pas qu'elles soient toutes les trois venues ici, pour moi. Il ne manquait qu'une de mes colocataires.

— Attendez. Où est Stella ?

— Je ne sais pas, a répondu Aisha. Pourquoi ?

— Le monstre a volé sa bague.

SPÉCIALISTE

Sky n'arrivait pas à se sortir de la tête Bloom, la fille de Californie. Il pensait à elle sous la douche.

Oh non, se corrigea-t-il, consterné, alors que son Riven intérieur lâchait un commentaire à ce sujet. *Pas comme ça.* Il pensait juste… qu'elle était super jolie dans la lumière vive qui inondait la cour, avec ses cheveux roux brillant comme une pièce d'un penny en cuivre toute neuve.

Elle avait beaucoup d'humour aussi. Et elle semblait tellement perdue, cherchant à se repérer dans ce château étrange, elle l'avait attiré comme un aimant.

Sky avait fait un truc un peu chelou. Pendant la fête d'orientation, il était allé trouver Terra Harvey, la fille du professeur Harvey. Elle pouvait lui fournir un moyen d'entrer en contact. La jeune fille était seule, elle examinait les environs d'un air heureux et rêveur.

— Salut. Terra, c'est ça ?

Elle avait cligné des yeux.

— Oui.

— Désolé si tu trouves ça gênant, mais je me demandais… Bloom est ta coloc, non ? J'imagine que… tu as son numéro…

Le visage de Terra s'était illuminé comme une ampoule.

— Et tu voudrais que je te le donne ! s'était-elle exclamée.

— Pas si tu trouves que c'est relou, s'était empressé de préciser Sky. Ou si ça te paraît agressif.

— Je ne trouve pas ça relou, Sky, lui avait assuré Terra. Je trouve ça beau. C'est beau, l'amour !

— Euh… Je ne sais pas si… Je pensais juste, enfin, tu vois… lui envoyer un texto…

Terra lui avait donné le numéro de Bloom, mais Sky craignait toujours de se montrer relou. Les intentions de Terra étaient bonnes, mais elle n'était pas très douée pour les relations sociales.

Sky ne savait pas comment demander à une fille de sortir avec lui. Il avait toujours été avec Stella. Elle s'était accrochée à lui, à cause de sa mère. Et elle s'était cramponnée si fort que ça lui avait donné l'impression qu'ils allaient bien ensemble. Puis il y avait eu toute une histoire l'année précédente et elle l'avait largué. Elle ne lui avait pas adressé la parole une seule fois de tout l'été. *Tout ça est terminé*, se dit Sky avec fermeté.

Il était célibataire. Il pouvait sortir avec quelqu'un d'autre s'il en avait envie.

Ah, s'il pouvait trouver quoi écrire à Bloom.

Il tournait encore en rond dans sa chambre, drapé dans sa serviette, tentant de composer un message pour Bloom, quand Stella entra.

Et tenta aussitôt de passer la main sous sa serviette.

Sky se sentit obligé de lui faire remarquer :

— C'est *toi* qui m'as largué.

Stella s'écarta.

— Je sais.

— Je n'ai pas eu une seule fois de tes nouvelles pendant les vacances, puis j'échange deux mots avec une première année et, paf, tu débarques ?!

— J'ai dit *je sais*, c'est bon. Je suis désolée.

Des excuses de la part de Stella, c'était inhabituel.

Mais quand elle demandait pardon, elle était sincère. Sky se sentit vaciller. Il la connaissait suffisamment pour comprendre qu'elle était vraiment bouleversée.

Il se radoucit.

— Qu'est-ce que tu fiches ici ?

— Je me suis sentie jalouse, explosa-t-elle. Je sais que je n'ai pas le droit, mais je ne peux pas m'en empêcher. Puis j'ai fait une bêtise et maintenant… elles me prennent toutes pour un monstre.

— Stel, murmura Sky, vraiment désolé pour elle.

— Je ne peux plus dormir là-bas. Dans un appart où tout le monde me déteste. Je peux passer la nuit ici, s'il te plaît ? À côté de quelqu'un qui ne me hait pas ? Enfin, j'espère…

Sky se rapprocha d'elle et écarta les cheveux dorés de son visage parfait.

— Tu vaux mieux que ce que tu crois, Stella.

Il l'attira contre lui et l'enveloppa dans ses bras. Il la laissa s'effondrer contre lui.

D'accord, Bloom, la jolie nouvelle, avait l'air perdue à son arrivée à Alféa, mais elle ne resterait pas perdue longtemps. Elle n'avait pas besoin de lui, pas vraiment. Et, même si l'idée de séduire une fille indépendante qui avait l'attrait de la nouveauté était tentante, il était de son devoir de soldat d'aller là où on avait besoin de lui.

FEU

Il était tard ce soir-là quand je me suis préparée pour aller au lit. Personne ne savait quoi faire pour la bague. Mes colocataires n'avaient aucun conseil à me donner. Et moi non plus je ne savais pas quoi leur dire. Je leur étais reconnaissante d'être venues me chercher, mais nous n'étions pas amies.

Peut-être que le lendemain les choses seraient plus claires. Que je comprendrais ce que ça signifiait exactement d'être une changeling et ce qui se tramait avec ces monstres appelés les Brûlés.

En même temps, j'en doutais.

Aisha était couchée dans son lit et me regardait d'un air inquiet. Elle avait été adorable avec moi, elle m'avait assuré que Miss Dowling s'occuperait du Brûlé – cette créature de cauchemar – et que mes parents n'étaient pas en danger. Elle avait même tenté de me complimenter sur la lampe à motifs ailés rouge rubis que j'avais restaurée dans mon ancienne vie et apportée à Alféa depuis le monde des humains.

Ma mère n'avait jamais compris pourquoi je voulais réparer de vieux trucs. Peut-être seulement parce que j'avais toujours su qu'il y avait quelque chose de brisé en moi ? Qu'un jour il faudrait que j'apprenne à me réparer ?

— Je l'ai toujours senti, ai-je confié à Aisha. Qu'il y avait quelque chose qui clochait en moi.

— Il n'y a rien de mal à être une fée, Bloom.

— Et d'être une changeling ? J'ai bien vu la façon dont tu m'as regardée. Pourquoi une fée ferait-elle ça ? Abandonner son bébé dans le monde humain ?

— Je te l'ai dit. Elles ne le font plus.

Quelle chance ! J'étais l'exception.

— Mais elles l'ont fait. Je me suis lancée dans une recherche Google assez approfondie et il y a des changelings dans de nombreuses cultures. Si ce ne sont pas des bébés fées qui ont des défauts ou des enfants sacrifiés au diable, ce sont juste de très vilains tours joués à des familles humaines qui ne se doutent de rien. Et tu sais ce que les changelings ne sont jamais ? Une bonne nouvelle.

— Je ne suis pas sûre que Google soit la meilleure source pour t'informer sur le folklore des fées, a protesté ma camarade de chambre avec douceur.

— Tu as raison.

Je l'ai regardée.

— Une fée, par contre, est une très bonne source d'informations. Du coup, je te le demande sans détour : *Qu'est-ce que je suis ?*

Avant même de voir la tristesse passer dans ses yeux sombres et fixes, j'ai compris que je lui en demandais trop. Elle ne pouvait pas être mon salut, pas plus que Miss Dowling.

— Je n'ai pas la réponse, Bloom, chuchota Aisha. Je suis désolée.

Il n'y avait vraiment rien d'autre à dire. Et j'étais désolée moi aussi. J'ai grimpé dans mon lit, résistant à l'envie de tirer les couvertures par-dessus ma tête et de pleurer en appelant ma mère. Malheureusement, elle ne pouvait pas me rejoindre et je ne pouvais pas aller la voir non plus.

J'étais là, parmi les fées et les monstres, et c'était *moi*, la créature qui détonnait.

Recroquevillée dans mon lit froid, incapable de m'endormir, je réalisai que j'étais coincée à Alféa. Je n'avais aucun contrôle sur mes pouvoirs et je ne pouvais pas expliquer la vérité à mes parents. Je ne pourrais plus rentrer. Et je ne voyais pas comment je pourrais un jour me sentir chez moi dans ce château.

SPÉCIALISTE

Quelle rentrée pourrie pour la deuxième année de Riven ! Il avait espéré avoir des rendez-vous avec des filles canon et peut-être se mettre à niveau question manipulation du couteau. Pas tomber sur des cadavres mutilés et manquer de se faire assassiner par une plante de Terra. Bon, d'accord, il avait été horrible avec elle, mais ce n'était pas une raison pour réagir comme une psychopathe !

Tout le monde la prenait pour une fille adorable, mais Riven savait que c'était loin de la vérité. Une fille vraiment gentille se serait tracassée pour lui à cause de l'expérience traumatisante qu'il avait encaissée et lui aurait apporté une tasse de thé et une couverture. Il n'avait pas du tout envie de ce genre de choses, non, ça aurait été pathétique. N'empêche…

Maintenant, il ne pouvait même pas retourner dans sa chambre, parce que Sky y était avec Stella. Elle avait dû débarquer et faire une scène style *pauvre de moi, je suis tellement fragile, mais je suis belle aussi.* Son copain tombait toujours dans le panneau. Quel pigeon !

Riven l'avait aperçu en train de serrer tendrement Stella contre lui dans son lit, s'était retenu de vomir et était reparti aussi sec.

Peu importe. De toute façon, il ne risquait pas de s'endormir de sitôt.

Dès qu'il fermait les yeux, il revoyait les blessures noircies, le visage en lambeaux et ensanglanté du vieil homme. Ce n'était pas grave. Il avait un plan : se défoncer.

Il alluma son joint et remarqua une nouvelle qui traversait le campus en portant une pile de livres. Elle arborait d'adorables petites couettes et une jupe courte. Riven lui adressa immédiatement la parole, car elle était canon et qu'il était un homme comme les autres.

— Tu comptes passer toute la nuit le nez dans les bouquins ?

La Mystérieuse Inconnue rétorqua avec un sourire espiègle qui n'enlevait rien à son charme :

— Je vais surtout sniffer quelques stimulants pour tenir. Même si je finirai bien par avoir besoin de sommeil.

Riven lui tendit le joint. Elle sourit de toutes ses dents, ce qui la rendait plus mignonne encore.

— Je ne peux pas, j'ai les mains prises.

Il lui sourit à son tour. *Oh, Oh.* Il aspira une longue bouffée. Elle se rapprocha et il put encore mieux apprécier ses yeux noirs malicieux et sa jolie fossette au menton. Une fois que leurs lèvres ne furent plus qu'à quelques millimètres, il souffla la fumée dans la bouche de la Mystérieuse Inconnue. Elle la garda en elle avec nonchalance.

Riven était impressionné.

— Tu es en première année ?

Elle lui souffla la fumée au visage. D'une manière sexy. Une étrange et sombre lueur dansait dans son regard.

— Je suis beaucoup de choses.

Elle tourna les talons et s'éloigna d'une démarche un peu chaloupée.

Le tonnerre gronda. Riven l'interpréta comme un excellent présage.

L'année avait mal commencé, c'est vrai, mais peut-être que certaines choses allaient enfin se passer comme il l'espérait. Une fille le trouvait mignon…

Une seconde… Riven repensa à Dane, le bébé Spécialiste, et ne put s'empêcher de sourire. Il y avait deux personnes qui trouvaient Riven mignon. Et elles avaient bien raison.

Le cœur vieillit

Farah Dowling était seule dans son bureau, elle observait l'orage grondant derrière la vitre, les nuages noirs et argentés tourbillonnant dans le ciel. Elle espérait que tous les élèves étaient en sécurité dans leurs lits. Il y a quelques heures, elle avait renvoyé Callum, son secrétaire, chez lui, malgré sa propension à rester tard. Elle pouvait s'accorder un moment dans son sanctuaire pour réfléchir à l'énormité de ce qui s'était passé aujourd'hui.

Elle avait fait emprisonner un Brûlé dans la cour de l'école.

À cet instant précis, Silva entra d'un pas décidé, d'humeur aussi orageuse que le temps derrière la fenêtre. Il trouvait qu'elle aurait dû tuer le Brûlé.

La directrice protesta :

— Il faut que j'entre dans sa tête. On doit savoir s'il s'agit d'un incident isolé ou si c'est plus grave encore.

— Plus grave ? Comme quoi ?

— J'ai trouvé une changeling dans le Premier Monde.

— Une changeling ? répéta Silva d'un ton alarmé. Ça fait des siècles qu'on n'en entend plus parler.

— Pourtant, elle était bien là. Elle a été substituée il y a seize ans, à l'époque où le dernier Brûlé a été repéré.

Saúl Silva et Miss Dowling se connaissaient de longue date. Ils avaient été jeunes à la même époque, visionnaires, soldats obéissants et rebelles parfois. Elle avait l'impression que c'était dans une autre vie, mais elle le croyait encore capable de lire dans ses pensées, en recourant à une magie qui n'avait rien à voir avec le pouvoir des fées et qui découlait tout naturellement du fait qu'ils faisaient partie de la même équipe.

— Tu crois que tout est lié, conclut Silva.

Elle en était convaincue.

Conte de fées n° 2

Il n'y a pas d'étrangers ici mais simplement des amis
que vous n'avez pas encore rencontrés.
Attribué à W. B. Yeats

TERRE

Terra entendit le joyeux appel matinal d'Aisha monter depuis l'autre pièce.

— Avalez une tasse de café et levez-vous ! Réjouissez-vous. Aujourd'hui, vous allez apprendre à utiliser votre magie !

Pauvre Bloom ! Elle n'avait pas de quoi se réjouir. Elle avait été poursuivie par un monstre terrifiant la nuit précédente.

Tout le monde avait des problèmes de cohabitation ce matin. Terra elle-même était confrontée à un dilemme. Elle ne pouvait pas aller en cours en pyjama à fleurs. D'un autre côté, elle ne pouvait pas s'habiller devant une coloc flippante capable de lire dans ses pensées.

Elle courut dans la salle de bains. Elle était en train d'enfiler un tee-shirt quand Aisha entra en bavardant joyeusement, et s'assit pour…

Oh. Oh, non.

— … tu fais pipi devant moi. D'accord. C'est nouveau. Et ça ne me dérange pas du tout ! s'empressa d'ajouter Terra.

C'était cool. Ça ne lui posait aucun problème.

Aisha faisait preuve d'une indifférence impressionnante.

— Oh. Tu trouves ça bizarre ?

Elle s'en fichait, visiblement. Elle devait avoir l'habitude, peut-être parce qu'elle faisait partie de l'équipe de natation.

— Tu allais prendre une douche ? voulut-elle savoir.

Elle tira la chasse et se redressa. Elle tourna le robinet de la douche et Terra se demanda, paniquée, si elle suggérait un moment d'intimité partagée sous le jet. Est-ce qu'il y aurait même assez de place pour deux personnes ? Elle n'avait pas envie de connaître la réponse.

— Non, je, euh… J'allais me changer, mais…

Une idée géniale lui vint.

— J'ai oublié mon soutien-gorge.

Sa coloc pointa du doigt le sous-vêtement sur la pile que Terra venait de poser sur le sol en arrivant.

— Celui-là ?

Terra bafouilla des excuses – il était trop petit, il était peut-être en feu, elle n'avait jamais vu ce soutien-gorge de sa vie – pendant qu'Aisha commençait à se déshabiller.

Pour changer de sujet, Terra lui demanda :

— Tu as vu Stella ? Je crois qu'elle n'est pas rentrée, la nuit dernière.

Elle était sans doute avec Sky. Mais est-ce qu'il aurait été capable de se remettre avec elle, après ce qui s'était passé l'année précédente… ?

Aisha haussa les épaules, aussi nonchalante sur ce sujet que sur tout le reste. C'étaient les colocs dont elle avait toujours rêvé. Passer toute la nuit dehors avec des garçons.

Se déshabiller complètement les unes devant les autres. Elles étaient toutes bien plus cool que Terra ne le serait jamais.

Elle ramassa ses vêtements et s'enfuit de la salle de bains.

FEU

C'est le premier jour de cours, me disais-je. *Il est temps d'apprendre des choses et d'arrêter de penser au fait que je suis une changeling ou que des monstres brûlés me pourchassent.* Des pensées agréables, comme dans *Peter Pan* ! C'est comme ça qu'on s'envole.

Pas littéralement, car les fées n'ont plus d'ailes. Mais émotionnellement. *Je vais m'envoler émotionnellement. Pas de pensées négatives.*

La voix de Musa m'est parvenue par la porte ouverte de ma chambre.

— Je n'imaginais même pas que ces créatures existaient vraiment, mais on l'a toutes vue. C'était flippant. On aurait dit que ce truc voulait vraiment la tuer…

Malgré son ton détaché, l'inquiétude de Musa était palpable. Comment est-ce que j'aurais pu arrêter de penser aux monstres brûlés si tout le monde ne parlait que de ça ? J'aurais apprécié que personne ne gâche l'ambiance positive que j'essayais de créer autour de moi.

— Et ma bague ? voulut savoir Stella.

Que signifiait la perte d'un simple bijou par rapport à un danger mortel ? Cette fille avait un drôle de sens des priorités.

Non. C'était gentil de sa part de me prêter son anneau magique. J'étais la seule fautive. Pas question de fuir mes responsabilités.

Je suis entrée dans la pièce commune, le menton bien haut.

C'était un bel espace lumineux, rempli de fauteuils confortables et inondé de soleil. Il y avait une lampe en forme de nuage cotonneux. C'était l'endroit idéal pour tenir une conversation bien différente de celle-ci et beaucoup plus agréable.

— Ce machin brûlé… l'a prise, ai-je avoué.

— C'est une *blague ?* a explosé Stella.

— On se détend, princesse, est intervenue Musa d'une voix traînante.

Stella est sortie de ses gonds d'un coup.

— Ne me dis pas de me détendre et arrête d'utiliser mon titre comme si c'était une insulte.

C'était à mon tour de me demander si c'était une blague, mais dans l'intimité de ma tête. Je me suis exclamée :

— Non, c'est vrai, tu es une princesse ?

Stella m'a foudroyée du regard.

— La bague que tu as perdue est un des joyaux de la couronne de Solaria. Comme ça ne doit pas signifier grand-chose pour quelqu'un du Premier Monde, n'hésite pas à demander à tes colocataires de t'expliquer pourquoi c'est une gaffe monumentale.

Aisha est sortie de la salle de bains pile au bon moment, en se séchant les cheveux à l'aide d'une serviette. Sauvée !

— C'est presque une aussi grosse gaffe que de la lui avoir donnée, a-t-elle fait remarquer à Stella avec calme. Miss Dowling a enfermé la créature. Tu serais au courant si tu avais été présente hier soir quand elle nous a fait la morale.

J'étais encore sous le choc de savoir que Stella était une princesse. Grâce à la carte dans le bureau de la directrice, je savais que Solaria était le royaume où nous nous trouvions. Stella était altesse royale de ce pays !

— Tu t'es bien débrouillée pour rentrer discrètement ce matin, a commenté Musa.

Aisha et elle me soutenaient. Ça m'a fait plaisir. Je me suis demandé où Stella avait passé la nuit. Avec Sky ? Ils s'étaient parlé à la fête, mais discuter, c'était une chose, se rejoindre au lit en était une autre.

J'avais l'impression que Sky m'aimait bien. J'ai été surprise de réaliser que j'avais très envie que Stella ait passé la nuit avec quelqu'un d'autre que lui.

Aisha a poursuivi à propos de Miss Dowling :

— Mais comme elle veut garder secret ce qui s'est passé la nuit dernière, tu n'auras pas d'ennuis.

Musa a secoué la tête.

— Si quelqu'un apprenait qu'il y avait un Brûlé dans le Premier Monde, même s'il n'était là que provisoirement, ce serait la cata.

À la façon dont Musa prononçait « un Brûlé », j'ai compris que c'était le nom que les fées donnaient à ces créatures. On aurait dit qu'il y avait une majuscule pour souligner leur aspect sinistre. Miss Dowling m'avait sauvée des griffes de ce monstre. Peut-être qu'elle pourrait à nouveau nous aider.

— Je ne lui ai pas dit que j'avais perdu la bague, mais je suis sûre que si on le lui racontait…

— Pas question ! est intervenue Stella d'un ton si catégorique que tout le monde a sursauté. J'y réfléchirai après les cours. Mais pour l'instant personne ne dit rien. Et est-ce que quelqu'un peut le faire comprendre à Terra ? Elle est incapable de tenir sa langue.

Sur cette note agréable, Stella a ouvert la porte de sa chambre. Pour une raison mystérieuse, Terra était en train de s'y changer. Elle avait visiblement tout entendu et avait l'air mortifiée.

J'étais trop sous le choc moi-même pour avoir pitié d'elle. Ça n'aurait pas dû avoir d'importance comparé aux incendies que je déclenchais et aux monstres, mais je n'arrivais pas à me remettre du fait que Stella était une vraie princesse de conte de fées, née dans un château, avec des cheveux blonds comme de l'or, entourée d'un halo de lumière.

Elle était l'héroïne de cette histoire.

FEU

Le cours du jour se tenait au milieu d'un cercle de pierres ancien. Les mégalithes étaient gris, certains légèrement cassés et ébréchés, on aurait dit les dents d'un géant mort et enterré. Ils étaient placés à intervalles réguliers et formaient un motif dans les hautes herbes verdoyantes. L'impression qu'ils appartenaient à l'histoire, que des souvenirs y étaient liés, était tenace. Ce cercle avait été érigé plusieurs siècles avant ma naissance et serait encore là des siècles après ma disparition. Je n'arrivais pas à réaliser que j'avais ma place ici.

Le sujet de notre leçon semblait être un bol ancien en fer terni ou peut-être en bronze, avec un bord décoré de volutes complexes qui semblaient celtiques. Terra a murmuré qu'il s'appelait le Vaisseau. Il était posé sur un socle à l'intérieur du Cercle de Pierres et, avec les autres élèves de première année, nous formions un deuxième cercle autour de lui. Chacune d'entre nous attendait son tour pour montrer ce dont elle était capable.

La directrice se tenait au centre du cercle de mégalithes. Ses cheveux blonds formaient un chignon et elle portait un trench bleu. Dans son dos, quelques torches avaient été allumées et une chute d'eau bruissait au loin. La directrice semblait vraiment à sa place ici, bien plus que tous les autres. Sa dignité conférait au cours un caractère cérémoniel et le ton sérieux qu'elle employait donnait l'impression d'assister à un rituel.

— La magie prend sa source au sein même de la nature. Et ici, dans notre Cercle de Pierres, elle est sublimée. Le Vaisseau teste votre capacité à canaliser la magie. C'est une base de référence pour commencer votre formation. À terme, vous apprendrez à vous connecter aux autres éléments. Mais votre première année est consacrée à l'élément qui vous a été donné à la naissance.

Elle s'est mise à énumérer les éléments, comme si elle faisait l'appel :

— La Terre. Le sol, le sable, les roches et toutes sortes de plantes.

Sans surprise, Terra s'est avancée et a placé ses mains sur le Vaisseau. Instantanément, ses yeux se sont illuminés d'une lueur verte et de délicates tiges de lierre ont jailli du bol en pierre.

Miss Dowling a continué :

— L'Eau. Les lacs et les océans du monde ou les molécules qui composent tous les organismes.

Aisha s'est approchée à son tour du Vaisseau. Ses yeux ont brillé d'un éclat bleu et un tourbillon minuscule a pris naissance dans le bol.

— L'Esprit. Les souvenirs, les pensées, les rêves ou les émotions de tous les êtres vivants...

Dès que Musa a touché le Vaisseau ses yeux se sont illuminés d'une lueur violette et des ondulations électriques comme des ondes sonores ont traversé le bol. Un éclair rouge, couleur sang, a illuminé le récipient.

— Ou l'Air. Sa vitesse, sa température, son humidité, ses propriétés sonores ou électriques...

Une fille que je ne connaissais pas, avec des yeux noirs malicieux et une fossette au menton, s'est approchée du Vaisseau. Soudain, ses yeux ont lancé des éclats gris et de la foudre s'est déchaînée autour du bol. Elle a adressé un sourire confiant et moqueur à Miss Dowling.

Celle-ci a continué comme si elle n'avait rien vu :

— Quel que soit votre élément, les émotions sous-jacentes sont communes à toutes les fées.

Elle n'avait pas adressé le moindre regard à l'inconnue, mais elle m'a fait un signe de tête quand je me suis avancée vers le Vaisseau. J'ai tenté de maintenir une respiration régulière et j'ai dissimulé ma nervosité sous une assurance de façade. J'ai posé le bout de mes doigts sur les volutes à l'intérieur du bol en pierre.

Miss Dowling m'a encouragée.

— Ouvre-toi à la magie du monde autour de toi.

J'ai tenté.

J'ai fixé le bol.

Il ne se passait rien.

— Concentre-toi sur des sentiments positifs et clairs, m'a conseillé la directrice.

— D'accord.

Des pensées agréables. L'impression de m'envoler. *Allez, bon sang.*

— Une source émotionnelle est enfouie au plus profond de toi. Trouve-la. Entres-y. Surmonte tes doutes.

Même Miss Dowling semblait commencer à douter de moi.

Le temps s'écoulait lentement et le Vaisseau refusait obstinément de réagir à mon contact. C'était humiliant. Les autres élèves de première année chuchotaient dans mon dos. Leurs murmures emplissaient le Cercle de Pierres comme du brouillard.

J'ai entendu Musa dire à voix basse :

— C'est un désastre.

Et je savais qu'elle avait raison.

FEU

Après les cours, les autres élèves de première année parlaient encore de moi. Miss Dowling m'a entraînée à l'écart, sous les arbres. J'avais l'impression que même les feuilles se moquaient de moi.

— Ce n'est que le premier jour, m'a-t-elle rappelé.

Mais je n'étais pas d'humeur à écouter un discours destiné à me remonter le moral. Et ça m'énervait de la voir là, en train de manger une pomme, alors qu'elle détenait un précieux savoir et refusait de le partager. Je lui ai remémoré certains faits indubitables.

— Ou je suis à deux doigts de faire flamber tout le monde ou je n'arrive même pas à faire brûler une allumette.

— C'est que tu n'as pas les idées claires. La moindre source de distraction peut rendre la magie imprévisible.

J'ai posé une question sans savoir que j'allais le faire.

— Est-ce que je suis une changeling ?

Ma question l'a choquée bien plus que je ne m'y attendais. Elle n'avait visiblement pas prévu que je le découvre aussi vite. Je me suis demandé combien de temps elle pensait garder cette information secrète et ce qu'elle me cachait d'autre.

— Où as-tu entendu ça ? m'a-t-elle demandé d'un ton prudent.

— Aisha m'a vue perdre le contrôle dans la forêt hier. Elle a du mal à croire que je puisse être issue d'une lignée de fées en sommeil.

J'ai répété avec amertume les mensonges que la directrice m'avait racontés et que j'avais avalés si facilement.

— Bloom…

Elle a soupiré. Pour quelqu'un d'aussi posé qu'elle, c'était en quelque sorte admettre sa culpabilité.

— Ça aurait été si difficile de me dire que mes parents n'étaient pas mes parents ?

Mon ton était teinté d'une légère agressivité.

— Je ne voulais pas te faire encaisser trop d'un coup.

Ben voyons. Elle m'avait menti, mais pour mon bien.

— Vous avez préféré que je l'apprenne de la bouche d'adolescentes, les sources d'informations les plus fiables et les plus délicates…

La directrice a presque tressailli.

— J'admets que ce n'était pas idéal.

J'ai ricané.

— Sans blague ?

— N'emploie pas ce ton avec moi, m'a sèchement mise en garde Miss Dowling.

J'ai compris que j'étais allée trop loin. Je ne voulais pas la monter contre moi. Je voulais qu'elle m'aide.

— Est-ce que vous avez une idée de qui ils sont ? ai-je demandé avec douceur. Mes… vrais parents ?

J'ai vu dans ses yeux que la réponse était négative avant même qu'elle n'ouvre la bouche.

— Je ne les connais pas. C'est une des raisons pour lesquelles je ne t'ai rien dit.

Tout à coup, je n'ai plus réussi à contrôler ma colère. J'étais fatiguée et tous les espoirs que j'avais placés en cette journée se retrouvaient anéantis.

— Qu'est-ce que je suis censée faire ? ai-je explosé.

Je voulais simplement des réponses. Mais personne ne voulait m'en donner.

— Venir en classe tous les jours. Te concentrer. Apprendre. Grandir. Les réponses finiront par venir.

Les réponses ne viendraient pas d'elle, ça au moins c'était évident.

— Énigmatique et vague, ai-je conclu amèrement. Comme tout et tout le monde ici.

Je connaissais à peine la directrice. Je ne savais pas pourquoi je continuais à espérer qu'elle m'aide. Elle m'avait menti et maintenant elle me conseillait de venir me ridiculiser en cours tous les jours. Elle n'en avait rien à faire de moi. C'était inutile de compter sur elle.

J'ai tourné les talons.

SPÉCIALISTE

Deux bébés Spécialistes s'affrontaient sur les plates-formes qui surplombaient le lac. Kat était une dure à cuire. En revanche, le nouveau, Dane, n'était pas du même calibre.

Sky leur adressait des suggestions pertinentes. Riven, qui était sur le banc à côté de lui, leur criait des conseils inutiles et se moquait d'eux.

Il avait remarqué que le téléphone de Dane vibrait non-stop. Il devait avoir reçu cinq mille messages de Terra. Waouh, on aurait dit qu'ils étaient les meilleurs amis du monde, maintenant. Ou qu'elle avait un crush. Est-ce que Terra était amoureuse de Dane ? Si c'était le cas, elle se trompait de cible !

Riven avait envie de se moquer d'elle, mais elle risquait de l'étrangler à nouveau avec ses plantes grimpantes. Il ricana alors que Kat plaquait Dane au tapis.

— Tu pourrais essayer de te comporter à cinquante pour cent moins comme un connard ? lui demanda saint Sky.

Riven sourit.

— Ce serait cinquante pour cent moins drôle.

Dane se dirigea vers son portable, sans doute pour lire le déluge de messages. Il évitait le contact visuel avec Riven.

Sky insista gentiment :

— Tu te souviens que tu étais un loser l'année dernière ? Deux coquards et une cheville foulée ? Le premier jour…

Non, Riven n'avait pas besoin qu'on lui rappelle l'année précédente et il ne voyait pas pourquoi Sky et Terra s'obstinaient à le faire. C'est bon, Sky avait eu pitié de lui et l'avait pris sous son aile. Riven n'aimait tout simplement pas repenser au fait que son ami avait dû le trouver pathétique. Qu'il avait été sauvé par la bonne action du héros Sky.

Il décida d'ironiser sur la façon dont il pourrait exprimer sa gratitude envers la bienveillance de Sky :

— Moi qui pensais que mon amitié te suffisait…

Sky éclata de rire en renversant la tête en arrière. Riven savait que Sky passait surtout du temps avec lui parce qu'il l'amusait. C'était bien mieux que par pitié.

Puis son ami aperçut Stella, la princesse du Pays des fous, au bord du champ. Il se dirigea immédiatement vers Son Altesse Cinglérissime.

Riven se tourna vers Dane.

— Lâche ton téléphone.

— Ah oui ? Et pourquoi je devrais t'obéir ?

Au moins, le nouveau avait de la repartie.

Riven jeta le gant.

— Parce que tu m'as carrément stalké sur Insta hier soir et que je ne l'ai raconté à personne.

Ça l'avait amusé de remarquer que Dane avait liké une vieille photo de lui. Ce n'était même pas une photo où il était particulièrement mignon. De toute évidence, Dane n'était pas de cet avis.

Une bouffée de chaleur rouge se faufila sous la peau marron clair de Dane.

— J'étais juste curieux de mieux connaître les deuxième année, et puis mon doigt a dérapé et…

Riven lâcha un petit rire moqueur.

— Ton doigt a dérapé ? C'est ça ton excuse ? T'as de la chance, je me sens généreux. Mais ça risque de ne pas durer.

Dane posa son téléphone et Riven se pencha pour observer le long échange de messages entre le nouveau et Terra. Oui, de toute évidence, ils avaient instauré un vrai dialogue.

Il secoua la tête.

Très bien, décida-t-il. Il pouvait jouer les héros comme Sky. Accomplir une bonne action. Prendre Dane sous son aile.

Oui, Riven se sentait soudain bienveillant. Et si ça énervait Mme Terra et ses amies les plantes, tant pis pour elle ! Il allait aider le nouveau, qui rougissait plus encore à cause de l'attention que Riven lui portait.

— Premier conseil ? Choisis tes amis avec soin cette année. Deuxième ? Motive-toi à fond. Tu as combattu Kat avec ton corps et rien d'autre, et tu as perdu. Être un bon Spécialiste, ça n'a rien à voir avec la taille ou avec la force. C'est une question de stratégie.

Il cria :

— Hé, Mikey ! Viens, on y va !

Dane examina Mikey d'un air paniqué. Sans doute parce qu'il était énorme et que Dane avait peur que le joli visage de Riven ne soit endommagé.

Mikey se dirigea d'un pas lourd vers le tapis de combat et Riven alla le rejoindre. Mikey se donna à fond. Riven para deux violents coups de poing, puis il s'élança pour déséquilibrer son adversaire, le fit tomber en l'immobilisant dans une prise d'étranglement.

Riven releva la tête vers Dane pour voir s'il le regardait. Il n'avait pas raté une miette de l'affrontement.

— Première leçon. C'est comme ça que tu gagnes, le nouveau. Pas de pitié. Pour personne.

Sa bonne action pour la journée accomplie, Riven quitta la zone d'entraînement pour rejoindre des copains. L'univers le récompensa pour sa vertu en mettant la mystérieuse nouvelle sur son chemin. Elle s'approcha de lui.

Elles sont incapables de se passer de moi, pensa Riven.

— Le toxico, c'est ça ?

— Mon nom officiel, c'est Riven.

Elle grimaça. Elle était encore plus mignonne à la lumière du soleil. S'il avait tendu la main, il aurait pu caresser du bout du doigt la fossette de son menton.

— Tu t'appelles *Riven* ? Sérieux ?

— Je peux faire quelque chose pour toi ?

— Volontiers, ronronna-t-elle.

Elle passa un bras sous le sien et l'éloigna de ses amis. Il la laissa faire avec un vague sentiment de triomphe. Il avait deviné qu'il lui plaisait.

— Je parie que tu es un vrai délinquant.

— Ça dépend. Qui le demande ? répliqua Riven.

Elle leva vers lui des yeux pétillants.

— Quelqu'un qui veut s'introduire dans le bureau de Dowling. Je me suis dit que tu pourrais me donner un coup de main.

— Qu'est-ce qui te fait croire ça ?

— Parce que tu es un mec et moi un canon.

La nouvelle plongea le regard dans le sien.

— À moins que je me sois trompée sur toi ?

Il apprit alors que la jolie délinquante s'appelait Beatrix.

ESPRIT

Dès que les gens apprenaient que Musa était capable de lire les sentiments des autres et que la magie qu'elle exerçait sur l'esprit était puissante, ils voulaient qu'elle lise les pensées de tout le monde, sauf les leurs.

Même Aisha, que Musa aimait bien, se mit à la bombarder de questions pendant qu'elles déjeunaient.

Musa essayait de répondre, mais elle ne savait pas comment expliquer sa magie. Elle avait peur de faire fuir sa coloc. Ou de lui inspirer de la pitié.

Et puis c'était difficile de trouver les mots pour décrire le chaos dans lequel elle était plongée en permanence, qui l'assaillait de toutes parts. La dame de la cantine avait mal au dos. Un nouveau Spécialiste qui s'appelait Dane était mort de trouille et stressé comme une bête traquée. Le père de Terra, le prof, était inquiet à cause d'un truc, probablement le cadavre. Musa bafouillait en essayant d'expliquer tout ça à Aisha et de tenir le coup face à cet assaut.

Musa s'interrompit soudain en plein milieu d'une phrase, frappée par une sensation qu'elle n'avait jamais ressentie. Le silence, après une telle cacophonie, était une chose inimaginable. Un calme dans l'ouragan émotionnel qui l'agitait.

Ce calme provenait d'un garçon portant une veste kaki qui était en train de quitter la cafèt'. Elle aperçut son dos une seconde avant qu'il ne disparaisse.

— Et là, qu'est-ce qui s'est passé ? voulut savoir Aisha.

— Je… Je ne suis pas sûre, répondit Musa, distante.

Elle ignorait ce qui s'était passé, c'était la vérité, mais elle savait ce qu'elle avait ressenti.

Enfin la paix intérieure.

LUMIÈRE

Stella avait prévu de partager une chambre avec sa meilleure amie pendant tout le temps où elles seraient à Alféa ensemble. Ça n'avait pas pu se faire. À présent, elle devait partager un appartement avec les première année, et la pire première année de tous les temps avait perdu sa bague. Bien sûr, pourquoi veiller avec soin sur les bijoux de la Couronne ?!

Bloom, la fille de Californie, croyait pouvoir obtenir tout ce qui attirait son œil. La bague de Stella. Son petit ami. Mais Stella garderait Sky et avait l'intention de récupérer sa bague au plus vite.

Bloom avait déjà mis toutes les colocs dans sa poche. Terra, Musa et Aisha déjeunaient avec elle en ce moment même. Aisha, sa camarade de chambre, était en train d'expliquer son plan pour aider la pauvre Bloom.

— Bon, voilà ce que je propose. Tu pourrais dresser une liste de déclencheurs émotionnels et on les essaiera…

— Aisha, j'apprécie beaucoup ton aide, l'interrompit Bloom – qui, clairement, n'appréciait pas du tout –, mais je peux me débrouiller toute seule.

— J'en suis sûre, affirma Aisha – qui n'avait pas l'air convaincue du tout. J'imagine que tu te tracasses à cause de cette histoire de changeling. Ça doit bien te prendre la tête.

Changeling ? Oh, c'était intéressant. Pas étonnant que Bloom imagine pouvoir prendre les affaires des autres si elle en avait envie. Elle avait carrément volé la vie d'un enfant humain et l'avait gardée. Stella connaîtrait le fin mot de cette histoire, et bientôt.

Bloom protesta d'un ton angoissé :

— Tout le monde est au courant ? Que je suis…

— Ah, c'est pour ça que tu bloquais avec le Vaisseau ! s'exclama Terra. Remarque, tant mieux, parce que c'est l'exercice le plus facile de l'année et…

Musa posa une main sur son bras.

— Je retourne le couteau dans la plaie, réalisa Terra à haute voix.

C'était sa spécialité. Elle était complètement inadaptée socialement. Il aurait fallu la confiner dans la serre pour son propre bien. Stella profita de ce silence gênant pour s'approcher de la table, Sky à ses côtés, à sa juste place. Elle avait une carte en main.

— C'est bon, on a un plan pour récupérer ma bague, annonça-t-elle en déroulant sa carte au bout de la table.

— Qu'est-ce que c'est ? demanda Musa, tandis que Terra affichait une mine réjouie.

Sky s'assit à côté de Bloom, si près qu'il la touchait presque.

— Salut. Stella m'a raconté ce qui s'est passé la nuit dernière. Est-ce que… ça va ?

Sa voix était douce.

Ça ne faisait pas partie du plan de Stella. Elle appréciait beaucoup que Sky ait un cœur d'or, mais il n'était pas question de le prêter à qui que ce soit. Elle le gardait pour elle seule.

— À ton avis ? répondit Bloom, fatiguée.

Sky l'observa avec des yeux gentils et intelligents.

— Tu as la trouille et tu fais semblant que tout va bien.

— Ça se voit tant que ça ?

— Non, c'est juste moi qui suis très fort.

Bloom sourit, charmée malgré elle, et baissa ses défenses.

— Sky ? l'appela Stella d'un ton brusque.

Elle toisa la fille de Californie. Ses défenses réapparurent immédiatement.

— Sky ? Tu peux me montrer où il est enfermé ? demanda Stella.

Sky se leva pour venir étudier la carte et tout le monde se mit à discuter pour savoir comment trouver le monstre que la directrice avait fait prisonnier et récupérer la bague. Enfin, les élèves se concentraient sur l'essentiel : le bijou de Stella.

Cette dernière profita de ce que son petit ami était penché sur la carte pour poser la main dans son dos. Elle le gratta délicatement. Passa un doigt le long de sa colonne. Elle marquait son territoire. Apparemment, Bloom appelait sa mère tous les soirs et se faisait couvrir de compliments et d'affection, mais la mère de Stella lui avait appris des choses bien plus importantes. Comme revendiquer ses droits de princesse, par exemple.

Sky pointait des éléments sur la carte avec une précision de soldat. Un chevalier au secours de sa princesse.

— Une fois passée la Barrière, il n'y a pas tellement de bâtiments où on peut cacher une créature pareille. Il m'a semblé voir Silva arriver de l'est ce matin, donc…

Il indiqua un trait sur la carte.

— Il y a la grange et le moulin…

— Je suis prête à parier qu'il est dans la grange, intervint Terra. Mon père a renforcé les poutres pour enchaîner un cheval blessé quand j'étais petite. Je me souviens, je suis rentrée en cachette et...

Stella l'interrompit. Il fallait que quelqu'un fasse cesser les bavardages incessants de Terra. Pour son bien... et pour celui de tous ceux qui étaient obligés de l'écouter. Stella rendait service à son peuple.

— Génial, il suffit qu'on s'y introduise et qu'on récupère ma bague.

— C'est marrant comme tu utilises le pronom *on*, comme si on y allait tous ensemble, fit remarquer Aisha.

Elle était aussi désireuse d'aider Bloom que réticente à épauler Stella. Elle avait vite choisi son camp.

Musa renchérit :

— Tu devrais dire *je*. C'est *ton* problème.

Visiblement, *toutes les colocs* de Stella avaient choisi leur camp.

— Sauf que ce n'est pas *moi* qui l'ai perdue, souligna-t-elle avec un regard entendu en direction de Bloom.

Message reçu.

— Quand est-ce qu'on y va ? voulut savoir Bloom.

Ils échangèrent tous des regards paniqués. Naturellement, c'est Aisha, la mêle-tout, qui prit la parole pour protéger sa précieuse camarade de chambre.

— Je vais être cash. Désolée. Bloom, tu n'as aucun contrôle sur tes pouvoirs quand tu arrives à utiliser ta magie. Mauvaise idée...

— J'ai perdu la bague, répliqua sèchement l'intéressée. Je vais la récupérer. Ça ne me pose pas de problème.

Bloom était pleine de bon sens. Elle connaissait son devoir envers Stella. Et celle-ci était bien obligée d'admettre que la jeune Californienne ne flirtait pas avec Sky. Peut-être que la changeling n'était pas si horrible que ça, après tout. Si elle avait des problèmes avec sa magie, Stella savait comment gérer cela. Et, si Bloom connaissait sa place, elles pourraient s'entraider.

Mais la bonne impression de Stella s'évanouit quand elle remarqua que Sky l'examinait avec inquiétude. Il ne connaissait pas cette nouvelle fille, il n'avait aucune raison de se tracasser pour elle.

Il proposa d'un ton hésitant :

— On devrait peut-être s'accorder quelques minutes pour…

Stella ignora son chevalier.

— Vous en faites vraiment une montagne. Le Brûlé est enfermé, non ?

— Oui, confirma Terra, et neutralisé.

Face aux regards surpris, elle expliqua :

— Je pense que mon père a distillé une huile apaisante. Ça s'appelle du Zanbaq.

Elle jeta un coup d'œil à la table du personnel où son père était installé avec Miss Dowling et le directeur des Spécialistes, M. Silva.

Elle ajouta à voix basse :

— Je peux en faire un peu plus…

Cette fille pourrait être adorable, si elle arrêtait de parler autant ou, du moins, si elle continuait à dire des choses utiles. Stella lui accorda sa faveur royale :

— Merci, Terra, pour cette contribution. Et merci, Bloom, d'avoir pris tes responsabilités. Et merci aux autres pour… rien. Oui, c'est ça, merci pour rien du tout.

Elle toisa Aisha et Musa pour manifester sa désapprobation royale. Ça lui était égal qu'elles préfèrent Bloom. Leurs sentiments ne l'intéressaient pas. Ce qui comptait, c'est qu'elle avait obtenu ce qu'elle voulait.

Accroche-toi à ce qui t'appartient, avait-elle appris quand elle était petite. *Sinon, tu n'auras rien.*

Bloom se leva et s'adressa à Stella seule.

— Fais-moi signe quand tu veux qu'on y aille.

FEU

Échapper à un Spécialiste n'était pas si facile. Sky m'a rattrapée au bord de l'étang, le visage sérieux et tracassé, les cheveux légèrement décoiffés par le vent. Il avait vraiment l'air d'un parfait chevalier. Mais il ne pouvait pas sauver toutes les damoiselles qui croisaient sa route.

Il a accéléré pour me rejoindre.

— Ne te sens pas obligée de te plier aux ordres de Stella. Tu peux l'envoyer balader. Ne cède pas juste parce qu'elle a une… forte personnalité.

— Je sais, mais c'est moi qui ai perdu la bague. C'est normal que je l'aide à la récupérer. Point final.

— Deux fortes personnalités, a concédé Sky. Je note.

Je l'ai regardé droit dans les yeux :

— Visiblement, c'est ton type de fille.

Ma remarque a été accueillie par un silence. Je ne regrettais pas de l'avoir faite. Il avait flirté un peu avec moi hier, puis il avait passé la nuit avec Stella. Ce n'est pas moi qui avais rendu la situation gênante. J'avais juste soulevé la source de l'embarras entre nous.

Au bout d'un moment, il a tenté de se justifier :

— Euh, hier... quand je... Quand on discutait... Je n'avais plus adressé la parole à Stella depuis des mois. C'est vrai, on sortait ensemble l'année dernière. Mais on a eu une rupture assez difficile et...

Et ils n'avaient recommencé à se parler qu'hier soir ? Et ils avaient décidé d'être juste amis ?

— Et quoi ? j'ai demandé.

Sky a ajouté d'un ton malheureux :

— Je ne veux pas que tu penses que je suis le genre de mec qui...

Je l'ai coupé.

— Sky. On s'est rencontrés hier. Je ne pense rien de toi.

Ce qui comptait, ce n'était pas ce que je pensais. Ce qui importait, c'était de savoir s'il était comme ça. Ou pas.

— D'accord. Tu as raison.

J'ai croisé son regard. J'aimais bien qu'il donne l'impression de vraiment m'écouter. J'ai ressenti une étincelle lorsque nos yeux se sont rencontrés : une étincelle de possibilités.

J'ai choisi mes mots avec soin :

— Ton histoire avec Stella a l'air... compliquée. Et en ce moment j'ai besoin de sérénité, pas de problèmes supplémentaires.

On en resterait là. Au revoir, chevalier de contes de fées. La princesse peut t'avoir.

SPÉCIALISTE

La directrice possédait de l'excellent alcool dans son bureau.

Riven se servit, installé confortablement dans un fauteuil tandis que Beatrix, sa nouvelle acolyte hyper sexy, fouinait dans les livres. Ils papotaient et Riven gardait un œil sur son téléphone. Dowling prenait une demi-heure de pause pour déjeuner. Son assistant Callum avait droit à quinze minutes, le timing était serré. Il avait posté quelqu'un pour faire le guet, car Callum pouvait débarquer sans crier gare.

Mais Riven avait toujours une longueur d'avance. Il remonta tout de même sa capuche.

— Tu cherches quoi, en fait ? Des corrigés d'évaluations ? C'est quoi l'idée ?

Beatrix afficha une moue dédaigneuse.

— Tu rigoles ? Un enfant pourrait répondre aux questions les yeux fermés.

Elle était amusante à regarder dans sa petite robe à carreaux bleus. Mieux encore, elle était amusante à écouter.

— L'histoire de cet endroit est bien plus sombre que ce que Dowling et les autres veulent nous faire croire.

Beatrix se détourna de la bibliothèque en pierre sculptée ; une lueur prédatrice dans le regard.

— Je veux connaître la vérité. Pas toi ?

Riven voulait obtenir quelque chose, lui aussi, ça c'était sûr. Il la taquina, la traitant d'intello sexy.

Elle se rapprocha de lui en ronronnant :

— Pourquoi ? Tu insinues qu'on ne peut pas être les deux à la fois ?

Les choses étaient en train de devenir *vraiment* intéressantes quand le téléphone de Riven vibra, annonçant un texto de Dane pour le prévenir que Callum était en route. Le bébé Spécialiste se révélait bien utile. Riven n'était pas fâché d'avoir joué les mentors.

Les deux intrus quittèrent le bureau au plus vite. Riven ne remarqua pas les étincelles courant le long de la bibliothèque en pierre, qui dessinaient les contours d'une porte secrète.

En revanche, il repéra le sourire satisfait de Beatrix tandis qu'ils s'enfuyaient en courant, mais il ne l'interpréta pas correctement. Il imaginait qu'il en était à l'origine.

FEU

Le cercle de mégalithes était magnifique au coucher du soleil. La lueur de l'astre entourait chacune des pierres d'un halo éblouissant. Le décor donnait l'impression que la magie pouvait arriver à tout moment.

Mais la magie ne semblait pas être au rendez-vous. Je n'arrêtais pas d'essayer, sans succès.

— Il paraît que tu es détraquée, a déclaré la princesse Stella en pénétrant dans le cercle.

Elle débarquait pour me faire profiter de son tact. *Super.*

J'ai tenté d'ignorer ses moqueries et j'ai insisté :

— Je t'aiderai quand même, tu sais.

— Tu m'en vois ravie, mais je préfère qu'on attende que tu ne sois plus complètement inutile. Bon, quel est le problème ?

Je n'étais pas sûre que Stella soit la meilleure personne à qui me confier, mais elle était la seule présente.

— Je… ne sais pas, ai-je admis. Plus j'essaie de comprendre, plus ça se brouille.

J'ai indiqué d'un geste frustré mon cahier. Stella l'a regardé avec plus de dédain encore que d'habitude.

— Le voilà, ton problème. En magie, il faut éviter de trop réfléchir.

J'ai soupiré.

— Je suis au courant. Des émotions claires et positives. Je leur ai consacré toute une page.

— Attends. Tu as dressé une liste ?

Gênée, j'ai voulu ranger mon carnet.

— Qu'est-ce qu'il y a dedans ? Tes parfums de glace préférés ? Des loutres qui se tiennent la patte ?

Hé ! C'est super mignon, les loutres qui se tiennent la patte ! Cette princesse n'avait pas le droit de me juger. J'ai fourré mes affaires dans mon sac pendant qu'elle énumérait les idées qu'elle trouvait hilarantes, dont le fait que ma mère puisse être fière de moi.

— Mais non, que je suis bête, a-t-elle fait remarquer. Ça ne vaut plus. Vu qu'elle n'est pas ta vraie mère.

J'ai interrompu mon rangement. Je me suis tournée vers Stella. Elle avait intérêt à ne pas insister.

Elle a repris de plus belle :

— Je me trompe ? Ça compte toujours pour toi, ce que dit ta fausse maman ? Même si tu es une changeling ? Et que tu as essayé de la tuer ?

J'ai serré les poings et j'ai grondé entre mes dents :

— T'as intérêt à la fermer…

La voix de Stella a couvert la mienne, avec une autorité que seule une future dirigeante pouvait avoir.

— Pose tes mains sur le Vaisseau.

— Quoi ?

Ses yeux brillaient dans le soleil couchant.

— La magie la plus puissante vient des pires émotions : la colère et la rage. Alors, pose tes sales pattes de changeling sur ce bol et *ressens-les.*

Mal à l'aise, j'ai levé les yeux vers Stella. Son expression était crispée par la fureur et j'y ai aperçu quelque chose que j'ai reconnu.

J'ai senti quelque chose bouger en moi, comme si j'avançais vers un terrain plus bas, mais plus sûr.

J'ai posé les paumes sur le Vaisseau et du feu a surgi du bol. Une flamme ardente qui se dressait pour dévorer quelque chose… ou quelqu'un. J'ai très vite retiré mes mains.

Le feu s'est éteint.

— Tu crois que c'est suffisant ? a demandé Stella d'un ton sévère.

Son visage baigné par le soleil couchant affichait une expression triomphale et sauvage. Je ressentais la même chose. Mais j'en voulais encore.

J'ai entendu un rugissement pareil à celui d'un brasier gronder dans mes oreilles. J'ai alors réalisé que je ne faisais que commencer.

ESPRIT

— Je n'aime pas ce que Stella lui enseigne, déclara Aisha.

Musa l'écoutait à peine. C'était devenu une habitude qu'elle s'inquiète pour Bloom, cela faisait autant partie de son quotidien que ses séances de natation. Musa cherchait une fois de plus le type à la veste kaki, celui qui dégageait une impression de tranquillité totale, comme un programme de relaxation ambulant.

Elle captait régulièrement des bribes de cette paix mais, chaque fois qu'elle se retournait, elle ne voyait personne. Elle commençait à craindre que le garçon ne soit capable de se rendre invisible et qu'elle ne le retrouve jamais.

Même si elle n'écoutait pas les mots, elle saisissait l'émotion qu'Aisha diffusait, haut et fort.

— Tu es jalouse. Pourquoi tu tiens tant à être amie avec Bloom ?

— On partage la même chambre, c'est normal, non ?

Oh, Aisha. Musa pensa à Terra la Terreur et soupira.

— Joker. Je suis mal placée pour répondre.

Aisha n'était pas seulement inquiète pour Bloom. Elle examina Musa avec compassion et lui demanda des nouvelles de sa traque de M. Veste Kaki.

Musa lui fit part de sa frustration.

— Je sens sa présence pas loin mais, chaque fois que j'essaie de le repérer, il n'est jamais là.

Elle ressentit une nouvelle vague de cette paix douce et attirante. Elle était trop fatiguée pour se retourner et être déçue une fois de plus.

— Le voilà encore une fois. Derrière moi.

Comme elle s'y attendait, Aisha répondit :

— Il n'y a personne derrière...

Puis ses grands yeux bruns s'écarquillèrent. Musa se rendit compte qu'Aisha suivait quelqu'un du regard, par-dessus sa propre épaule. M. Veste Kaki avait peut-être enfin fait son apparition.

— Le mystère est résolu. Il passe à travers les murs. Une fée de la Terre en version masculine !

C'est pour ça qu'elle avait tout le temps l'impression qu'il disparaissait. Mais il ne s'était pas volatilisé cette fois-ci. Aisha l'avait sous les yeux. Musa n'osait pas se retourner, mais elle avait une question.

— Je ne suis pas superficielle, chuchota-t-elle, mais... il est mignon ?

Aisha, complètement cinglée, éleva la voix :

— Salut. Comment tu t'appelles ?

Non. Non !

— Qu'est-ce que tu fais ? murmura Musa, étranglée par le stress. Aisha, ne fais pas ça !

Musa n'était pas douée pour les interactions, les conversations improvisées. Elle avait besoin de temps pour planifier une stratégie, dissimuler son casque, s'arranger pour ne pas avoir l'air bizarre. Impossible pour elle de paraître naturelle face à M. Veste Kaki.

Hélas, il était trop tard. Une voix de garçon, agréable, détendue et un peu interloquée, déclara :

— Heu... Je m'appelle Sam. Ça va ?

— Moi, c'est Aisha, annonça la vile traîtresse. Et elle... c'est Musa.

Aisha se tourna vers son amie avec un geste qui semblait vouloir dire *on est tous amis ici.* Ce qui était assez mal pensé, parce que Musa allait la détester pour l'éternité.

Sam Veste Kaki était super mignon, avec des cheveux bruns soyeux, une peau blanche au teint parfait et une mâchoire dont on avait envie de tracer les contours du bout des doigts. Malheureusement, elle ne le reverrait jamais parce qu'elle allait devoir se cacher sous son lit jusqu'à son dernier souffle.

Elle glissa discrètement à sa coloc :

— Je te déteste. Je te détesterai toujours. Je détesterai ta descendance…

Aisha, qui apparemment était devenue sourde, déclara à Sam :

— Musa te stalkait.

L'intéressée parvint tout juste articuler trois mots pour dire ce qu'elle allait faire à sa coloc :

— T'es morte.

Toutes les menaces se coincèrent dans sa gorge dès qu'elle croisa le regard de Sam. Qu'est-ce qu'il devait penser d'elle ? Une tarée qui ne lâchait jamais son casque et le suivait à la trace, cherchant désespérément le calme dans le chaos.

Les derniers rayons de soleil tombant dans la cour accrochèrent la lumière dans les cheveux bruns de Sam. Des plis se formaient autour de ses yeux et de sa bouche quand il souriait. Et Aisha venait de lui apprendre que Musa le *stalkait*… Le beau et paisible Sam regarda Musa et murmura :

— J'en ai, de la chance.

TERRE

Le soleil couchant brillait à travers les panneaux translucides de la serre, conférant une teinte orange aux plantes grimpantes sinueuses et aux fleurs aux couleurs vives. Certaines étaient classées comme magiques. D'autres pas. Ça n'avait pas d'importance. Toutes les fleurs étaient magiques pour Terra.

Des tables de laboratoire noires étaient disposées à intervalles réguliers au milieu de la verdure, pour permettre d'accomplir les merveilles de la science dans le plus somptueux des cadres.

Terra avait toujours été heureuse ici et elle ne l'avait jamais autant été qu'en ce moment. Dans son endroit préféré, tandis que Dane s'intéressait à son équipement de chimie et prétendait ne pas savoir ce qu'était une pipette. Il lui fit répéter le mot cinq fois.

Elle lui lança une feuille morte à la tête.

— Recommence et je t'envoie tout le pot de fleurs.

Il sourit. Il était *tellement* craquant, pensa Terra. C'était comme l'année précédente : elle était heureuse dans cette serre et quelqu'un lui tenait compagnie.

Sauf que c'était encore mieux, parce que Dane était une personne merveilleuse et adorable. Et Terra était presque sûre de lui plaire aussi.

Elle toucha une plante et fit éclore une fleur orange assortie au coucher de soleil. Rien que pour lui.

Dane sourit de ses dents blanches étincelantes, l'air vraiment impressionné.

Puis son téléphone vibra. Il répondit par SMS, avant de reporter son attention sur Terra et de lui demander ce qu'ils préparaient.

Terra répondit avec empressement :

— Une huile. Enfin, techniquement, un liniment. Mais léger.

Ses colocs et elle étaient en mission secrète, pour récupérer la bague royale de Stella volée par le Brûlé. Stella l'avait remerciée personnellement pour son aide.

— Ah, fit Dane. Un liniment. Si tu le dis…

Il ne semblait pas avoir saisi à quel point ce qu'ils fabriquaient était génial.

— C'est une protection. Pour le Brûlé… au cas où tu n'en aurais pas entendu parler.

— Si, si, je suis au courant. C'est dingue qu'ils soient revenus.

Le téléphone de Dane bourdonna encore. Il le ressortit, puis le rangea, mais peu après il marmonna qu'il devait filer. Peut-être qu'un de ses amis avait des ennuis ? Ou qu'il devait aller s'entraîner ?

Avant que les vibrations du portable ne viennent les interrompre, Dane avait vraiment l'air d'apprécier de passer du temps avec elle. Terra ne savait pas qui envoyait ces SMS, mais elle conclut que c'était un trouble-fête.

SPÉCIALISTE

Riven arrêta d'envoyer des textos à Dane et se sourit à lui-même.

Beatrix était assise sur le sol de sa chambre et surlignait les passages importants d'un manuel. Riven trouvait les filles intelligentes ultra sexy.

Elle haussa un sourcil et désigna le téléphone de Riven et ses messages hilarants.

— Donc tu vas l'aider en le poussant à avoir une mauvaise image de lui-même, ce qui fait de toi un tyran et un super-héros.

— C'est l'idée. Pourquoi ? Tu insinues qu'on ne peut pas être les deux en même temps ?

Beatrix lui adressa un sourire qu'il interpréta comme surpris et impressionné. *Hé oui*, se dit-il. *Je ne suis pas juste un morceau de viande. Même si je suis parfaitement disposé à jouer ce rôle quand elle veut.*

Malheureusement, il ne put pas proposer à Beatrix de profiter de son corps de rêve, car à ce moment-là le coloc de Riven arriva et dévisagea Beatrix, qui fumait une cigarette électronique avec de l'herbe, d'un air désapprobateur.

— Bonjour, dit Sky d'un ton peu amène.

— Salut, répondit Beatrix, imperturbable.

Sky l'examina. Puis posa les yeux sur Riven, avant de revenir sur elle. Comme s'il n'avait pas lui-même passé la nuit avec une fille dans sa chambre.

Beatrix lui proposa le joint électronique qu'elle avait en main.

— Non, merci, dit Sky d'un air pincé. C'est pas malin de faire ça en journée, Riv. Si elle se fait choper par Silva…

— Beatrix, intervint la jeune fille. J'ai un prénom.

Bien envoyé, se dit Riven.

Il fit remarquer :

— Silva est parti. Je me suis renseigné avant. Il est parti avec un détachement militaire de Solaria. T'as qu'à demander à ta petite amie.

Son coloc n'était pas aussi doué que lui pour dégoter des informations. Ses bonnes intentions et sa noblesse l'en empêchaient. Ces deux traits de personnalité étaient un véritable frein.

Beatrix commença à se moquer de Sky parce qu'il sortait avec Stella et Riven se demanda s'il avait trouvé son âme sœur.

Sky l'ignora. Il était trop tendu. Encore plus que d'habitude.

— Si les Solariens ont envoyé l'armée…

Il semblait réfléchir sérieusement.

Riven termina sa réflexion à sa place.

— Ça veut dire que les rumeurs sont fondées. Ils ont capturé un Brûlé. La prison de Solaria, ça rigole pas. Ils vont sûrement le transférer.

Riven trouvait que l'idée était bonne. Se débarrasser du monstre meurtrier ? Une victoire pour l'équipe !

Il s'étira voluptueusement.

— Du coup, on a la journée devant nous.

Mais les deux autres ne semblaient pas du même avis. Beatrix annonça tout à coup qu'elle devait aller sans attendre à la bibliothèque et Sky avait besoin de parler à Stella de toute urgence. Dane, quant à lui, était dans la serre, en train de s'amuser avec Terra à des trucs pathétiques.

Riven était abandonné par tous. Comme d'hab.

EAU

Sky venait de prévenir Stella que le Brûlé allait être déplacé. C'était maintenant ou jamais. Le moment était venu pour Bloom, Stella, Musa, Terra et Aisha d'agir en équipe. Enfin !

Ce serait super, si Stella arrêtait de critiquer cette dernière et si Bloom écoutait les mises en garde de sa camarade de chambre contre la formation que Stella voulait lui offrir. Ce n'était pas ça, l'esprit du travail d'équipe. Aisha examina le manteau de chasse vert de Stella.

— Alors, c'est quoi le plan, Barbie soldat ?

— Quelqu'un a demandé à Aisha de venir avec nous ? demanda Stella d'une voix forte alors que l'équipe quittait Alféa et se dirigeait vers le bois à la tombée de la nuit.

Bloom ne répondit rien et Aisha lui en fut reconnaissante. Même si Aisha l'agaçait un peu, elle ne rentrait pas dans le jeu de la princesse.

Stella poursuivit :

— À mon avis, non. Je ne lui ai pas demandé non plus. C'est officiel. Personne ne lui a demandé de venir.

— C'est complètement idiot, se défendit la fée de l'Eau. Vous avez besoin de moi. Qu'est-ce que tu vas faire, Stella, l'éblouir pendant que Bloom essaie d'allumer un feu sans y parvenir ?

Bloom protesta :

— Hé, je suis là, je te signale.

— Je l'ai réparée, c'est bon, rappela Stella.

Comme s'il s'agissait d'une lampe ou d'une horloge cassée, du genre de celles que Bloom aimait rafistoler. Mais

Aisha ne pensait pas Stella capable de réparer quoi que ce soit. C'était flagrant : elle n'avait pas l'esprit d'équipe. Elle se la jouait perso, tout ce qui comptait pour elle, c'était de récupérer sa bague de pacotille.

— Les émotions négatives sont instables, soutint Aisha. Elles ont des limites. Ta méthode ne marchera pas, à long terme.

— Aucune des deux ne m'aide, en ce moment ! lança Bloom. On peut y aller ?

Son coup de gueule résonna entre les arbres. Derrière elle, la voix posée de Musa retentit.

— Je constate que tout le monde est calme et détendu. Parfait.

Leurs autres colocs les rejoignirent. Terra agitait une fiole. Musa l'avait aidée à fabriquer l'huile qui permettrait de contrôler le Brûlé et Terra savait où il était enfermé. Les deux nouvelles venues avaient l'esprit d'équipe.

La mission pouvait démarrer.

Le silence s'installa enfin entre les cinq filles. Alors qu'elles avançaient dans la forêt, on entendait juste le doux craquement des brindilles et du sous-bois sous leurs pieds.

Les troncs étaient enveloppés de brouillard. Il régnait un calme étrange. On se serait cru dans un décor de film d'horreur.

Elles sortirent de la forêt et s'arrêtèrent en arrivant devant la grange abandonnée. Bloom prit une profonde inspiration avant de se remettre en route la première.

Aisha entendit la respiration des autres s'accélérer à mesure qu'elles approchaient de la structure délabrée.

La porte de la grange était déjà ouverte.

Bloom s'avança et Aisha lui emboîta le pas. Stella les suivit, bien décidée à récupérer sa bague. Mais, avant même qu'elles n'entrent dans l'espace sombre et caverneux, Aisha se mit à redouter ce qu'elles allaient trouver.

Rien.

L'équipe se déploya. Aisha s'arrêta devant une paire de grosses menottes ouvertes.

— Ils l'ont déjà emmené.

Elles arrivaient trop tard, pensa Aisha, le moral dans les chaussettes.

Puis Bloom tourna brusquement la tête vers la porte arrière, qui était ouverte elle aussi. Un petit bruit s'éleva. Peut-être n'était-ce que le grincement d'une charnière, mais Bloom se remit aussitôt en route, comme un prédateur qui a flairé sa proie. Le bruit recommença. Ce n'était pas un grincement ou un bruissement, c'était un râle.

Aisha s'apprêtait à suivre sa camarade de chambre quand des cris retentirent.

TERRE

Terra allait entrer dans la grange quand elle remarqua que Musa partait dans une autre direction. Ses yeux brillaient d'un éclat violet troublant et elle titubait comme une somnambule vers le ruisseau. On n'abandonne pas sa camarade de chambre.

Terra changea de cap, elle aussi.

— Ça va, Musa ?

Sa coloc semblait à peine l'entendre, elle marchait en marmonnant et ne semblait pas avoir conscience de ce qui l'entourait.

Jusqu'à ce qu'elle se plie en deux en gémissant :

— Ça fait mal.

Terra la rejoignit pour lui venir en aide, mais son amie avait les yeux rivés sur le ruisseau.

Terra suivit son regard.

— Les filles ! cria-t-elle. On a un problème !

C'était un carnage.

Une jeep noire était renversée. Un pick-up de travers s'était encastré dans un pauvre arbre mal en point. Quatre soldats morts étaient taillés en pièces. Il n'y avait qu'un seul survivant, M. Silva.

Le commandant des Spécialistes était assis sur le sol, adossé à un tronc. Une entaille était visible sur son flanc, plusieurs coupures lui striaient le bras et le cou. Du sang s'écoulait d'une blessure à la tête.

Terra établit mentalement une liste des blessures et compris ce qu'il fallait en déduire.

— Le Brûlé.

Le transfert du monstre vers une prison de Solaria était un échec total.

— Il est toujours dans les parages, souffla Stella.

Au moins, elles étaient ensemble, se dit Terra. Elles pourraient décider en équipe ce qu'il fallait faire.

Tout à coup, Aisha demanda, paniquée :

— Attendez, où est Bloom ? Bloom !

Stella semblait être sur le point de partir en courant. C'était ridicule. Bloom pouvait se faire dévorer par le Brûlé. M. Silva pouvait mourir.

La fée de la Terre prit les choses en main :

— Nous, on va aider M. Silva. Aisha et toi, vous allez chercher Bloom, ordonna-t-elle à Stella.

La princesse hocha la tête.

Terra s'approcha du directeur, qui semblait à moitié conscient. Musa tenta de la suivre, mais elle n'allait pas bien non plus. Elle devait être submergée par la douleur et la peur du chef des Spécialistes et ne devait plus avoir aucune défense.

— Je ne peux pas, gémit-elle.

— Je vais t'aider, lui promit Terra. Viens.

Les paupières de M. Silva s'ouvrirent d'un coup. Ses yeux étaient entièrement noirs. Il afficha une expression menaçante, les dents serrées, et pointa son épée sur elles.

Pour un soldat, ça devait être terrible d'être contraint à réagir comme si ses amis étaient désormais des ennemis. Le père de Terra l'avait mise en garde contre les effets de l'attaque d'un Brûlé. Elle prévint Musa.

— Attention, il ne contrôle plus ses actes.

Elle expliqua à M. Silva, aussi gentiment et posément que possible :

— Le Brûlé vous a blessé. Vous êtes infecté. Nous allons vous aider.

Elle invoqua les forces magiques et ses bras se retrouvèrent enveloppés de lianes, pour rendre la lame inoffensive. Le commandant des Spécialistes se débattit violemment : il tentait de se défaire des liens et, quand il essaya de bondir vers elles, Musa se figea.

Paniquer n'aiderait personne.

— Je vais vous donner du Zanbaq, expliqua Terra au blessé. Ça calmera l'infection et on pourra vous ramener à l'école.

Elle se tourna vers sa camarade de chambre.

— Je lui tiens la tête et toi tu lui verses le liquide dans la bouche.

Musa hésita. Terra comprenait qu'elle se sentait très mal en ce moment, mais ça ne changeait rien à ce qui devait être accompli de toute urgence.

— Musa, commença-t-elle avec fermeté. Il a peur. Moi pas. Concentre-toi sur moi.

Après quelques instants d'hésitation, Musa plongea son regard dans le sien et hocha la tête.

FEU

J'étais perdue dans les bois, je courais en suivant la piste du bruit du Brûlé. Mais j'avais beau m'enfoncer entre les larges troncs, impossible de retrouver la trace du son.

Puis, tout à coup, je l'ai entendu. Un faible râle. Derrière moi. Je me suis retournée pour faire face au monstre.

Enveloppé dans le brouillard, le Brûlé observait la clairière qui nous séparait. La créature a fait un pas dans ma direction. Je suis restée immobile, tentant de faire appel à la magie. Le Brûlé a foncé vers moi. Je n'ai pas cédé de terrain, j'ai levé la main.

Une bande de feu s'est mise à lécher le sol de la forêt en direction du monstre.

Les flammes l'ont frappé de plein fouet, illuminant la nuit. Il a titubé en arrière et s'est tortillé sous l'effet du brasier. Je me suis surprise à sourire. *Je t'ai eu.*

Puis le Brûlé a cessé de tituber. Il s'est redressé bien droit. Il a retrouvé son sang-froid… et s'est jeté sur moi pour la deuxième fois de la soirée.

Mais son corps était en feu, à présent.

Je n'avais rien arrangé, je n'avais fait qu'empirer les choses.

Le monstre qui n'était plus *brûlé*, mais *en train de brûler*, bondissait vers moi.

J'avais l'impression d'être clouée au sol. Heureusement, sa trajectoire a été interrompue en plein vol par un puissant jet d'eau. La créature a été projetée en l'air et est retombée dans l'enchevêtrement de racines d'un arbre renversé. Il s'est empalé sur une branche qui l'a percé de part en part et il s'est figé.

Je me suis retournée lentement. Je savais déjà qui j'allais voir.

De l'eau pour éteindre mon incendie.

Aisha.

La lueur bleu océan du pouvoir de l'eau disparaissait déjà de ses yeux.

— Ça va ?

J'ai acquiescé, puis nous avons tourné la tête vers le Brûlé.

— Est-ce qu'il est… ? a chuchoté Aisha, comme si elle avait peur de le réveiller.

— Je crois que oui. Tu n'y es pas allée de main morte.

Aisha a souri et m'a donné un coup de coude pour partager la victoire.

— J'admets que tu contrôles mieux les flammes que je ne le pensais.

J'ai souri à mon tour.

— C'est un… compliment ? J'ai bien entendu ? J'en reviens pas !

Aisha a levé les yeux au ciel, mais elle souriait.

— Tais-toi, on va chercher la bague de Stella, a-t-elle suggéré.

Je débordais de fierté, mais j'ai vite déchanté lorsque nous avons examiné le Brûlé. La magie du feu et celle de l'eau n'avaient pas amélioré son apparence.

Aisha a plissé les yeux pour essayer d'y voir plus clair.

— Où elle est ?

— Là. On dirait qu'elle est coincée… à l'intérieur ?

Le bijou émettait un éclat terne dans le bras de la créature. Il semblait incrusté dans sa peau calcinée.

— Tu t'en charges ? ai-je proposé à Aisha, pleine d'espoir.

Elle a écarquillé les yeux.

— Moi ? Non ! J'ai fait ma partie. T'as oublié ? Le canon à eau ?

— Non, pas du tout. C'était tellement impressionnant, t'as pas envie de finir le job ?

Je lui ai lancé un regard suppliant. Elle ne s'est pas laissé amadouer.

— T'es gonflée ! C'est toi qui a perdu la bague, je te signale !

Un point pour elle. J'ai pris mon courage à deux mains et j'ai enfoncé les doigts dans la chair carbonisée.

— C'est la chose la plus dégoûtante que j'ai jamais vue, a commenté ma coloc.

C'était la chose la plus dégoûtante que j'avais jamais touchée. Mais j'ai fini par parvenir à extraire le bijou.

— Tu as réussi ! m'a félicitée Aisha.

La victoire faisait battre mon cœur à tout rompre. Je lui ai souri et j'ai ouvert la bouche pour la remercier. D'être venue à ma recherche. D'avoir cru en moi.

Mais je n'en ai pas eu l'occasion : le Brûlé s'est relevé d'un bond.

Nous avons pris nos jambes à notre cou.

TERRE

Terra avait toujours eu un peu peur de M. Silva. Il avait l'air si sévère, avec sa coupe militaire et son regard froid.

En cet instant, elle avait passé un bras autour de sa taille et le soutenait tandis qu'il boitillait en direction d'Alféa. Il se montrait plus courageux que jamais, refusant la moindre halte pour se reposer, même si Terra devinait à sa respiration saccadée que chaque pas lui coûtait. Musa était plus petite qu'elle et moins corpulente, par conséquent c'était Terra qui devait supporter presque tout le poids du directeur, mais elle en était capable.

Lorsqu'ils arrivèrent sur le campus, elle fouilla l'espace des yeux pour chercher de l'aide.

Elle aperçut Sky sur le balcon, les bras autour de Stella, qui semblait sous le choc. Il était trop loin pour leur être utile. Terra entendit des bribes de conversation : la princesse s'était perdue dans la forêt. On ne pouvait vraiment pas compter sur elle en situation de crise. Terra se dit qu'Aisha avait dû trouver Bloom.

— C'est Silva ? demanda Sky d'un ton abasourdi, comme s'il n'arrivait pas à en croire ses yeux.

Oh non ! Terra se souvint qu'il était très proche du chef des Spécialistes. Il était comme un père pour Sky. Ça devait être horrible pour lui de le voir dans un état pareil.

Mais elle mit sa peine de côté pour plus tard. Là, elle avait besoin de quelqu'un sur qui elle pouvait compter pour lui donner un coup de main dans l'urgence.

— Il me faut un kit médical ! cria-t-elle.

Riven s'élança en courant.

La fée de l'Air, Beatrix, celle qui avait l'air sournois, proposa d'aller prévenir la directrice. Musa aidait à soutenir Silva, Riven était parti chercher des médicaments et Terra avait besoin d'aide supplémentaire. Elle remarqua la présence de Dane.

— Aide-nous à le transporter jusqu'à la serre.

Le blessé émit un faible gémissement et Terra le tranquillisa :

— On y est presque, M. Silva.

Elle fut soulagée de voir son frère, aussi irritant soit-il. Il avançait vers le trio à grandes enjambées.

— Sam ! Va chercher papa.

Musa répéta d'une petite voix horrifiée :

— Papa ?

— Oui, c'est mon frère, précisa distraitement Terra.

Elle se demandait pourquoi sa coloc avait l'air si interloquée. Elle n'était pas au courant que son père était prof ici ? Ou est-ce que Sam avait fait un truc pour agacer Musa ? Si c'était le cas, elle engueulerait son frère plus tard.

Pour l'instant, elle devait se concentrer sur Silva. Il souffrait beaucoup, même s'il faisait tout pour le cacher. Quand elle arriva enfin dans la serre près de son père, Sky les rejoignit.

— C'est grave ? s'inquiéta-t-il. Vous pouvez le soigner ?

— Je vais m'en sortir, Sky, si tu laisses le professeur Harvey faire son travail, plaisanta le commandant des Spécialistes.

Terra crut un instant qu'il réagissait ainsi par fierté, mais quand Sky recula elle vit Silva le visage tordu de douleur et comprit qu'en réalité il voulait épargner son élève, qui se rongeait les sangs pour lui. Tout ce qu'elle pouvait faire, c'était préparer les médicaments pour soulager la douleur.

Quand son père eut un moment pour respirer, il lui expliqua qu'elle avait sauvé la vie de Silva.

Elle se sentit plus heureuse qu'elle ne l'avait été depuis des mois, jusqu'à ce que Miss Dowling ne débarque, débarrassée de sa dignité habituelle.

La directrice, M. Silva, le père de Terra et celui de Sky avaient combattu les Brûlés ensemble, quand ils étaient jeunes. Avant que le père de Sky ne meure. Miss Dowling, qui affichait un air si posé en toute circonstance, semblait à présent terrifiée.

M. Silva ne devait pas être tiré d'affaire.

Terra avait reçu des félicitations, c'est vrai, mais sa joie s'était déjà éteinte. Le père biologique de Sky avait perdu la vie et son père de substitution était peut-être en train de mourir à son tour.

FEU

Le sentiment de triomphe était grisant. J'avais maîtrisé ma magie et j'avais terrassé un monstre avec l'aide d'une amie. Terra avait envoyé un SMS pour nous prévenir qu'on soignait Silva en ce moment.

Si seulement Stella avait été moins désagréable avec nous ! J'espérais bêtement que récupérer sa bague améliorerait son humeur.

— Tu n'imagines pas ce que j'ai dû faire pour la repêcher, l'ai-je informée. C'était...

— Je propose qu'on n'en parle plus jamais, m'a-t-elle coupée d'un ton péremptoire.

La porte de l'appartement s'est ouverte et Sky est entré. Il avait la tête baissée et s'est dirigé droit vers elle comme s'il voulait qu'elle le console. La princesse s'est radoucie instantanément.

Elle lui a fait signe de venir dans sa chambre. Juste avant de partir, Sky m'a regardée.

Mais il l'a suivie quand même, me laissant toute seule.

À cet instant précis, Aisha est revenue de la salle de bains. *Je ne suis pas seule*, me suis-je dit alors qu'elle s'apprêtait à se mettre au lit. Avoir une camarade de chambre, cela signifiait n'être presque jamais seule.

Et c'était peut-être génial.

Aisha a commencé prudemment :

— Euh... Au risque que tu me détestes encore plus...

— Je ne t'ai jamais détestée. Tout ce qui m'est arrivé a échappé à mon contrôle. J'ai juste...

— Il fallait que tu gères à ta façon, a avancé Aisha, pleine de compréhension. Pourquoi je nage, à ton avis ?

Les marquages des couloirs ne me disent pas ce que je dois faire. Ce sont mes meilleurs amis qui le font.

En réalité, les marquages étaient précisément là pour indiquer le chemin à suivre, mais Aisha essayait de se montrer compréhensive. Me rendre compte qu'elle tentait de se mettre à ma place m'a aidée à faire pareil avec elle.

— Tu voulais m'aider.

— Oui, mais pas seulement, a-t-elle admis. Tout ça, c'est nouveau pour moi, a-t-elle ajouté en désignant la chambre et nos lits. J'ai envie que ça se passe bien.

J'ai souri.

— Pareil pour moi.

— OK. Alors… pourquoi tu es partie sans prévenir quand on était à la grange ?

— Honnêtement, je n'en sais rien. C'est vraiment étrange. J'ai été attirée. Comme si j'avais un lien avec cette créature.

— Bizarre…

C'était le moins qu'on puisse dire. Mais ce soir je me sentais trop bien pour me laisser abattre par quoi que ce soit.

— Je vais devoir m'habituer à vivre avec des trucs bizarres, à ne pas tout comprendre. La partie rationnelle de mon cerveau a des limites, mais émotionnellement je suis en train de m'ouvrir. Je le sens. Je suis entourée de magie. C'est nouveau, alors ça fiche la trouille…

Tout à coup, notre chambre, Aisha, mon nouvel espoir, tout a disparu. J'ai entendu ma coloc m'appeler. Elle semblait très loin.

À la place de mon environnement habituel, une femme était penchée vers moi et me bloquait la lumière. Elle avait une soixantaine d'années et portait un manteau de style militaire. Elle avait de longs cheveux blonds et des traits marquants : des rides profondes creusaient son visage et ses yeux bleu acier enfoncés donnaient l'impression qu'elle n'avait plus dormi depuis des années et avait été témoin de trop d'horreurs.

Soudain, ces yeux effrayants se sont mis à scintiller.

La mystérieuse apparition a chuchoté :

— Quand le moment sera venu… retrouve-moi.

Je voulais le faire. Mais je n'avais aucune idée de comment m'y prendre.

Conte de fées n° 3

Mais je cherche seul à entendre
les choses étranges [...] dites
au cœur lumineux de ceux
qui depuis longtemps sont morts...
W. B. Yeats

FEU

Ma vision était celle d'une chambre d'hôpital pour humains et plutôt composée de sons que d'images. J'ai entendu le bip irrégulier d'un moniteur cardiaque, puis une alarme de plus en plus stridente.

Un médecin a déclaré d'un ton à la fois calme et urgent :

— On est en train de la perdre. Allez ! Allez !

L'alarme s'est arrêtée, laissant place au silence et à un soupir.

La voix du médecin a conclu avec lassitude :

— Je dois aller prévenir les parents.

De nouveaux pas ont retenti, puis le docteur a protesté :

— Excusez-moi, madame ? Vous ne pouvez pas être...

Il s'est tu et je n'ai plus entendu que le silence. La lumière douce est devenue aveuglante.

Une chambre d'hôpital pour humains, avec deux fées à l'intérieur. Moi bébé, ainsi que la femme aux yeux brillants et au manteau militaire.

J'étais bel et bien une changeling. Dans ma vision, la véritable fille de mes parents était morte sur la table d'opération. Et j'avais été placée dans cette chambre pour la remplacer. J'étais un coucou dans leur nid et ils ne s'étaient jamais doutés de rien.

L'image de la mystérieuse inconnue était très nette. La scène s'est imprimée dans ma rétine, jusqu'à ce que la dame tende la main et que l'obscurité se fasse.

Puis j'ai vu le visage d'Aisha. J'étais de retour dans ma chambre et ma coloc semblait morte d'inquiétude pour moi.

— Qu'est-ce qui t'est arrivé ?

J'ai pris une profonde inspiration avant de répondre :

— Je crois que je viens de voir la fée qui m'a laissée dans le monde des humains.

Je m'étais adressée à Miss Dowling pour obtenir des réponses, mais c'était cette femme mystérieuse qui les détenait. Elle était trop vieille pour être ma mère, mais elle devait savoir d'où je venais. Elle avait tenté de me le révéler. Elle voulait que j'aille la voir. Et, même si je ne savais pas encore comment, j'irais.

SPÉCIALISTE

Aujourd'hui, sur les terrains d'entraînement d'escrime, Riven donnait du fil à retordre à Sky. Peut-être que ce dernier n'avait pas la tête à se battre ? À moins que Riven ne soit soudain devenu plus incroyable que jamais !

Le directeur s'approcha et Sky jeta un coup d'œil dans sa direction. Silva avait l'air plutôt mal en point ces derniers jours. L'inquiétude était lisible sur le visage de Sky chaque fois qu'il le voyait. Riven profita de la distraction de son adversaire et faillit parvenir à le toucher de la pointe de son épée.

Silva, qui ne laissait rien échapper à son regard froid et acéré, remarqua la distraction de son élève.

— Sky, fais attention à ton jeu de jambes. Riven, quand il expose son côté gauche…

Riven comprit ce que le directeur suggérait. Il frappa un coup à droite et Sky toucha le tapis.

— Bien joué, Riven, le félicita Silva et il se retint de sourire comme un imbécile.

Il tendit la main à son ami pour l'aider à se redresser et ils se dirigèrent vers les bancs. La copine de Sky y était déjà. Elle ne semblait pas préoccupée par sa chute. Elle était en train de rédiger un texto.

Sky fronça les sourcils.

Si Stella avait été sa petite amie, Riven aurait froncé les sourcils en permanence. Et il se serait coupé la tête aussi. Mais il se doutait que ce n'était pas la princesse qui inquiétait son copain.

— Tu ne trouves pas qu'il va moins bien ? s'enquit Sky.

Inutile de demander qui était ce « il ».

— Il me fait un compliment et, tout à coup, tu as peur qu'il ait des lésions cérébrales…

C'est bon, le message était passé. Pas besoin d'en rajouter des couches. Sky était le plus génial et serait toujours le chouchou de Silva.

— Ça fait une semaine qu'il a été infecté par le Brûlé, insista-t-il.

Ils rejoignirent Stella sur les bancs. Riven se mit à détacher les bandes qui protégeaient ses mains et à se changer. Il n'aimait pas trop porter le blason des Spécialistes sur son torse. Son ami se tourna vers sa copine pour l'interroger sur le sujet qui l'obsédait :

— Qu'est-ce que tu en penses ?

— De quoi ?

— Silva, répondit Sky d'une voix tendue. Tu le trouves comment ?

La princesse jeta à peine un coup d'œil en direction du directeur.

— Bien.

— Le docteur Stella a posé son diagnostic sans examen ! ironisa Riven.

La jeune fille l'ignora. Ce n'était pas nouveau et ça lui convenait très bien. Il aurait préféré se faire contaminer par une plante vénéneuse qu'avoir l'attention de Stella. Elle se tourna vers son petit ami :

— Tu t'entraînes tout à l'heure ou on se voit avant la fête ?

Sky ne réagit pas. Il était toujours concentré sur Silva.

— Sky ? insista Stella. Il va *bien.* Le professeur Harvey lui donne du Zanbaq, non ?

— Ça ne fait que soulager ses symptômes. Il n'ira pas mieux tant que le Brûlé qui l'a attaqué ne sera pas mort.

— Et il y a plein de monde à sa recherche. Il ne pourra pas échapper à toutes les fées et tous les Spécialistes de l'Autre Monde.

Il ne semblait pas convaincu. Il y avait quelque chose dans le regard de son ami que Riven ne connaissait pas. Il n'aurait jamais imaginé que son meilleur pote, le héros d'Alféa, puisse avoir l'air vulnérable. C'était flippant.

Visiblement ça ne plaisait pas non plus à Stella. Elle se leva d'un bond.

— Il faut que j'aille en cours. Arrête de t'inquiéter pour rien.

Comme si c'était aussi facile à dire qu'à faire. Elle l'embrassa rapidement sur la joue avant de s'éloigner d'un pas rapide.

Pauvre Sky. Où est-ce qu'il était censé recevoir du soutien psychologique ? Pas facile quand on a une petite amie du genre de Stella. Et que son meilleur copain est un gars comme Riven.

Comme il ne pouvait rien pour Sky, Riven tenta d'éclaircir un mystère : pourquoi son ami s'était-il remis avec la princesse ? Riven fit allusion aux exploits sexuels dont Stella devait être capable pour justifier pareille décision.

Sky le poussa du banc. Riven atterrit sur le sol, jambes écartées, puis se releva en riant. Il espérait que son pote rirait aussi. En général, Riven arrivait au moins à ce résultat.

Mais il ne riait pas. Il avait l'air triste et tendu. Riven sentit son cœur se serrer. Sky avait été sympa de le prendre sous son aile l'année dernière. Parfois, son pote se montrait paternaliste et c'était vexant, mais au fond c'était le gars le plus chouette que Riven connaissait et il essayait d'être gentil. Riven pensa qu'il devrait lui aussi être plus gentil avec lui. Surtout si Stella ne faisait pas sa part.

Mais les sentiments de Riven n'avaient pas d'importance en ce moment. C'était de Sky qu'il s'agissait. Il admirait tellement son directeur. Riven redoutait sans cesse que son ami se mette en tête de copier son horrible barbiche éparse.

— Je mettrais bien sur le dos de Stella le fait que tu aies été nul en entraînement cette semaine, mais…

Riven tentait de prendre un ton bienveillant, mais il était persuadé que sa voix serait incapable de se plier à son désir.

— … je sais que Silva et toi vous êtes super proches. Je suis là si jamais tu veux…

Il déglutit et réfléchit pour trouver les mots justes. Parler ? Pleurer sur mon épaule ? M'entendre dire *ça va aller mon vieux, je suis là* ?

Sky tourna la tête pour suivre des yeux le directeur, qui s'éclipsait discrètement, espérant visiblement que ses élèves ne remarquent rien.

— Il faut que j'y aille, lâcha Sky.

Riven hocha la tête avec un sourire forcé. C'était complètement débile de proposer son aide. S'il avait le choix, même lui ne se choisirait pas comme confident.

EAU

Bloom allait devoir attendre pour résoudre son mystère. Aisha la traîna au cours de magie, où son amie fut invitée à s'asseoir face à une pile de petit bois posée sur une table. Sa colocataire prit place à ses côtés et accorda toute son attention au bol d'eau placé devant elle.

Elle était ravie d'être en classe. C'était le moment d'affiner ses compétences et de souder leur équipe.

— C'est carrément impossible, commenta Bloom. Si ça se trouve, c'est un piège, cet exercice.

Aisha, concentrée sur son bol, marmonna :

— Si ça se trouve, tu parles trop.

Miss Dowling, qui passait derrière les élèves, intervint :

— Un feu qui dévaste tout sur son passage est instinctif, impulsif. Et si on veut qu'il s'arrête ?

Bloom ne répondit pas. Son amie craignait que la directrice n'ait touché une corde sensible.

Miss Dowling poursuivit avec sévérité :

— Peux-tu embraser *un seul* morceau de bois et laisser les autres intacts ?

Bloom focalisa son énergie et une brindille commença à dégager de la fumée. Elle redoubla ses efforts pour faire apparaître des flammes et les faire durer. Elle afficha un sourire radieux. *Waouh !* Elle y était arrivée.

La directrice lui adressa un signe de tête, ce qui, dans son registre personnel, équivalait à des félicitations chaleureuses. Aisha sentit une pointe de jalousie. L'attitude austère de Dowling lui rappelait celle d'une ancienne coach que personne n'aimait parce qu'elle était trop sévère… jusqu'à ce qu'elle mène leur équipe à la victoire.

La fée de l'Eau aurait aimé avoir droit aussi à un hochement de tête, mais elle n'avait même pas réussi à produire une ondulation à la surface du liquide.

Dowling s'intéressa à une autre élève. Une fée de l'Air dont les yeux projetaient une lueur grise lorsqu'elle faisait appel à ce qui devait être de l'électricité statique pour soulever des grains de riz.

— Impressionnant, Beatrix, commenta la directrice. Continue comme ça.

— Merci, Miss D.

Dowling lui lança un regard désapprobateur.

— Miss Dowling, corrigea Beatrix.

Quand la directrice s'éloigna, l'élève ajouta à voix basse, d'un ton exagérément obséquieux :

— *Votre Grâce.*

Bloom étouffa un rire. Beatrix lui adressa le genre de sourire conspirateur que seules peuvent partager deux personnes pour qui le cours se passe bien. Peut-être que Beatrix et Bloom allaient devenir amies, tout simplement.

Tenter de se lier d'amitié avec sa camarade de chambre avait déjà été compliqué pour Aisha. Et maintenant elle était la seule de la classe à ne pas arriver à utiliser ses pouvoirs.

Elle laissa échapper un petit soupir de frustration. Elle sentait la présence de la directrice dans son dos, probablement occupée à épier chacun de ses gestes.

Avant que Dowling ne puisse ouvrir la bouche, Aisha explosa :

— Le contrôle, je sais. J'ai compris l'idée. Je vais y arriver.

Elle se concentra si fort qu'elle sentit son cerveau se crisper et ses yeux briller. L'eau se mit soudain à clapoter au centre du bol, formant une sphère parfaite. Elle espéra que la directrice se montre au moins un peu impressionnée.

— C'est bien, Aisha. Cela dit, une masse d'eau dans son ensemble est persistante et fiable. Tu dois prendre en compte chacun des éléments individuels qui se combinent pour constituer le tout.

Les yeux de Dowling s'illuminèrent. Une goutte se détacha de la sphère.

— Une goutte d'eau est imprévisible. Vague. Amorphe. Arriveras-tu à l'isoler ? À lui faire conserver sa forme ?

Aisha redoubla d'efforts. D'un coup, l'eau jaillit du bol et éclaboussa la table. Elle n'avait réussi à rien, à part mettre le souk.

— Tu as encore beaucoup à apprendre, conclut sèchement Miss Dowling.

Puis elle s'adressa à la classe.

— C'est tout pour aujourd'hui.

Les élèves se mirent à ranger leurs affaires, mais Aisha s'accorda un moment pour tenter de surmonter sa frustration en serrant les dents. Elle envisageait la magie comme un travail d'équipe mais, si elle n'était pas douée, personne ne voudrait s'allier avec elle.

— Ça va ? s'inquiéta Bloom.

— Oui. Je suis fatiguée, c'est tout, prétendit-elle.

TERRE

Terra voulait juste passer un déjeuner agréable. Un repas potentiellement romantique en compagnie de ce garçon qui lui plaisait vraiment, vraiment beaucoup. Ce n'était déjà pas simple de trouver un sujet de conversation suffisamment cool pour que Dane l'apprécie à son tour.

Mais la présence de Riven n'a rien arrangé, au contraire. Il se permit de dépasser tout le monde dans la queue sans s'excuser, ce qui était tellement impoli que Terra sentit la fureur monter en elle.

Et maintenant Riven partageait une bête pomme avec la fée de l'Air, celle qui portait la jupe ultra courte. C'était un spectacle étrange. Et pas du tout hygiénique. Une pomme entière, c'était trop pour eux ou quoi ?

— C'est trop bizarre, commenta Terra.

Qui était incapable de finir un fruit ? Et surtout, qui pouvait apprécier Riven ? Terra le trouvait tellement chelou.

— Oui, c'est clair. D'après ce qu'on raconte, cette fille est aussi une grosse intello, contribua Dane. Entre deux taffes de bang, elle peut te réciter toute l'histoire de l'Autre Monde.

Il partagea avec Terra des détails sur l'intérêt que Beatrix portait à l'histoire des fées. Et sur le fait qu'elle adorait aussi faire la fête jusqu'au bout de la nuit. Ce mode de vie n'intéressait absolument pas Terra, sans façon.

— Bref, Riven a des goûts douteux, conclut-elle avec mépris.

Beatrix aussi, cela allait de soi. Dane lança un regard au couple attablé et Riven lui parut presque admiratif, ce qui était impossible. Il était sans doute juste trop gentil.

Terra était prête à parier que Beatrix était le genre de fille qui plaisait à tous les mecs. Elle se sentit d'un coup trop mal pour avaler ne serait-ce qu'une bouchée de pomme.

— Peut-être... concéda Dane après quelques instants de réflexion. Mais je ne les trouve pas si horribles que ça. En plus, ils m'ont invité à la fête de ce soir, alors...

— Attends, quoi ?

— C'est la soirée des Spécialistes de dernière année.

— Je sais ce que c'est. Ils en organisent une tous les ans. Et c'est le bordel chaque fois.

— Ça veut dire que tu n'y vas pas ?

Terra se rendit compte qu'elle ne se montrait pas très cool. Or, elle voulait absolument plaire à Dane. Elle se donna un air désinvolte.

— Peut-être. Je verrai.

Voilà ! Ça c'était une réaction cool, non ?

Dane sourit.

— Alors peut-être à ce soir.

Est-ce que c'était une perche ? Est-ce qu'il tentait de la convaincre de venir à la fête ? Est-ce qu'elle devait vraiment aller à une soirée ? Surtout une de ce genre-là…

Elle avait grandi ici. Elle avait entendu tout ce qu'on racontait à propos de la soirée des Spécialistes de terminale.

Oh non, qu'est-ce qu'elle venait de faire ?

FEU

C'était sympa de déjeuner avec Musa, mais je ne pouvais pas m'empêcher de repenser aux difficultés d'Aisha en classe.

— C'est bizarre de voir Aisha ne pas réussir un exercice du premier coup.

— Ça m'étonne aussi. N'empêche, je ne comprends pas pourquoi tu culpabilises comme ça.

Musa m'a gratifiée d'un sourire. Mais je n'ai pas pu m'empêcher d'être irritée.

— Je sais que tu captes les émotions de tout le monde, mais j'ai une suggestion : tu n'es pas obligée de les crier sur tous les toits.

J'ai soupiré, puis j'ai tenté d'expliquer la culpabilité que je ressentais.

— Aisha est fatiguée. Mes parents croient qu'Alféa est en Suisse, du coup ils m'appellent sur Skype à neuf heures du matin, heure de Suisse. Tous les matins. Ce qui fait…

— Deux heures du matin ici. Oui, je sais, on t'entend toutes.

Oh super, encore un peu plus de culpabilité.

— Je fais tellement de bruit que ça ? J'essaie d'être discrète.

— Tu l'es autant qu'une vieille qui déballe des bonbons au cinéma. Mais je m'en sors bien en cours, m'a assuré Musa. Et Terra aussi…

Musa s'est interrompue, l'attention soudain détournée. Ses yeux brillaient de violet et balayaient la pièce, pour atterrir finalement sur ce qu'elle cherchait.

— Qu'est-ce qui t'arrive ?

J'ai suivi son regard jusqu'à Sam, qui se faufilait dans un groupe d'élèves. Son regard a croisé celui de Musa et le garçon lui a adressé un sourire bref et chaleureux.

— À mon tour de crier tes émotions sur tous les toits ? ai-je proposé.

Musa a souri jusqu'aux oreilles.

— Elles sont encore en développement. Et en plus c'est compliqué. Alors s'il te plaît, n'en parle pas devant…

Terra est arrivée et a lâché son plateau-repas sur la table avec un fracas retentissant.

— J'ai une question, a-t-elle déclaré brusquement. Depuis quand c'est cool d'être intello ?

Musa et moi avons échangé un regard. Un monologue à la Terra se profilait à l'horizon comme des nuages annonçant l'orage.

— Ne me faites pas dire ce que je n'ai pas dit. C'est génial. Super. Les intellos au pouvoir. Mais c'est devenu cool de s'intéresser à l'histoire des fées ?

— Heu… ai-je fait. De quoi tu parles ?

Terra a poursuivi.

— J'adore les études. J'adore avoir de bonnes notes. J'adore potasser toute seule avec une tasse de camomille… Mais personne ne partage une pomme avec moi. Même si… je trouve ça répugnant.

Musa a déclaré lentement :

— Il va nous falloir le contexte.

— Beatrix, a lâché Terra avec dégoût.

C'était nouveau.

— Je ne comprends pas la différence. Entre elle et moi. Pourquoi avec elle, ça… le fait.

Musa et moi, nous nous sommes regardées, tandis que Terra chipotait avec sa nourriture. Qui pouvait être prêt à répondre à cette question ?

Puis le mec de Musa a brandi deux bâtonnets glacés depuis l'autre bout de la cafèt'. Il essayait de l'attirer avec un dessert. Comme si elle avait besoin de ça.

Elle s'est mise à rassembler ses affaires.

— En fait. Je dois y aller. Désolée.

Elle n'avait pas du tout l'air désolée.

Pendant qu'elle s'éloignait, j'ai observé Terra sans savoir quoi lui dire. Ça devait concerner Dane. Est-ce qu'il était amoureux de Beatrix ? J'avais entendu dire qu'elle traînait souvent avec Riven. Terra nous avait longuement parlé de Dane et de son désir de se noyer dans ses yeux qui ressemblaient à des piscines de chocolat. Elle nous avait aussi beaucoup parlé de Riven et de son envie de le noyer dans le lac.

J'espérais que Dane n'avait pas un crush pour Beatrix. J'espérais que Terra lui plaisait. Elle le méritait. Et elle méritait une amie qui trouvait les mots pour lui répondre.

Elle a soupiré.

— C'est bon. En fait, je sais pourquoi. Elle fume, elle boit et elle est canon. Alors que moi…

Je suis comme ça.

La phrase est restée suspendue dans l'air entre nous.

Avant que je ne puisse ajouter quoi que ce soit, Terra a secoué la tête et a sans doute décidé de cesser de s'apitoyer sur son sort.

— Et toi ? Où en est la recherche de la femme de tes souvenirs ?

— Ça n'avance absolument pas, ai-je répondu honnêtement. Est-ce que par hasard ton père aurait de vieux albums de l'école ?

C'était une idée de génie qu'Aisha avait eue.

— Possible. Je vais devoir chercher moi-même. Il est trop occupé avec Silva, je ne voudrais pas le déranger.

Jusque-là, j'avais essayé d'éviter de penser au directeur des Spécialistes. Dès que je pensais à lui, je pensais à Sky.

— Comment va-t-il ? ai-je demandé, un peu coupable.

— Mon père n'a pas le moral, donc j'imagine que Silva n'est pas en grande forme.

Maintenant que j'avais commencé à penser à Sky, je ne pouvais plus me le sortir de la tête. Même si je le connaissais à peine, je n'avais jamais ressenti de lien aussi fort avec qui que ce soit aussi rapidement. Penser à lui était presque aussi instable que mes pouvoirs magiques : ça me paraissait dangereux, quasi incontrôlable.

— Ça doit être tellement dur pour Sky. Je sais qu'ils sont proches. Tu l'as vu aujourd'hui ? Sky ?

Terra me fixait d'un air qui me laissait deviner qu'elle avait très bien saisi ce qui se passait.

— Écoute, Bloom, Sky est un type génial. Un mec vraiment bien. Mais Stella…

Son regard s'est porté quelques tables plus loin, vers celle où Stella était assise avec un groupe de deuxième année.

— Je m'inquiète juste pour lui, Terra, ai-je précisé.

Mais trop vite.

Terra a laissé tomber, tout en gardant une expression sceptique. C'était évident qu'elle ne croyait pas un mot de ce que je venais de dire.

Et elle avait bien raison.

TERRE

Après avoir écouté Bloom déballer ses inquiétudes au déjeuner, Terra fila pour retrouver son père à l'entrée de la serre, où elle savait qu'il soignait M. Silva. Elle aperçut le visage du directeur avant qu'il ne la voie. Il affichait une moue tracassée et paraissait avoir vieilli de plusieurs années.

Oh, pauvre Silva, se dit-elle. *Pauvre Sky.*

Elle ne connaissait pas bien le garçon mais, l'année précédente, il s'était occupé de Riven. Elle avait trouvé ça bien. C'était gentil de sa part de tendre la main à un autre élève. Peu de gens l'auraient fait. Et encore moins parmi les descendants de héros célèbres.

Sky avait aussi fait preuve d'assez de patience pour supporter Riven et Stella. Il y avait si peu de gens attentionnés dans le monde. Sky ne méritait pas ce qui lui arrivait aujourd'hui.

— Comment va M. Silva ? demanda-t-elle avec nervosité.

La moue inquiète de son père s'effaça instantanément, aussitôt remplacée par un sourire… apaisant, et un peu condescendant, se dit Terra.

— Il va s'en sortir, ma chérie. Il ne faut pas t'inquiéter.

Autrement dit *n'encombre pas ta jolie petite tête d'idées noires.*

— Oui, bien sûr. Mais… comme tu le sais, c'est Musa et moi qui l'avons ramené ici.

Tu as dit que tu étais fier de moi, papa. Tu as oublié ?

— Et ça a dû être vraiment terrifiant, répondit-il en lui parlant comme si elle était encore une petite fille.

— Non, répliqua Terra d'un ton péremptoire. Je veux dire que tu ne dois pas me cacher la vérité. Je ne suis plus une gamine, tu sais.

Son père lui posa un baiser sur le sommet du crâne avant de s'éloigner.

— Bien sûr que non, conclut-il.

Bravo, papa, très convaincant.

Elle soupira. Elle avait confiance en lui. Il avait peut-être raison : elle devrait le laisser prendre soin du directeur et se concentrer sur l'autre problème qui la faisait flipper tout autant : la perspective d'aller à une soirée. Mais elle ne pouvait s'empêcher d'avoir de la peine parce que son père ne lui faisait pas confiance.

Il était persuadé qu'elle était encore une gamine incapable d'entendre la vérité. Et Terra était convaincue que Silva était condamné.

EAU

Bloom était sur son lit et passait en revue les albums de l'école. Aisha aussi se consacrait à une mission impossible : assise à son bureau, elle tentait d'exercer sa magie sur un bol d'eau. Pas une goutte ne s'était élevée du récipient depuis qu'elle avait commencé.

Bloom tournait rapidement les pages des volumes et le bruit rappelait les bourrasques qui agitent les feuilles pendant une tempête. Aisha lui adressa un regard interrogateur.

— Mon souvenir commence à s'effacer. Ça devient de plus en plus difficile d'imaginer à quoi elle pourrait ressembler.

Bloom referma l'album tandis qu'une nouvelle idée prenait forme dans son cerveau.

— J'ai réfléchi… La vision a surgi après que j'ai utilisé ma magie pour combattre le Brûlé. Beaucoup de magie. Peut-être que, de là où elle est, cette femme m'a sentie. Ou alors ça a ouvert une porte magique dans mon esprit ou… je ne sais pas. Donc, je me disais : et si j'allais au Cercle de Pierres et que j'invoquais autant de magie que…

Aisha examina sa camarade de chambre avec inquiétude.

— Ne m'oblige pas à t'expliquer pourquoi c'est une *très* mauvaise idée !

Elles avaient déjà assez de problèmes comme ça. Si en plus Bloom déclenchait un feu de forêt…

— Il y a quelques semaines, j'aurais été d'accord avec toi. Mais tu m'as vue en cours, non ? insista-t-elle, les yeux brillants. Je suis bien meilleure.

Aisha fixa son bol.

— Oui, tu gères de ouf.

Terra interrompit ce moment gênant en appelant à l'aide.

— Quelqu'un sait comment faire des yeux de biche ?

Elles trouvèrent leur coloc dans la salle de bains, des produits de maquillage éparpillés sur toutes les surfaces. Elle avait *tenté* de se dessiner un œil de biche. Le mot clé était *tenté*.

Contente de pouvoir se rendre utile, Aisha se mit tout de suite au travail, manipulant l'eye-liner avec adresse, comme si c'était une épée dans un duel d'escrime.

Bloom était appuyée contre l'encadrement de la porte. Aisha savait qu'elle n'était pas fan de soirées, mais elle espérait qu'elle vienne à la fête. La force du nombre était essentielle en ce moment critique.

Musa jeta un coup d'œil dans la salle de bains depuis le couloir.

— Il se passe des trucs bizarres, ici.

Musa était encore moins fêtarde que Bloom, et Aisha savait qu'elle n'était pas fan de Terra.

— Change-toi, lui ordonna cette dernière. Nous allons toutes à la soirée des Spécialistes. Et nous allons montrer… aux gens… que nous sommes cool, drôles et…

De toute évidence, Terra pensait à nouveau à Beatrix. La voix de leur coloc montait dans les aigus et elle parlait de plus en plus vite. Elle allait se lancer dans un de ces monologues dont elle avait le secret.

Aisha s'écarta de son œuvre et positionna Terra face au miroir. Elle n'arrivait peut-être pas à maîtriser sa magie, mais elle avait géré le problème de maquillage de son amie.

Aisha fut heureuse de voir Musa sourire au reflet de Terra.

— Sexy, lui assura Musa d'un ton rassurant.

Aisha comprit à cet instant qu'elles iraient toutes à la soirée.

SPÉCIALISTE

Les produits de maquillage de Stella étaient éparpillés partout sur le bureau de Sky. Même saint Sky, en entrant dans la chambre qu'il partageait avec Riven, ne put réprimer une moue de réprobation. Son coloc avait dépassé depuis longtemps ce stade. Il en avait ras le bol.

— Désolée, déclara Stella avec légèreté. Mais quatre première année qui se préparent pour leur toute première fête, c'est un cauchemar dans un cauchemar.

Riven lâcha un petit rire moqueur :

— J'ai un scoop pour toi : si tu trouves que tout le monde autour de toi est un cauchemar… Ce n'est pas eux, le cauchemar, c'est toi.

Ça faisait plusieurs minutes qu'elle se plaignait de Terra, qui avait galéré pour se dessiner des yeux de biche.

Terra devait flipper à l'idée d'aller à une soirée, ça amusait beaucoup Riven et il se serait sans doute moqué d'elle s'il en avait eu l'occasion, mais ça l'irritait que Stella s'arroge ce droit.

Sky se tourna vers son pote alors qu'il était occupé à transvaser soigneusement de la vodka dans une flasque. À chacun sa façon de se préparer pour les festivités. Riven s'était déjà changé et était prêt à déconner.

— Tu bois déjà ? demanda Sky d'un air désapprobateur.

— Elle est là depuis une heure, se justifia-t-il. Donc je bois depuis une heure.

Ce n'était pas lui qui avait proposé à Stella de revenir dans leur chambre et de s'imposer dans leur vie. Riven n'était qu'un martyr des mauvaises décisions de son coloc concernant ses petites amies.

— Tu peux y aller mollo ce soir ? L'année dernière, tu as vomi dans cinq endroits différents.

C'était quoi, cette histoire ? Sky voulait qu'il laisse tomber avant d'avoir commencé ? Il ne le croyait pas capable de battre son propre record ? Riven l'observa d'un air déçu. *Fais-moi un peu confiance, mon pote.*

Puis la princesse les informa que Marco, l'un des Spécialistes les plus redoutables, était à la recherche du Brûlé, que le monstre serait sûrement abattu bientôt et Silva tiré d'affaire.

Elle servait enfin à quelque chose. Grâce à ses paroles rassurantes, Sky allait pouvoir se détendre et passer un bon moment.

Mais Sky les prévint quand même qu'il ne boirait pas. Riven était à court d'idées. Il ne voyait vraiment pas ce qui pourrait remonter le moral de son ami.

TERRE

L'aile abandonnée du bâtiment, avec sa pierre fissurée et ses recoins sombres, était tout sauf désertée ce soir. La bière débordait des gobelets en plastique. Un feu de joie avait été allumé et de la musique s'échappait des enceintes. La pièce était baignée d'une lumière violette, comme si la magie de Musa emplissait l'atmosphère et que les pensées des gens étaient lisibles sur les murs. Des fées en jeans et en tops sexy se trémoussaient sur la piste de danse en agitant les bras ou en s'embrassant.

Terra s'accrochait à son Tupperware et essayait de dissimuler sa nervosité en racontant aux autres des faits historiques intéressants.

— C'est l'aile est d'Alféa. Elle était utilisée pour les préparatifs de guerre. Mais, comme il n'y a pas eu de conflit depuis longtemps, plus personne ne vient ici.

Elle s'interrompit avant d'ajouter :

— Sauf ce soir.

Elle remarqua que Bloom n'avait pas l'air à l'aise non plus. Très bien. Elles formaient le Winx Club et elles allaient se serrer les coudes.

Aisha avait également remarqué l'expression de leur amie.

— Il te faut une bière.

— Oui, c'est exactement ce dont j'ai besoin, confirma Bloom.

Bloom et Aisha se séparèrent du groupe et se dirigèrent vers le tonneau.

Parfait ! Terra était convaincue qu'elles reviendraient vite et Musa était toujours là. Peut-être qu'elles allaient trouver

Dane et qu'avec un peu de chance il ne serait pas avec Beatrix. Ou Riven. Elle tendit le cou et fouilla la salle des yeux.

— Tu cherches quelqu'un en particulier ? ironisa Musa.

— Quoi ? Non. Je me demande juste où je peux poser ça.

Terra était consciente que cela ne servait à rien de mentir à une fille capable de lire les émotions, mais son amie laissa tomber. Elle conduisit Terra vers une caisse de boucliers qui servait de bar de fortune.

Musa se servit un verre tandis que Terra déposait son Tupperware et l'ouvrait. Musa jeta un coup d'œil aux brownies, puis inclina la tête.

— Est-ce qu'ils sont… ? *Terra !*

— Quoi ? se défendit-elle. Moi aussi, je peux être une intello cool.

Comme Beatrix.

Une voix agaçante les interrompit.

— Regardez-moi qui a décidé de se pointer.

Musa se retourna brusquement. Le frère de Terra s'approchait d'elle. *Pauvre Musa*, pensa Terra. *Elle va se sentir obligée d'être sympa avec lui parce qu'elle partage ma chambre.*

— Oh, et avec le Tupperware de maman !

— Qu'est-ce que tu veux, Sam ?

Musa eut l'air surprise par le ton désagréable de sa coloc. Elle était sûrement enfant unique, elle ne devait pas réaliser qu'un frère pouvait être vraiment très irritant.

— Je prends juste un verre. Détends-toi.

Puis Sam se tourna vers Musa avec un air intéressé.

— Musa, c'est ça ?

Le visage de la jeune fille s'illumina.

— C'est moi.

Le visage de Sam s'éclaira à son tour et une sorte de courant électrique passa entre eux.

— Salut.

Quoi ?! Le frère de Terra essayait de flirter avec sa coloc ? Rooh, c'était trop gênant. Elle allait devoir lui expliquer que Musa voulait juste se montrer polie.

L'attention de Sam fut soudain détournée.

— C'est quoi cette odeur ?

Sam plongea le nez dans le Tupperware, puis releva la tête vers sa sœur.

— C'est pour la fête, pas pour moi, se justifia Terra, un peu gênée.

Il était mal placé pour la juger.

Puis, elle vit Dane se diriger vers eux.

Parfait, la soirée allait commencer !

— Je ne pensais pas que tu viendrais, observa-t-il.

Il était trop craquant dans sa tenue.

— Ouais, je me suis décidée à la dernière minute, affirma Terra d'un air qu'elle espérait désinvolte. Tu veux un brownie ?

Dane tendit la main vers le Tupperware. Il était tellement poli. Il allait manger ce qu'elle avait préparé ! Elle eut tout à coup des doutes. Est-ce que c'était une bonne idée qu'il ingurgite ses space brownies ? Elle l'avait vu vomir après un verre. Ses gâteaux au cannabis étaient peut-être trop pour lui ?

— Prends-en juste un demi, lui conseilla-t-elle. Même un quart, c'est plus prudent. Ou une bouchée, c'est déjà pas mal.

Dane en prit plusieurs. C'était trop gentil de sa part d'être enthousiasmé par ses gâteaux ! Terra était hyper cool.

Elle laissa échapper un rire détendu.

— Fais comme tu veux.

— Je vais en apporter quelques-uns à Riven et Sky, l'informa Dane avec son sourire adorable. Je vais voir s'ils en veulent. On se voit plus tard, d'accord ?

Terra continuait à se la jouer décontractée.

— Oui, d'accord. C'est cool ! Cool, cool, cool, cool, cool.

Silva risquait de mourir, Sky pouvait avoir autant de brownies qu'il voulait, mais elle soupçonnait qu'ils ne lui étaient pas destinés.

C'était pour Riven et sa bimbo intelligente, et c'était précisément pour eux que Terra les avait préparés.

FEU

J'ai aperçu Sky qui sirotait un verre d'eau, sur un banc à l'écart des fêtards, les yeux rivés sur son téléphone. Je me suis approchée, ma bière en main.

— Je ne t'ai pas vu de la journée.

— Tu m'as cherché ?

J'ai souri. Oups, je m'étais fait repérer. Il m'a regardé et son visage s'est ouvert. Son sourire avait l'air rouillé, presque douloureux, comme si c'était le premier de la journée.

Je me suis assise à côté de lui.

— Comment va Silva ?

Il a soupiré.

— Pas bien. Mais la traque avance, ils se rapprochent du Brûlé. Ce n'est qu'une question de temps avant qu'il n'aille mieux.

J'ai insisté, en douceur.

— Et toi, comment tu vas ?

C'était une question simple. Évidente. Mais il avait l'air de trouver cela bizarre, comme si personne ne la lui avait jamais posée. Je regrettais presque ma demande, quand il a avoué :

— Je me sens super mal, Bloom. Je sais que je suis censé être fort, mais...

Il a levé vers moi des yeux suppliants. J'ai soutenu son regard, en essayant de lui montrer à quel point je l'écoutais, et qu'il n'avait pas à être fort pour moi. Personne ne peut être fort en permanence.

— Silva m'a pratiquement élevé après la mort de mon père. C'était son meilleur ami. Je sais qu'on s'entraîne à combattre. Qu'on doit être prêts à risquer nos vies. Mais je n'ai jamais envisagé que Silva...

L'épreuve devait être très dure pour Sky.

J'ai murmuré :

— Je suis vraiment désolée.

Ce n'était pas grand-chose, mais je pouvais au moins lui offrir ma compassion et rester à ses côtés. Je l'ai senti se détendre, de façon presque imperceptible.

— Tu es proche de tes parents ? m'a-t-il demandé après un silence.

— C'est... une question délicate.

— Ils vivent dans le Premier Monde, non ? Il n'y a pas beaucoup de fées là-bas. C'est pour ça que c'est délicat ?

Je me suis tue, ne sachant pas quoi répondre. Est-ce que Sky changerait d'opinion sur moi s'il savait que j'étais une changeling ? De toute façon, il avait une petite amie : il ne fallait pas que je m'attache à lui.

Sky, décidément trop adorable, pour son bien ou le mien, a conclu :

— Ce n'est pas grave. J'aime bien les mystères.

J'ai minimisé la question en agitant ma bière.

— Ne t'en fais pas, encore quelques-unes et je serai un livre ouvert.

— J'en prendrais bien une aussi. Ça me ferait un bien fou de me changer les idées.

— J'ai entendu dire qu'il y avait une partie de beer pong, si tu veux *vraiment* te changer les idées.

Il a hésité, puis il a affiché un sourire aussi lumineux que les feux qui crépitaient dans la salle.

— Tu viens de commettre une énorme erreur, a-t-il plaisanté. Viens !

SPÉCIALISTE

Les filles affrontaient les garçons dans un match sans pitié. Sky et Riven, les rois du *beer pong*, contre Bloom, la rousse du monde des humains, et Aisha, la sportive avec qui elle partageait sa chambre.

Quand ce fut au tour de Sky de boire, les yeux de la rouquine projetèrent une lueur rouge. Il faillit recracher sa bière.

— Tu l'as... ? Cette bière est *chaude !*

— Cul sec ! C'est la règle du jeu.

Leurs deux adversaires éclatèrent de rire pendant que Sky vidait son gobelet. Riven se dit que les deux filles paraissaient plutôt sympas.

C'était à son tour maintenant.

— Laissez faire le maître.

Bloom se pencha pour chuchoter à l'oreille de sa copine, qui hocha la tête. Riven lança la balle, mais avant qu'elle n'atterrisse dans un gobelet, les yeux d'Aisha s'illuminèrent de bleu et la bière se mit à s'agiter.

Puis la bière de tous les gobelets se mit à mousser et à déborder comme un tsunami qui éclaboussa Riven.

C'était pas cool. Il poussa un juron.

— Oh là là ! s'exclama Bloom.

Bloom et Sky étouffèrent un rire, mais Aisha ne riait pas. Elle avait l'air mortifiée d'avoir mis un tel bazar. À raison ! Elle avait ridiculisé Riven en public !

Elle marmonna :

— Désolée. Vraiment. Je vais chercher des serviettes en papier.

Tandis qu'elle s'éloignait, Bloom aida Sky à ramasser les gobelets tombés par terre. L'humeur de Riven ne s'améliora pas, car il remarqua que les deux autres se retenaient encore de rire.

— Tu te sens un peu mieux ? murmura la jolie rousse d'un ton de conspiratrice.

— Je me sens beaucoup plus bourré, en tout cas, concéda Sky.

Riven remarqua les étincelles qui volaient entre eux et repensa au premier jour de cours. Son ami avait obtenu le numéro de Bloom et parlait de lui envoyer un message. Jusqu'à ce qu'il se remette avec Stella.

— Pour quelqu'un qui ne devait pas boire, commenta Riven.

Après une légère hésitation, il ajouta :

— Cette fille est un peu plus marrante que Stella. Elle me fait penser à Ricki.

— C'est qui, Ricki ? voulut savoir la jolie rousse.

Ah. Elle ne la connaissait pas.

Sky eut l'air tout à coup très mal à l'aise.

— Riv, dit-il sur un ton d'avertissement.

Riven n'avait pas l'intention d'écouter les mises en garde. Il était trempé, se sentait ridicule et était de mauvaise humeur.

— Attends, tu vis avec Stella et tu ne sais pas ce qui est arrivé à sa dernière coloc ?

— Non, je ne suis pas au courant, mais j'aimerais bien l'être, répliqua Bloom avec conviction.

Sky fusilla Riven du regard, mais il était trop tard pour revenir en arrière.

— Ricki était sa meilleure amie. Jusqu'à ce qu'elle flirte un peu trop avec Sky… Et Stella a montré à tout le monde à quel point elle était tarée.

— Qu'est-ce que ça veut dire ? insista Bloom.

— Stella a utilisé sa magie pour la rendre aveugle. Délibérément. Elle a aveuglé sa meilleure amie !

Les mots semblaient trop réels quand Riven les prononça, le poids de cette révélation assourdissait le vacarme joyeux de la fête. Sky ne souriait plus.

— Non, ce n'est pas possible, souffla Bloom.

Sky s'éclaircit la gorge.

— C'est… euh. Oui, c'est ça, l'histoire.

Après avoir vendu la mèche, Riven partit se sécher. Ouais, il était un salaud. On pouvait compter sur lui pour jouer ce rôle. Mais la rousse avait le droit de savoir dans quoi elle mettait les pieds. Et Sky aurait mieux fait de réfléchir avant de signer un nouveau bail.

Riven tenta de tordre son tee-shirt dégoulinant en continuant à marcher.

Cette fête était trop nulle. Où était Beatrix, la bombe qui l'aimait bien ? À défaut de Beatrix, où était Dane ? Probablement avec Terra, ce qui n'était pas une bonne idée. Comment est-ce que Riven était censé lui servir de mentor et lui apprendre à devenir un mec génial s'il n'était jamais là ?

FEU

Je suis arrivée dans un couloir de l'aile est, zigzaguant entre les couples qui s'embrassaient. Cette fête m'a fait penser à un passage de Yeats : *la solitude du cœur se flétrit, Pendant que les féeries dansent dans un lieu retiré…* Cette aile abandonnée était un lieu retiré et je ressentais de la solitude.

Je faisais des efforts surhumains pour ne pas penser à Sky et à ce que Riven avait raconté à propos de Stella. J'ai parcouru le corridor, espérant tomber sur Aisha, pour avoir de la compagnie et des conseils, mais j'ai juste vu des piles de photos encadrées adossées contre un mur.

Une en particulier m'a poussée à m'arrêter. Au milieu des élèves, il y avait une femme vêtue d'un manteau militaire, avec des yeux renfoncés, une expression intense, des lèvres fines serrées pour former une moue sinistre et des cheveux blonds scintillants attachés en arrière.

C'était la mystérieuse femme de ma vision.

J'ai sorti mon téléphone pour immortaliser la preuve lorsqu'une voix féminine m'a fait sursauter.

Beatrix m'a demandé avec un débit ralenti par l'alcool :

— Tu fais un album photo pendant une soirée ? Comment ça se fait qu'on ne soit pas amies ?

Je me suis retournée. J'ai repensé à Terra, qui nous avait parlé de l'intérêt de sa rivale pour l'histoire, et j'ai eu une inspiration soudaine : je me suis dit qu'elle pourrait peut-être me fournir des infos utiles. J'ai ramassé un des cadres et j'ai montré la femme mystérieuse.

— Tu sais qui c'est ?

Le visage de Beatrix a changé. C'était presque imperceptible.

Presque.

— Pourquoi ? m'a-t-elle demandé d'un ton étrange.

— Comme tu es branchée histoire, je me disais...

— Ça ne me dit toujours pas *pourquoi*, a-t-elle insisté avec arrogance.

J'étais mal à l'aise. C'était difficile à expliquer.

— Je n'essaie pas de paraître mystérieuse, mais... j'ai juste... Je ne peux pas te le dire.

— Tu n'essaies peut-être pas de paraître mystérieuse, mais tu réussis très bien.

Beatrix m'a fixée, puis a examiné la photo, et son expression méfiante s'est illuminée d'un sourire éclatant.

— De toute façon, ça n'a pas d'importance, a-t-elle décrété d'une voix plus gaie. Je n'ai aucune idée de qui c'est. Bons travaux manuels.

Elle s'est éloignée d'un pas rapide, comme si elle avait un but précis. Peut-être qu'elle voulait s'enfiler un des brownies de Terra.

Je me suis à nouveau penchée sur la photo. Un peu plus attentivement cette fois, et j'ai reconnu un autre visage.

J'ai murmuré à haute voix :

— Elle est à côté de Miss Dowling !

ESPRIT

Musa et Sam avaient trouvé un couloir tranquille, illuminé par le clair de lune. Même en plein milieu d'une soirée animée, Sam était capable de trouver le calme.

— Il y a beaucoup de monde, déclara-t-il. Ça te prend la tête ?

Il paraissait tellement détendu par rapport à son pouvoir et en même temps super attentionné… La plupart des garçons auraient été horrifiés par la magie de Musa. La plupart des *gens* avaient peur d'elle.

— La bière bon marché, ça atténue les émotions fortes, rétorqua Musa avec légèreté.

Puis plus sérieusement, elle ajouta :

— C'est une fête. Les gens se sentent bien.

Elle examina Sam au clair de lune. Ce spectacle suffisait à la rendre heureuse.

— Et moi aussi, ajouta-t-elle d'une voix douce.

Le regard de Sam se fit plus chaleureux encore, tandis qu'il continuait à papoter avec elle. Musa rassembla son courage pour lui demander :

— Vous êtes proches, Terra et toi ?

Il fronça les sourcils.

— On n'avait pas beaucoup de copains de notre âge quand on était petits, donc… oui.

Ils ne lui avaient pas paru si proches que cela, mais elle n'était pas une experte en questions familiales. Était-ce bien ou pas, qu'ils soient proches ?

Sam sourit, devinant pourquoi elle lui avait posé la question.

— C'est pour ça qu'on se voit en douce ? À cause de Terra ?

— Elle a énormément d'émotions tout le temps et sur plein de trucs. Comme je partage sa chambre, je les subis aussi.

En ce moment, Musa aussi éprouvait des sentiments très puissants. Elle s'approcha un peu plus et chuchota :

— Comment tu crois qu'elle réagirait à ça ?

— Oh, on est un *ça ?* plaisanta Sam.

Musa se sentit mortifiée.

— Non, plus maintenant. C'est fini. Tu es qui, d'abord ?

Sam sourit. Ils éclatèrent de rire au même moment et le rire céda la place à un silence très agréable, suivi d'un baiser encore plus délicieux.

Jusqu'à ce que Musa ressente une vague d'émotions intempestive et ne s'éloigne à contrecœur.

— Excuse-moi, j'ai juste... capté de fortes ondes de phobie sociale.

Elle regarda Sam, paniquée. Terra venait de déboucher dans le couloir et faisait face à Musa. Qui resta paralysée par la terreur quelques secondes, avant de remarquer que Sam n'était plus près d'elle. Il lui adressa un signe depuis une alcôve avant de passer à travers le mur.

— Te voilà ! s'exclama joyeusement Terra.

L'instant d'après, sa joie fut remplacée par de la panique :

— Qu'est-ce que tu fabriques toute seule, tout va bien ?

Terra, qui était manifestement un peu ivre, n'attendit pas la réponse de sa camarade de chambre. Elle passa au sujet suivant, et vu son humeur on pouvait s'attendre à tout.

— Heu… je ne voulais pas te poser la question, mais… à quoi ça sert d'avoir une coloc qui sait ce que les gens ressentent si tu ne… Pas que mon opinion de toi se résume à ça, mais… Dane. Moi. Est-ce que ça a une chance de marcher ?

Musa était stupéfaite. Elle s'attendait à… autre chose.

Terra, qui s'était clairement préparée au pire, gémit :

— Oh, non !

Musa s'empressa de la rassurer.

— Non, c'est juste que… Quand vous êtes ensemble Dane et toi, il se sent à l'aise. Je ne sais pas exactement ce que ça signifie, mais il t'aime bien, en tout cas.

Avec un espoir qui faisait peine à voir, Terra insista :

— Alors, ça pourrait se faire ?

Musa lui adressa un sourire un peu artificiel tandis que Terra rayonnait.

Musa venait de sauter sur l'occasion : elle avait trouvé un stratagème pour que Terra l'apprécie. Alors que Musa avait pour principe de toujours tout dévoiler, elle cachait soudain bien plus qu'un baiser avec le frère de son amie.

FEU

J'étais indignée, à juste titre. J'étais en colère, de façon tout à fait raisonnable, et je devais l'exprimer !

J'étais peut-être un peu saoule, mais cela n'avait pas la moindre importance. L'alcool m'aidait à réfléchir. Je me suis servi un autre verre sous le regard inquiet d'Aisha.

— Tu es absolument certaine que c'est la femme de ton souvenir ? Ça ne peut pas être quelqu'un d'autre ?

— À cent pour cent. Ce qui veut dire que Dowling sait quelque chose. Et qu'elle me le cache. *Une fois de plus.*

Je ne savais même pas pourquoi je continuais à faire confiance à la directrice. Je ne savais même pas pourquoi je *voulais* lui faire confiance. J'étais une idiote.

Aisha a conclu d'une voix apaisante :

— D'accord. On lui en parlera demain.

— Demain ? Tu rigoles ?

— Rentrons. Tu es vénère et un peu bourrée. Et moi j'ai des devoirs à faire…

Ma coloc ne comprenait manifestement pas la gravité de la situation.

— Elle m'a menti. Je n'attendrai pas jusqu'à demain pour avoir des réponses.

Aisha m'a observée attentivement.

— Comme tu veux. Amuse-toi bien.

Elle a tourné les talons. J'ai tendu la main pour l'arrêter.

— Tu ne viens pas avec moi ? j'ai demandé d'une petite voix.

— Tu veux aller voir la directrice à minuit, *bourrée* ? Vas-y. Pendant que tu y es, pourquoi tu ne vas pas au Cercle de Pierres balancer ta magie ? Tu recevras peut-être un nouveau message de ta fée ange gardien ? C'est une idée géniale.

Aisha, qui s'était toujours montrée si compréhensive, ma seule véritable alliée à Alféa, avait l'air complètement à bout.

— J'en ai assez de t'éloigner du précipice, Bloom. Tu as vraiment envie de sauter ? Vas-y, fais-toi plaisir, saute.

SPÉCIALISTE

Sky était en pleine dispute avec Stella quand c'était arrivé. Il exigeait qu'elle lui raconte la vérité sur ce qui s'était passé avec Ricki.

— Si je reste avec toi alors que tu as volontairement rendu ta meilleure amie aveugle, ça fait de moi au mieux un salaud sans cœur et, au pire, un psychopathe.

En prononçant ces mots, Sky se rendit compte que c'était la pure vérité.

Quand il avait vu le joli visage de Bloom choqué par les révélations de Riven, Sky avait réalisé qu'il ne voulait surtout pas qu'elle ait une mauvaise opinion de lui. C'était la seule personne qui se souciait des difficultés qu'il traversait.

Pourquoi continuait-il cette mascarade, pourquoi essayait-il d'être à nouveau en couple avec Stella malgré tout, alors qu'elle refusait d'avouer la vérité ? Et, plus important encore, alors qu'elle se fichait pas mal que Sky s'inquiète pour Silva ? Et alors que Bloom se souciait plus de lui que sa propre petite amie ?

Tous ces constats suffisaient pour qu'il se demande ce qu'il faisait avec Stella, point.

C'est alors qu'il avait reçu un texto l'informant que Marco et son équipe avaient tué le Brûlé. D'un coup, il n'avait plus pensé ni à Stella ni à Bloom.

Silva allait s'en sortir !

Sky était super heureux. Il fallait qu'il aille voir le directeur sans attendre.

Il s'en alla immédiatement, laissant Stella sans ajouter un mot. Il courut vers la zone d'entraînement du Bastion. Quand il approcha, il vit une lumière allumée près des bancs. Silva y était assis, tout seul. Sky ralentit, les joues rougies par la joie. Un sourire se formait déjà sur ses lèvres. Il avait eu tellement de mal à sourire ces derniers jours et, maintenant, la joie venait naturellement.

— Comment te sens-tu ? lança-t-il, le cœur gonflé de soulagement. Tes plaies devraient déjà se refermer, non ?

Silva se tourna vers lui. Avec difficulté. Il avait clairement encore mal, alors que les douleurs auraient dû disparaître. Quand Sky baissa les yeux, il vit que l'entaille que son mentor avait au niveau de la hanche saignait.

Les cicatrices *n'étaient pas* refermées.

— Je croyais qu'ils l'avaient tué ? demanda Sky d'une voix qui lui parut distante même à ses propres oreilles.

— Ils l'ont éliminé.

— Alors pourquoi…

Il n'eut pas la force de compléter la question.

Le regard dur du directeur ne flancha pas. Il donnait l'impression d'être entouré d'une armure en acier pratiquement impénétrable. Sky avait toujours cru qu'il faisait une exception pour son protégé.

Mais peut-être pas.

— Ils n'ont pas dû tuer celui qui m'a attaqué. Visiblement, il y en a plus d'un.

— Le Bataillon va continuer les recherches, alors, supposa Sky d'une voix tendue. Ils trouveront la créature et…

Sans parvenir à cacher sa douleur cette fois, Silva l'interrompit :

— C'est trop tard, Sky. C'est terminé.

Sky baissa les yeux vers ses mains ballantes, entraînées à manipuler des armes, à se battre, à protéger les autres. Alors que la personne qui comptait le plus au monde pour lui avait besoin de lui, il n'avait rien fait pour l'aider.

— Tu m'avais dit… d'attendre.

— C'était la seule chose à faire.

Sky se redressa, furieux. *Non.*

— Ce que tu m'as toujours dit sur mon père, c'est qu'il était mort au combat. Et toi tu vas te résigner et attendre la mort ?

Ils se fixèrent en silence. Ils ne savaient pas quoi dire. Sky n'avait jamais parlé à Silva comme cela. Il s'était toujours efforcé d'être le meilleur, de rendre le directeur fier. Il venait d'oublier d'un coup toute la discipline qu'on lui avait enseignée.

Il se détourna pour que Silva ne voie pas son visage. Il était censé être le soldat parfait. Il n'était pas censé pleurer.

FEU

L'expression de Miss Dowling s'est assombrie lorsque j'ai fait irruption dans son bureau, l'interrompant au beau milieu d'une réunion. Dommage pour elle. Dommage pour Aisha. Je savais ce que je faisais.

— Tu devrais être couchée.

— Et vous, vous devriez me dire la vérité.

La directrice a jeté un coup d'œil au professeur Harvey, le père de Terra. Celui-ci a répondu par un léger signe de tête et a quitté la pièce sans attendre.

D'un geste triomphant, j'ai sorti mes preuves et j'ai montré la photo sur mon téléphone.

— Qu'est-ce que c'est ? a-t-elle demandé d'une voix distante.

— Cette femme ! Celle qui est juste à côté de vous là-dessus ! C'est elle qui m'a laissée dans le Premier Monde.

Dowling a examiné la photo et m'a regardée à nouveau. Puis a acquiescé d'un mouvement brusque.

— C'est Rosalind. Comment sais-tu que c'est elle ?

Rosalind. J'ai savouré la première bribe d'information que je recevais.

— Qui est-elle ?

La directrice a fermé les paupières un instant. Elle avait l'air tellement fatiguée que j'ai presque eu pitié d'elle. Mais j'avais bien trop besoin de réponses pour regretter mon intervention.

— Elle m'a précédée à ce poste. J'ai été son étudiante. Puis sa protégée.

— Vous étiez donc ici il y a seize ans, quand elle m'a déposée dans le monde des humains ?

Le ton de Dowling est devenu défensif.

— Je te l'ai dit. Les circonstances qui entourent ta naissance sont aussi mystérieuses pour moi que pour toi.

Je n'ai pas réussi à empêcher ma voix de sembler accusatrice :

— Vous vous rendez compte que ça devient de plus en plus difficile à croire ?

Miss Dowling m'a toisée avec une froideur soudaine.

— Tu es saoule. Nous devrions reprendre cette discussion quand tu auras les idées claires.

— Toutes les photos où elle apparaît étaient planquées dans l'aile est. Dites-moi que ce n'est pas suspect…

— Rosalind était directrice pendant une période difficile de l'histoire d'Alféa. Ce n'est pas une époque que nous avons envie de mettre en avant.

— Je veux lui parler.

— C'est impossible.

— Ah oui ? Parce qu'il y a une semaine, j'ai eu une vision. Un souvenir du jour où elle m'a laissée dans le Premier Monde.

Une lueur de curiosité est apparue dans le regard de mon interlocutrice. Elle semblait soudain ne plus réclamer à tout prix que je me taise.

J'ai poursuivi :

— Elle m'a dit : *Retrouve-moi.* Je veux lui parler.

Tout était limpide pour moi à présent. Ce n'était pas Miss Dowling qui me fournirait les réponses que je désirais. Elle était juste là pour me permettre de trouver Rosalind. Et Rosalind pourrait m'aider.

— Elle est morte, Bloom.

J'étais tellement abasourdie que je n'arrivais pas à accepter les mots que je venais d'entendre.

— Quoi ?

— Elle est morte, il y des années.

Je me suis sentie chanceler. Je voulais tellement connaître la vérité et… mon dernier espoir s'envolait.

Dowling a continué, avec une certaine compassion, mais d'un ton qui ne laissait aucune place au doute :

— Je ne sais pas ce que tu as vu, ni pourquoi tu l'as vu, mais ça n'ira pas plus loin.

SPÉCIALISTE

Riven, torse nu, les cheveux encore mouillés par la bière, fumait un joint et examinait l'armure qui se trouvait à côté de lui. Dane observa à son tour l'armure et lui demanda ce qu'il cherchait.

— Un truc cool.

Il trouva un casque génial, tendit le joint à l'élève de première année, et commença à enfiler le couvre-chef.

Beatrix apparut, secoua la tête d'un air désapprobateur et lui arracha le heaume.

— Ne te couvre jamais le visage. C'est une de tes rares qualités.

— Elle n'a pas tort, renchérit Dane.

Riven se sentit flatté.

Beatrix baissa les yeux vers le joint que Dane tenait entre les doigts.

— Oh. Tu me fais une soufflette ?

Dane ne sembla pas comprendre.

— T'es désespérant, observa Riven. Inhale la fumée.

Dane lui obéit, puis Beatrix se posta devant lui et avec un sourire qui montrait qu'elle savait exactement ce qu'elle faisait, elle lui ordonna :

— Maintenant, expire.

Riven vit le moment où le petit nouveau comprit enfin et souffla la fumée dans la bouche de Beatrix. Elle la retint une ou deux secondes. Riven alla se placer devant elle et elle lui souffla la fumée.

Dane était appuyé contre une table quand Riven et Beatrix laissèrent l'air sortir de leurs poumons. Il paraissait très content de lui, comme si c'était ce qu'il attendait d'une fête réussie. On aurait aussi dit que la tête lui tournait.

— Je ne sais pas comment vous pouvez fumer autant après les brownies de Terra, commenta-t-il.

L'humeur de Riven s'assombrit. Il avait compris dès qu'il avait vu Dane revenir avec les gâteaux. Terra était vraiment dingue du nouveau. Riven avait englouti les quatre brownies et avait refusé de laisser Dane en reprendre la moindre miette.

Le bébé Spécialiste n'était pas content du tout. Il se prenait pour qui, Riven, pour le défenseur de Terra ?

— Laisse-moi en prendre. Elle les a cuisinés pour tout le monde.

— Non, andouille, elle les a préparés pour toi, avait sèchement souligné Riven.

Dane avait paru perplexe. Et comme Riven s'était autoproclamé dispensateur de vérités dérangeantes pour la soirée, il avait estimé qu'il était de son devoir d'informer Dane que Terra en pinçait vraiment pour lui. Il estimait qu'il valait mieux que le principal intéressé soit au courant.

Et il valait mieux que Terra ait le cœur brisé le plus tôt possible.

D'accord, Terra était amoureuse de Dane. Mais Dane ne s'intéressait pas à Terra du tout. C'est Riven qui lui plaisait.

FEU

Je n'avais plus qu'une idée pour obtenir les réponses que je cherchais. Malgré la mise en garde d'Aisha, je suis partie en pleine nuit en direction du vieux cercle de pierres à la périphérie d'Alféa. J'étais trop en colère pour me soucier des conséquences.

Dès que j'ai pénétré dans le cercle, j'ai senti mon pouvoir grandir. Des flammes se sont allumées sur les torches autour de moi. Du feu s'est formé au-dessus de mes paumes. J'avais l'impression que des filaments incandescents s'échappaient de ma colonne vertébrale.

J'étais prête à foutre le feu au ciel et cette pensée m'a tellement fait peur que je me suis arrêtée.

— Bloom ? a demandé la voix de Sky derrière moi.

Je me suis retournée. Il s'avançait vers moi. Il avait enfilé l'armure légère des Spécialistes et une épée dans un fourreau était suspendue dans son dos. Il avait encore plus l'air d'un chevalier que d'habitude.

— Qu'est-ce que tu fais ici ? m'a-t-il demandé.

J'ai hésité. Je pouvais répondre de façon évasive ou timide. Ou je pouvais tout lui avouer.

— Je suis une changeling, Sky. C'est ça, mon histoire familiale délicate. Je ne sais pas qui sont mes parents…

L'expression du Spécialiste n'affichait aucun jugement. Il semblait juste réaliser que le problème était sérieux.

Il a poussé un juron.

— Comme tu dis. Et je me retrouve ici en pleine nuit comme une cinglée parce qu'apparemment je suis prête à *tout* pour avoir ne serait-ce qu'*une chance* d'obtenir une réponse.

Il a pris quelques secondes pour digérer cette information.

— Je ne vois pas en quoi venir ici en pleine nuit peut t'aider à trouver des réponses, mais… je comprends.

Ça m'a fait plaisir. Personne ne m'avait jamais comprise, mais je l'en croyais capable.

— Euh… Pourquoi tu es en armure ?

— Silva est mourant, m'a-t-il confié avec une immense tristesse. Le Brûlé qu'ils ont tué n'était pas le bon. Le vrai monstre court toujours.

J'ai pris le temps de comprendre ce que ça signifiait.

— Et tu as l'intention d'aller le combattre tout seul ?

— Tu n'es pas la seule cinglée, a-t-il répliqué avec une moue ironique. Je ne peux pas rester assis à ne rien faire.

Je comprends, m'avait dit Sky. En voyant la douleur sur son visage, j'aurais pu lui répondre la même chose.

Je me suis détournée de lui et j'ai porté le regard vers la forêt. Un son a résonné à mes oreilles. D'étranges murmures, qui commençaient à devenir familiers.

J'ai déclaré avec lenteur :

— Tu n'auras peut-être pas à le faire.

SPÉCIALISTE

Terra tentait encore d'éloigner Dane de Riven pour faire la fête avec lui. En tant que mentor séduisant, Riven ne pouvait pas la laisser faire. Il défia donc la jeune fille et son crush à une partie de beer pong. Le bébé Spécialiste préféra décliner.

— Non, merci.

Riven attendit. Il savait que Terra aimait trop les défis pour refuser l'invitation.

— D'accord ! Et ne crois pas que je n'ai pas remarqué que tu portes le tee-shirt de Dane. Tu as obligé le pauvre garçon à te le prêter parce qu'Aisha a trempé le tien. Tu ne trouves pas que tu abuses de ton autorité ?

Riven haussa les épaules.

— Ça m'amuse.

Les battre au beer pong l'amuserait aussi. C'est du moins ce qu'il s'était dit, mais sa soi-disant amie Kat ne se montra pas à la hauteur et c'est l'équipe adverse qui remporta le match.

Terra et Dane se serrèrent dans les bras pour célébrer leur victoire. La fée de la Terre raffola visiblement de ce câlin torse nu. En fin de compte, Riven lui avait rendu un grand service en piquant le tee-shirt de l'élève de première année.

Dane semblait pour sa part plutôt mal à l'aise de voir l'étreinte se prolonger. Riven lui adressa une grimace qui voulait dire *je t'avais prévenu.* Terra ne remarqua rien.

Juste à ce moment, Stella s'approcha de Riven et le prit à part, alors qu'il n'en avait aucune envie. C'était typique de Stella.

Il écarta la main qu'elle avait posée sur son bras. Il n'était pas prêt à la moindre forme d'intimité physique avec la princesse et il voulait que ça soit clair.

— Tu n'as pas vu Sky ? lui demanda-t-elle avec impatience. Il ne répond pas à mes SMS.

— Tu as cherché Bloom ? suggéra-t-il innocemment.

Stella battit des paupières.

— Quoi ?

— Oups, fit Riven avec un petit rire. Ils sont juste amis. C'est sûr à cent pour cent. Il ne se passe rien. Pas la peine de la rendre aveugle.

Le visage soigneusement maquillé de Stella se transforma en paysage gelé.

— Je ne gâcherai pas ma magie sur une changeling, de toute façon, cracha-t-elle.

Riven eut l'impression de sentir un courant électrique lui traverser la colonne vertébrale. Voilà qui expliquait pourquoi Sky était attiré par Bloom : il fonçait toujours vers les filles à problèmes.

— Attends, Stella. Bloom est une changeling ?

— Oups.

Avant que Riven ne puisse répliquer, le téléphone de la princesse bourdonna. De l'autre côté de la pièce, celui de Terra aussi. D'après leur expression, les messages étaient importants.

Terra passa direct en mode commandement.

— Allez, Stella ! On doit y aller.

Elle planta Dane pour courir vers Stella, qu'elle attrapa par le poignet.

— Attends, attends, l'arrêta Riven. Où est-ce que vous allez ?

— Je n'ai pas de temps à te consacrer, Riven, répliqua Terra. Il se passe un truc important. On doit y aller, profitez bien de la soirée et laisse le pauvre Dane tranquille.

Elle partit en courant, laissant Riven et Dane sur place. Riven trouvait que c'était un très mauvais calcul.

Laisser Dane tranquille ? *Oh, Terra, Terra, Terra.* Elle ne savait donc pas que Riven adorait les défis ?

FEU

Les murmures se faisaient plus forts dans mes oreilles, tandis que Sky et moi avancions dans la forêt. Ils étaient plus bruyants qu'avant, terrifiants même. J'arrivais presque à distinguer des mots. Mon compagnon a dégainé son épée.

— La créature est proche, l'ai-je prévenu.

Je me suis retournée. Nous avons pris position dos à dos.

— Je voudrais quand même bien savoir comment tu arrives à pister ces monstres, m'a interrogée Sky.

On est en train de chasser des Brûlés, Sky, ai-je pensé. Pas vraiment le moment.

— C'est un des nombreux mystères de ma vie qu'on pourra résoudre dans l'enceinte protectrice de la Barrière…

D'un coup Sky a pivoté pour affronter un Brûlé qui se jetait sur lui. Même pris au dépourvu, il a réussi à frapper le monstre.

On disait que c'était le meilleur guerrier en formation à Alféa. Peut-être qu'il allait arriver à tuer la créature et que nous pourrions rentrer vite.

Le monstre a poussé un hurlement strident, puis a écarté violemment le Spécialiste avant de se retourner. Il s'est élancé sur moi et m'a jetée au sol. Il a pris un peu de recul pour m'attaquer et j'ai su avec certitude que je venais de faire une énorme bêtise, que j'aurais dû écouter les conseils d'Aisha. J'étais condamnée, je n'avais aucune chance.

Tout à coup, la voix de Stella m'a ordonné :

— Ferme les yeux.

J'ai obéi, confiante, alors que le monstre levait le bras pour me porter le coup fatal.

Il n'en a jamais eu l'occasion. Derrière mes paupières closes, j'ai perçu une lueur aveuglante. Quand j'ai rouvert les yeux, la forêt était encore illuminée. Le Brûlé titubait en arrière, sous le choc.

Mes colocs étaient toutes autour de moi. Je leur avais envoyé un texto et elles avaient accouru sans la moindre hésitation.

Aisha s'est élancée vers moi pour m'aider à me relever. Le monstre se rétablissait déjà et fonçait droit sur elle… jusqu'à ce qu'une longue tige de lierre ne s'enroule autour de ses jambes, le tirant vers le sol. Terra a croisé mon regard et m'a souri.

Le Brûlé s'est dégagé de ses liens végétaux sans difficulté. Mais la manœuvre l'avait suffisamment ralenti pour que je puisse à nouveau invoquer ma magie. Des flammes ont foncé en traits droits et acérés vers la créature. Mais elles ne l'ont pas atteinte.

J'ai crié :

— Aisha !

Ma camarade de chambre a fait apparaître un immense mur d'eau devant le feu et, lorsque les deux se sont rencontrés, un énorme nuage de vapeur a enveloppé cette partie de la forêt.

Nous avons aperçu la silhouette du Brûlé qui titubait vers nous, désorienté, perdu dans la blancheur. Puis une lame a brillé à travers la brume. L'épée de Sky a transpercé le monstre en plein cœur et le Brûlé s'est effondré.

Alors que la vapeur se dissipait, nous avons avancé prudemment vers le cadavre du Brûlé.

— Attends, a dit Musa derrière moi. Arrête, je ne crois pas qu'il…

J'étais à sa portée lorsque le monstre s'est tout à coup redressé pour m'attaquer, mais avant d'en avoir le temps il a été paralysé par une lumière émanant de son propre corps carbonisé. Il s'est consumé sous nos yeux.

— Non, a confirmé la voix de Miss Dowling. Il n'était pas mort. Maintenant, il l'est.

SPÉCIALISTE

Sky regardait le professeur Harvey soigner Silva depuis l'autre côté de la pièce. Exactement comme la première fois qu'il avait dû assister aux soins, impuissant, le cœur déchiré par l'espoir et la peur. Si ce n'était pas le bon Brûlé qui venait d'être éliminé, le combat n'avait servi à rien. Il ne savait pas, il ne pouvait pas en être sûr, mais le directeur des Spécialistes semblait retrouver un peu d'énergie.

— Tu n'es qu'un pauvre idiot, décréta Silva à Sky d'une voix forte et furieuse.

— Je sais, reconnut Sky en osant à peine espérer. Mais est-ce que vous vous sentez mieux ?

Silva continua à l'abreuver d'insultes :

— Doublé d'un imbécile impulsif et inconscient...

— Professeur Harvey ? implora Sky.

Il se tourna vers le père de Terra, anxieux de recevoir un signe. Harvey leva les yeux avec un sourire qui donna à Sky la réponse qu'il voulait entendre.

— Ne lui souris pas ! ordonna Silva au professeur.

Silva se tourna et Sky vit ce qu'il rêvait de voir. Les blessures étaient déjà en train de cicatriser.

Le directeur était furieux. Sky avait passé toute sa vie à tenter de lui faire plaisir, redoutant de lui inspirer un jour cette expression. Mais là, il s'en fichait. Il se précipita vers Silva pour le serrer très fort dans ses bras. En fin de compte, il n'avait pas échoué. Il ne lâcha pas Silva. Il ne voulait pas perdre de nouveau une personne à laquelle il tenait.

D'un ton bourru, Silva marmonna dans les cheveux de son élève :

— Ton père serait fier de toi.

LUMIÈRE

— Donc Dowling est capable de maîtriser plusieurs sortes de magie ? demanda Bloom. C'est possible, ça ?

Pauvre Bloom, qu'elle était ignorante ! On ne leur enseignait donc rien en Californie ? Ça avait l'air d'être un endroit arriéré.

Stella était d'humeur bienveillante. Elle lui avait sauvé la mise grâce à sa magie ! Sky et ses colocs de l'appartement Winx devaient être hyper impressionnés. Sa mère serait peut-être fière quand elle apprendrait la nouvelle.

Une fête n'était jamais réussie que si la tenue qu'on y portait l'était aussi. Une bataille n'était une victoire que si la magie qu'on y déployait permettait de triompher.

Terra répondit à la question de Bloom.

— À condition d'être assez puissante.

— Ce qui est son cas, évidemment, précisa Stella.

Miss Dowling était puissante et elle apprenait à Stella à l'être aussi.

— N'empêche, on l'a mise en rogne, déclara Musa.

Elle n'était pas très optimiste, celle-là.

Stella commença à se sentir un peu négative à son tour en entendant un claquement de talons approcher. Elles se levèrent en voyant la directrice arriver et ranger son téléphone.

— Que M. Silva et vous soyez tous vivants ne change rien au fait que vous avez agi de façon irréfléchie, décréta-t-elle avec sévérité.

Stella était soulagée d'apprendre la bonne nouvelle. Silva était vivant. Ils avaient réussi et Sky serait à nouveau dans un état normal.

La directrice conclut durement :

— Nous discuterons des répercussions demain matin.

Tandis qu'elle s'éloignait, les yeux de Musa brillèrent d'une lueur violette.

Aisha se pencha vers elle et chuchota :

— Alors ? Elle est furieuse genre heures de colle ou genre expulsion ?

— Je penche pour la première proposition. Mais juste parce que j'ai perçu une légère pointe de fierté en elle.

Une deuxième bonne nouvelle.

Juste après le départ de Miss Dowling, Sky arriva dans l'appartement. Il avait l'air beaucoup plus apaisé que ces derniers temps et Stella se détendit rien qu'en le voyant. Parfois, elle avait l'impression d'être une des plantes chéries de Terra et de ne pouvoir s'épanouir qu'avec le soutien de son petit ami.

Puis le garçon regarda tout à tour Bloom et Stella. La princesse ressentit une étrange tension dans l'air, comme s'il tentait de soupeser un problème complexe. De prendre une décision. Stella eut la sensation d'être Aisha quand elle tentait d'empêcher l'eau de lui filer entre les doigts.

Bloom passa à l'action, prenant la décision à sa place.

— Venez, les filles, on devrait monter.

Stella était irritée que ce soit Bloom qui lui ait sauvé la mise, mais ce n'était pas le moment de s'attarder là-dessus. Pas maintenant, alors qu'elle sentait que tout allait enfin pouvoir s'arranger pour le mieux.

Stella était vraiment soulagée pour Sky et elle était certaine qu'il lui pardonnerait de s'être montrée un peu bizarre plus tôt dans la soirée. Ils avaient sauvé Silva en unissant leurs forces. Elle repensa au moment où elle avait vu Sky dans les bois, manipulant son épée comme un chevalier. Il était si courageux ! Et le destin d'un chevalier était d'épouser une princesse.

Mais, en levant les yeux vers lui, elle détecta une expression inconnue sur son beau visage et se mit à paniquer. Est-ce qu'il lui en voulait comme elle l'avait cru jusqu'ici ou est-ce qu'il était amoureux de Bloom ?

Peut-être que Sky n'était pas courageux sur tous les fronts.

Ne me laisse pas, pensa Stella. *Ne m'abandonne pas seule dans le noir.*

SPÉCIALISTE

Maintenant que Sky se sentait mieux, Stella semblait l'aimer à nouveau. Elle s'approcha pour lui prendre la main et se coller contre lui.

— J'ai été horrible aujourd'hui. Je suis désolée. Je ne supportais pas de te voir paniqué et vulnérable.

— Je sais, répondit Sky. Je l'ai senti.

Ça se voyait comme le nez au milieu de la figure.

— Tu es la seule personne qui me connaît vraiment, Sky.

— C'est ta décision, Stella.

— Pas vraiment. Je suis héritière du trône de Solaria. Si tu savais le genre de pression que je subis…

— Je suis au courant. Et tu le sais très bien.

S'il n'en était pas conscient, personne ne l'était. Stella et lui se connaissaient depuis si longtemps que ses peines lui étaient aussi familières que les siennes. Il lisait d'ailleurs en cet instant la souffrance sur son beau visage, tandis qu'elle cherchait les mots pour exprimer ce qu'elle ressentait.

— Ta force est mon filet de sécurité. J'ai besoin de savoir qu'il est là si je tombe.

Leurs habitudes étaient si bien établies qu'il était capable d'accomplir certains gestes de façon automatique. Chaque cellule de son corps lui ordonnait de la réconforter, de la prendre dans ses bras, comme il le faisait chaque fois qu'elle révélait son côté vulnérable.

Sauf que jusqu'ici il n'avait pas réalisé qu'elle ne lui aurait jamais rendu la pareille.

— Et si moi je tombe ? demanda-t-il. Qui est là pour me rattraper, moi ?

Il tourna les talons et s'en alla.

Il n'arrêtait pas de repenser à la chaleur qu'il avait ressentie rien qu'en étant assis à côté de Bloom au cours d'une soirée où il n'avait même pas envie d'aller. Il avait fait le mauvais choix le jour de la rentrée. Il aurait tellement voulu avoir chassé Stella de sa chambre et envoyé un message à Bloom à la place.

TERRA

Terra était dans son lit et faisait défiler les stories sur Instagram. Elle tomba sur *Beatrix*. Elle se montrait certainement en train de faire un truc hyper cool. Genre partager un fruit. Terra ne voulait pas voir ça.

Elle cliqua quand même sur la vidéo.

C'était une vidéo tremblotante de Riven et de Dane, qui était toujours torse nu. Riven adressait un clin d'œil à la caméra. Dane avait un bras passé autour de son ami.

— Hé, Riv, dit-il d'une voix pâteuse. Fais-moi une soufflette.

— Et ta petite amie ?

— Qui ?

Puis ils se moquèrent d'elle : Riven la qualifia de petit boudin chelou qui kiffe les plantes, Dane ajouta qu'elle n'avait qu'à aller se faire mettre par une fleur et Riven ricana bêtement. Ils riaient à ses dépens. Riven, le mec le plus méchant d'Alféa, et Dane, le garçon dont Terra rêvait.

Riven tira sur le joint et Beatrix apparut dans le cadre.

— À mon tour, ordonna-t-elle en faisant signe à Dane.

Puis elle ajouta avec la confiance sexy que Terra n'aurait jamais :

— Allez, une soufflette à trois !

Riven souffla la fumée dans la bouche de Dane et de Beatrix. Cette fois, toutes les lèvres se touchèrent.

C'était vraiment n'importe quoi. Terra ne savait plus quoi penser.

Dane, qu'elle croyait si gentil… Elle était persuadée de lui plaire. Mais non, bien sûr, il s'intéressait à Beatrix, qui était tout ce que Terra ne pourrait jamais être. Et sans qu'elle comprenne pourquoi ou comment, l'imbécile de Riven était mêlé à cette histoire.

Accablée par le choc et la tristesse, Terra posa d'une main tremblante son téléphone sur la table de nuit. Elle n'était pas en état de réfléchir à cette histoire. Pas ce soir.

FEU

Aisha et moi nous sommes préparées pour aller au lit, toujours sous l'effet de l'adrénaline. Nous avions frôlé la mort. Je lui ai expliqué ce que j'avais fait et, surtout, ce que je n'avais *pas* fait. Je n'avais pas invoqué toute ma magie dans le Cercle de Pierres, je n'avais pas déclenché un feu de forêt. Je pensais qu'elle serait fière de moi.

En réalité, elle avait l'air plus inquiète que fière. Elle s'est tournée vers moi, assise sur mon lit, et j'ai senti qu'elle allait m'adresser un sermon.

— Bloom, je sais que tu veux retrouver tes parents biologiques, mais… Et s'il n'y avait pas de grand complot ? Tu as dit que Rosalind avait été *directrice.*

Ma camarade de chambre a choisi ses mots avec un soin évident, avant de reprendre :

— Et si tu étais simplement la fille d'une étudiante ? Une adolescente tombée enceinte et qui ne savait pas quoi faire ?

Dit comme cela, cela paraissait plausible, mais j'ai secoué la tête.

— Il y a trop d'éléments inexplicables.

Le ton d'Aisha s'est durci.

— Tu sais, certaines personnes tueraient pour avoir ton don naturel avec la magie. Même si elles devaient juste être une fée *ordinaire.*

Elle a jeté un coup d'œil au bol d'eau qu'elle n'arrivait pas à maîtriser et a poursuivi :

— La magie n'est… pas facile pour moi. J'ai dû travailler très dur pour entrer dans cette école. Et je vais devoir encore me donner beaucoup de mal pour y rester. Alors que toi…

— Quoi ? Je devrais être reconnaissante d'être ici ? Je n'ai jamais voulu venir à Alféa. Je voulais rentrer chez moi.

— Je dis juste que tu devrais te montrer réaliste.

Je savais qu'elle tentait de m'aider, d'être raisonnable.

— Tu sais ce que ça signifie pour moi, être réaliste, Aisha ?

J'ai levé des yeux suppliants vers elle. Je me sentais affreusement vulnérable. Je voulais tant qu'elle me comprenne.

— Ça veut dire que ma vraie mère *n'a pas voulu de moi.* Qu'elle m'a regardée quand je n'étais qu'un bébé et qu'elle m'a abandonnée. Et si tu crois que je n'y pense pas tous les jours depuis que j'ai découvert que j'étais une changeling…

Ma voix s'est étranglée dans ma gorge.

— J'ai besoin de croire qu'il y a autre chose. C'est *essentiel* pour moi.

Sur ce, je me suis effondrée sur mon lit. Je ne pouvais plus contenir mes larmes. Aisha s'est précipitée vers moi et m'a prise dans ses bras. Je me suis détendue contre elle en prenant appui sur sa force.

J'aimais beaucoup Aisha. J'adorais ma nouvelle amie. Mais elle se trompait. Il le fallait.

L'histoire de Rosalind et moi devait cacher quelque chose.

Conte de fées n° 4

Venez, fééries, m'arracher à cette ennuyeuse maison !
Que je dispose de toute la liberté que j'ai perdue.
W. B. Yeats

Le cœur vieillit

Farah Dowling, Saúl Silva et Ben Harvey étaient en mission, comme au bon vieux temps. Callum, le secrétaire de Farah, avait disparu. Ç'aurait déjà été inquiétant en temps normal. Mais dans une période comme celle-ci, alors que des Brûlés rôdaient dans les bois et que Bloom posait des questions sur Rosalind, c'était alarmant. Il fallait qu'ils découvrent au plus vite ce qui lui était arrivé.

Quelqu'un avait tenté d'accéder à la porte dérobée de la bibliothèque. Heureusement, personne n'avait pu atteindre ce qui se trouvait au bout du passage secret.

Farah réactiva le sort, le piège tendu à tous ceux qui découvraient la porte. Il fallait qu'ils sachent qui avait commis cette tentative d'intrusion. Callum était le principal suspect, mais si c'était lui, comment avait-il échappé au piège et où se trouvait-il à présent ?

Avait-il eu de l'aide pour entrer par la porte ? Des complices l'avaient-ils aidé à ressortir ?

Il était temps de le découvrir. Ben se tenait devant la bibliothèque de la directrice, il préparait un amalgame à base d'orties dans un bécher. Il versa le mélange dans un encensoir en faïence, le referma, puis alluma la flamme en dessous. Au bout d'un moment, de la brume s'échappa de l'ustensile et quelque chose commença à prendre forme près de la bibliothèque. Une silhouette recroquevillée, incomplète : les restes d'un corps.

Le visage de Callum se reforma. Son expression était un rictus de douleur, ses yeux semblaient écarquillés de terreur au moment de mourir.

Il n'avait donc pas réussi à s'échapper, au bout du compte.

— Callum, déclara Farah d'un ton grave.

Elle ne l'aimait pas, mais il était sous sa responsabilité, comme tout le monde à Alféa.

— Il a été tué. Avec de la magie, observa Ben.

Ben, qui était passé en mode professeur Harvey à fond, sortit un bocal à moitié rempli de Pierres de Vaisseau. Il fit passer le récipient à travers l'image du visage du secrétaire décédé pour prélever un échantillon. Il referma le couvercle au moment où les dernières traces de Callum s'évanouissaient.

— Au moins, maintenant nous savons où il est passé, déclara Farah.

Saúl et elles se regardèrent, l'air inquiet.

— Et qu'il y a un meurtrier dans l'enceinte de notre école, compléta Saúl.

Non seulement quelqu'un avait tenté de percer les défenses de Farah, d'atteindre le pire secret qu'elle ait jamais gardé, mais cette personne était un assassin. Et Farah avait récemment révélé à Bloom que Rosalind était morte.

Ils devaient trouver au plus vite le meurtrier de Callum.

SPÉCIALISTE

Riven était presque sûr que Beatrix était en réalité sa petite amie. Il n'avait jamais eu de copine, officiellement. Et il trouvait l'idée agréable.

Elle était dans l'appartement de Riven et portait un de ses tee-shirts. Ils passaient simplement du temps ensemble, ils savouraient le plaisir d'être en compagnie l'un de l'autre.

Elle examinait une photo de la changeling, Bloom, sur son téléphone. Ce n'était pas grave ! Riven avait entendu dire à de nombreuses reprises que les femmes étaient mystérieuses.

— C'est ta faute, c'est toi qui as raconté à tout le monde que c'est une changeling, se défendit Beatrix. C'est la personne la plus intéressante du campus, maintenant.

Riven se sentit un peu coupable après cette accusation.

— Les gens auront oublié dans deux jours. Ils passeront à autre chose.

— Pas moi.

L'intensité de cette déclaration n'échappa pas à Riven, même s'il ne savait pas ce qu'il devait en déduire.

— Tu ne vas pas finir comme dans un thriller où l'héroïne devient complètement obsédée par une fille ? Du genre te teindre les cheveux en roux, prendre le contrôle de sa vie et puis porter sa peau sur toi ou une autre horreur de la même catégorie ?

— Beurk, arrête, c'est dégueulasse. J'ai une peau beaucoup plus belle que la sienne.

En ce moment, elle avait les cheveux auburn et Riven la trouvait très bien comme cela. La remarque de sa petite amie l'amusa. Il décida qu'il se fichait de savoir ce qu'elle fricotait. Elle était drôle, elle avait exactement le genre d'humour cinglant et sans pitié dont il raffolait. Elle représentait un défi pour lui. Il l'aimait bien et il espérait que ce soit réciproque.

— Bon, je vais devoir me battre pour mériter ton attention alors...

Il l'embrassa dans le cou. Elle le laissa faire et ferma les paupières. Quand il s'arrêta, elle soupira.

— Non, non. Continue à te battre. Un peu plus à gauche.

Il obéit et se demanda pourquoi il devait toujours lutter pour obtenir ce qu'il voulait.

Mais, s'il n'avait pas à le faire, est-ce qu'il en aurait envie ?

FEU

J'ai traversé la cour sous un nuage. Littéralement – un nuage planait au-dessus du château –, mais aussi au sens figuré : un nuage de suspicion planait en moi, aussi sombre que de la fumée. Je portais plus de cafés que nécessaire et un petit déjeuner dans des sachets à emporter. Quand je suis passée devant des groupes d'élèves occupés à papoter, j'ai surpris les ragots échangés par deux fées. Je savais que mon histoire était sur toutes les lèvres.

— Je t'assure, elle a foutu le feu à son école maternelle.

— Pas du tout. C'est l'équipe de softball. Elle les a cramés pendant un match à l'extérieur. Ses parents humains n'avaient aucune chance de s'en tirer. Elle les a tués tous les deux ou juste un seul ?

— Ni l'un ni l'autre, ai-je répondu bien fort.

Quand elles se sont retournées, l'air horriblement gênées, je leur ai souri. Elles m'ont paru encore plus mal à l'aise.

Je leur ai lancé :

— Je dois y aller, j'ai des meurtres à commettre.

J'ai tourné les talons et j'ai monté les cafés jusqu'au bureau de la directrice. Enfin, juste devant. Aisha remplaçait le secrétaire de Miss Dowling, Callum, pendant son absence. J'en avais profité pour lui demander de me rendre un service.

Je me suis assise en face d'elle et j'ai posé les boissons et la nourriture.

— Tu n'as rien trouvé ?

Aisha était presque invisible derrière les piles de dossiers. Nous avons attaqué le petit déjeuner.

— Je ne remplace Callum que depuis deux jours, Bloom. Je te fais une fleur, alors essaie de manifester un peu de reconnaissance.

— Ça va, tu n'as pas accepté ce boulot pour moi.

— Bizarre, parce que je me souviens que c'est toi…

— Qui t'ai fait une suggestion utile…

— ... qui m'as suppliée de me porter volontaire pour que je puisse fouiner et trouver des infos sur ton passé, a corrigé ma coloc.

— C'est le genre de choses que je *pourrais* faire. Mais il me semble aussi que c'est ton genre de sauter sur l'occasion pour gagner les faveurs de Miss Dowling.

J'ai ajouté en toussant :

— Lèche-bottes.

— Lèche-bottes ? Moi ? Tiens, tout à coup, j'arrive plus à lire les dossiers.

— Attends, tu ne crois quand même pas que je t'ai traitée de lèche-bottes ? C'est trop bizarre. En réalité, j'ai dit…

J'ai toussé à nouveau :

— *La chance* d'avoir une amie comme toi. Qui est belle et intelligente. Et gentille aussi et…

Son sourire amusé en entendant mes compliments s'effaça.

— Et qui n'est pas sûre de pouvoir t'aider, conclut-elle avec douceur. Les dossiers qui sont ici remontent seulement à l'arrivée de Miss Dowling comme directrice. Tout le reste doit être archivé quelque part.

— Ou détruit parce qu'elle adore la rétention d'informations.

Aisha m'a jeté un coup d'œil désapprobateur. Je n'arrivais pas à camoufler mon ressentiment envers la directrice.

— Même si j'en apprenais ne serait-ce qu'un tout petit peu plus sur Alféa à l'époque, ça me permettrait de comprendre pourquoi Rosalind m'a déposée dans le Premier Monde…

Aisha a soupiré.

— Je vais continuer à chercher, promis. Je dois potasser tous les dossiers qu'il y a ici, de toute façon. Je ne sais pas qui a appris à Callum à gérer un bureau, mais il est vraiment nul. Et je ne peux même pas l'appeler pour lui poser des questions.

— Pourquoi pas ?

— Apparemment, il a dû s'absenter pour une urgence familiale, m'a-t-elle expliqué d'un ton dubitatif. Dowling ne veut pas le déranger pour des « absurdités sans intérêt ».

Aisha s'est penchée par-dessus son petit déjeuner.

— Merci pour le ravitaillement, au fait. Même si, vu que tu m'utilises comme excuse pour ne pas manger à la cantine, c'est la moindre des choses.

— Je n'évite pas la cantine, ai-je affirmé.

Comme elle n'avait pas l'air convaincue, j'ai renchéri :

— Tout le monde discute du fait que je suis une changeling ? Et alors ? C'est le truc le moins bizarre chez moi, non ?

— C'est vrai. Personne ne sait que tu ronfles super fort.

Je lui ai jeté un bout de granola au visage pour qu'elle cesse de sourire, juste au moment où Musa entrait, de la nourriture en main. Elle s'est assise par terre.

— Quoi de neuf ?

Ses yeux ont brillé un instant.

— Bloom fait toujours semblant de s'en ficher des ragots ?

— Et toi, tu prétends toujours que tu ne sors pas avec le frère de ta camarade de chambre ? j'ai riposté.

Aisha a étouffé un rire quand Terra a débarqué à son tour avec son petit déjeuner.

Elle a cligné des yeux.

— Qui prétend quoi ?

Elle a continué, en souriant :

— Je veux dire, à part Stella qui affirme qu'elle n'a pas peur d'être éclipsée par sa mère.

— Cache ta joie, a ironisé Musa.

— Ça se voit tant que ça ? On verra ça à la réunion tout à l'heure.

Pendant que Terra attaquait sa nourriture, j'ai passé en revue mes colocs de l'appartement Winx, qui venaient de transformer ce petit bureau en cafèt'.

Rien que pour moi !

C'était super gentil, mais ça allait trop loin. Elles en avaient déjà beaucoup trop fait.

— Je n'ai pas besoin de ça.

J'ai parlé si fort que tout le monde s'est retourné.

— Je n'ai pas besoin que vous changiez vos plans pour le petit déj et que vous mangiez avec moi comme si j'étais un cas soc'. Je vais très bien.

Elles n'avaient pas l'air convaincues. Je me suis levée et je suis partie en marmonnant une excuse au sujet d'un devoir et de potions.

Je savais, et elles aussi, que je n'allais pas bien du tout.

LUMIÈRE

— C'est juste une journée, Stella, peut-être même une demi, déclara celui qui était peut-être encore son petit ami.

Elle soupira.

— Une demi-journée où tout le monde va l'aduler comme si elle était le soleil.

— C'est la Reine de la Lumière, lui rappela Sky, un peu ironiquement et avec beaucoup de charme.

Elle savait qu'elle n'avait pas été à la hauteur avec lui ces derniers temps, mais elle était convaincue de pouvoir s'améliorer et réparer ce qui n'allait pas entre eux. Stella récompensa les efforts de Sky pour lui remonter le moral par un petit sourire.

— Cette réunion qu'elle organise au sujet du Brûlé… Je sais qu'en réalité elle vient pour voir comment j'ai progressé.

— Tu as signalé à tes copines qu'il fallait qu'elles forment une zone tampon autour de toi ? À mon avis, ça ferait plaisir à Bloom de te soutenir.

Stella en avait assez d'entendre Sky parler de sa coloc ou de se demander s'il pensait à elle. Stella savait qu'elle avait causé du tort à Bloom. C'est elle qui avait révélé que Bloom était une changeling et elle n'avait pas admis sa responsabilité. La culpabilité l'empêchait de demander comment allait la jolie rousse.

Elle préféra donc s'écrier :

— Je n'ai pas besoin d'elles. Je t'ai, toi.

Elle se tut en réalisant qu'elle recommençait à s'appuyer trop sur lui, alors qu'elle, elle n'avait pas été là. Pourtant, malgré ce qui s'était passé récemment, Sky s'approcha et posa une main sur son bras pour la réconforter. Peut-être qu'il ne savait pas comment arrêter de la soutenir, exactement comme elle-même était incapable d'arrêter de chercher son soutien. Ils avaient toujours fonctionné comme ça.

— Envoie-moi un texto et j'arrive. Mais tu vas gérer, j'en suis sûr. Tu en es capable.

Stella n'en était pas si sûre, mais l'heure de le découvrir avait sonné.

Deux SUV noirs se rangèrent le long du trottoir. Entre les deux, il y avait une Rolls-Royce étincelante de la même couleur.

Sky lui adressa un dernier regard d'encouragement avant de s'éloigner.

Restée seule, Stella prit une profonde inspiration et se redressa pour adopter une posture parfaite, comme sa mère le lui avait enseigné. Un garde royal solarien, un arc dans le dos, sortit d'un des SUV et ouvrit la portière arrière de la Rolls.

Une semelle rouge Louboutin avec un talon de douze centimètres émergea de la luxueuse voiture, puis le corps auquel la chaussure était rattachée.

La reine Luna de Solaria apparut dans un rayon de soleil. Quand elle était petite, Stella se demandait si elle serait aussi digne et puissante que sa mère quand elle serait grande. Personne ne lui avait jamais répondu. Les gens qu'elle interrogeait avait juste l'air gênés qu'elle imagine que c'était possible.

— Stella. Tu es ravissante.

La princesse s'avança en essayant de sourire assez largement pour éclipser le soleil.

SPÉCIALISTE

Non seulement Riven avait une petite amie, mais il avait aussi une bande. Beatrix, Dane et lui traînaient beaucoup ensemble.

La jeune fille aimait raconter des histoires de dangereux changelings au nouveau, qui était trop crédule.

— Les changelings étaient un moyen qu'utilisaient certaines fées qui voulaient se venger du Premier Monde. Elles mettaient une fée à la place d'un bébé humain et attendaient qu'une catastrophe se produise.

— Quel genre de catastrophe ? demanda Dane innocemment.

Beatrix jeta un coup d'œil à son petit ami. Riven leva les yeux au ciel, mais elle poursuivit :

— Tu as déjà entendu parler du grand incendie de Londres ?

Tandis qu'elle donnait des détails, le pauvre Dane ouvrait des yeux comme des soucoupes. Il gobait toutes ses paroles. Il s'apprêtait visiblement à lui demander d'en dire un peu plus quand il vit Terra se diriger vers la serre. Riven remarqua que son ami tressaillait.

— Les changelings sont dangereux, conclut Beatrix. C'est pour ça qu'il vaut mieux être dans leurs petits papiers.

— Ou essayer, du moins, tempéra Riven.

Mais est-ce que Beatrix et lui se donnaient tant de mal que ça ? Si Bloom avait entendu comment ils parlaient d'elle, elle aurait eu le droit de mettre le feu à leurs chevelures. Ce qui aurait été vraiment dommage. Beatrix avait de très jolis cheveux. Et ceux de Riven étaient encore plus beaux.

Les yeux braqués sur la serre, Dane marmonna :

— On se voit à la réunion.

Comme tu veux, Dane, songea Riven. Terra n'allait pas laisser passer ça. Elle n'était pas amoureuse du nouveau à ce point-là. Et elle avait sa fierté. Le bébé Spécialiste avait intérêt à s'habituer à ne plus avoir Terra à ses côtés et à se contenter de Riven et Beatrix.

Dane fonça vers sa mission perdue d'avance.

Riven se tourna vers sa petite amie pour qu'ils puissent en rire ensemble.

— Je ne sais pas ce qui est plus pathétique : qu'il pense que Terra lui pardonnera la vidéo ou qu'il croie toutes les insanités que tu lui as sorties à propos des changelings.

— C'est pas des conneries. Ils peuvent être vraiment dangereux. Tu as rendu service à tout le monde…

Il aurait bien aimé qu'elle arrête de faire comme si c'était entièrement sa faute. Oui, c'était lui qui avait répandu l'information et c'était dégueulasse. Mais ce n'était pas lui qui déversait du poison dans les oreilles de leur ami à propos des changelings.

Bah, dans le fond, ça lui allait comme ça. Ils étaient tous les deux dans le coup. C'était ce que Beatrix voulait dire.

— Oui, enfin, techniquement, c'est Stella qui a lâché le morceau. Tant mieux si personne ne peut remonter jusqu'à nous.

Il ne s'attendait pas à ce que les rumeurs enflent à ce point et soient aussi méchantes. Le bruit avait couru dans tout le château. Chaque fois que Riven apercevait Bloom, elle avait l'air préparée à encaisser d'autres mauvaises nouvelles.

Ça devait être vraiment nul d'être à la place de cette pauvre rouquine. Si elle foutait le feu à Alféa, Riven ne lui en voudrait même pas.

TERRE

Ah, la famille ! Le père de Terra avait l'air préoccupé par un projet, tandis que Sam harcelait sa sœur pour savoir si elle avait fait ses devoirs ou pas. *Ce n'est pas tes oignons, Sam !*

Terra tentait d'apercevoir ce que son père faisait. Il manipulait un bocal de prélèvements dans lequel se trouvaient des Pierres de Vaisseau. Il les transvasait dans un cylindre en verre. Si ses souvenirs étaient bons, ces pierres servaient à retracer la piste de la magie, ce qui voulait dire…

Un coup à la porte l'arracha à ses pensées. Les trois Harvey se tournèrent vers l'entrée. Dane attendait au seuil de la serre, l'air nerveux.

— Salut, Terra. Est-ce qu'on peut...

Son père et son frère se levèrent d'un bond. Le professeur, l'incarnation du calme, et Sam, toujours si décontracté, étaient fous de rage.

Tout le monde à Alféa avait vu la story de Beatrix ou en avait entendu parler. Tout le monde était au courant de ce que Dane avait dit au sujet de Terra.

— Même si je sais que d'après le principe historique du patriarcat, les femmes doivent être sauvées des situations périlleuses, je gère, trancha Terra.

Elle leur intima d'un regard de se rasseoir et ils obéirent. Elle se retint de sourire en allant rejoindre Dane à la porte. Il n'avait pas d'importance, pas vraiment. Ce qui comptait, c'était sa famille.

Dane semblait perdu, il avait le même air de chiot qui l'avait séduite la première fois.

— Tu n'as répondu à aucun de mes messages.

— J'avais plein de trucs à faire.

Dane avait du mal à soutenir son regard.

— Je voulais m'excuser. Tu as été super avec moi, et...

En dehors de la peine, Terra ressentait surtout de la sidération. Il pensait qu'ils pourraient redevenir amis, après ses moqueries et ses embrassades avec Riven et Beatrix ? Il ne pouvait quand même pas la prendre à ce point pour une carpette ?!

Waouh, il se trompait complètement sur son compte.

— C'est vrai, j'ai été sympa avec toi. Parce que je suis quelqu'un de gentil, Dane. Et je *crois* que tu l'es aussi. Je ne suis pas sûre de vouloir m'en assurer. J'ai un conseil pour toi. Fais attention à qui tu accordes ta confiance.

Elle lui claqua la porte au nez.

Derrière elle, Sam lui rappela :

— J'ai toujours envie de lui coller mon poing dans la figure.

Elle ne partageait pas souvent de sourires avec son frère, mais ils le firent avec plaisir. Terra aussi avait envie de frapper Dane.

EAU

Dans quoi Aisha s'était-elle embarquée ? Elle ne s'y retrouvait absolument pas dans la paperasse de Callum. Il n'avait pas l'esprit d'équipe, c'était flagrant.

Elle avait accepté ce boulot pour Bloom, mais elle voulait aussi que Miss Dowling apprécie son travail. Peut-être que ça atténuerait un peu son impression de faire un coup en douce.

La porte s'ouvrit d'un coup et la reine fit son entrée. Elle était flanquée du professeur Harvey et de Silva, le directeur des Spécialistes, mais c'était presque impossible de détacher les yeux de la souveraine. Elle avait bien plus de présence qu'on ne pouvait le deviner en voyant des portraits. C'était la personne la plus magnétique qu'Aisha ait jamais vue.

— Reine Luna, si vous avez besoin de quoi que ce soit pendant votre visite... proposa-t-elle.

— C'est très gentil, Aisha. Mais je suis beaucoup moins exigeante que tu ne l'imagines.

Waouh, la Reine connaissait son prénom.

Miss Dowling arriva juste à ce moment, de son pas décidé habituel. Aisha admirait son assurance, même si elle n'était pas impressionnée par sa façon de gérer l'administration.

— Miss Dowling, j'ai quelques questions à propos de ce classement. Quand vous aurez…

— Si tu ne le comprends pas, crée un nouveau système.

Son ton était tranchant. Sa nouvelle secrétaire se raidit. Elle avait l'impression de mériter la remontrance, même si elle ne savait pas pour quelle raison. Elle acquiesça et la porte se referma derrière la directrice et la Reine Luna.

Aisha prit une grande respiration et décida de se consacrer entièrement à sa tâche. En se retournant, elle renversa une pile de dossiers, réduisant à néant des heures de travail. Des heures de travail qu'elle avait effectuées pour sa colocataire et Bloom ne lui en était même pas reconnaissante !

Aisha avait envie de hurler. Pour apaiser ses nerfs, elle referma le tiroir de l'armoire de classement trop fort. Un morceau de la façade du tiroir se détacha.

— Super, marmonna-t-elle en se penchant pour réparer les dégâts.

Sauf que le morceau n'était pas cassé. Il avait été découpé pour créer un compartiment secret. Il y avait un anneau de métal à l'intérieur du compartiment, pas plus grand qu'une pièce, et dès qu'Aisha approcha la main et le toucha la bague se mit à crépiter.

Elle la tint à la lumière. Rien.

Puis elle la colla contre son oreille.

Instantanément, la voix de la reine Luna, d'un timbre beaucoup moins chaleureux qu'avant, décréta sèchement :

— Votre assistant est mort ici. Dans votre bureau. Vous avez forcément une hypothèse sur ce qui s'est passé.

FEU

Je traversais la cour, en tentant de garder le dos courbé alors que d'autres personnes n'arrivaient pas à baisser la voix, quand j'ai vu Aisha accourir vers moi.

Ma camarade de chambre, pourtant de nature plutôt calme, avait du mal à ne pas parler trop fort.

— Bloom ! Tu ne vas pas me croire quand je te dirai ce que j'ai trouvé dans mon bureau !

Je me suis raidie.

— Des dossiers ?

— Une bague qui sert d'écouteur ! a-t-elle presque crié. Elle doit appartenir à Callum. La Reine Luna est venue voir la directrice. Elle ressemble à Stella, sauf qu'elle est encore plus intimidante… Et j'ai renversé des papiers. Je voulais juste ranger. Puis j'ai trouvé un anneau en métal dans un bureau, je l'ai pris en main et j'ai entendu un petit crépitement. Alors j'ai collé la bague contre mon oreille. Et, je te jure que c'est vrai, j'ai entendu la voix de la reine Luna dans mon oreille qui disait : *Votre assistant est mort ici. Dans votre bureau. Vous avez forcément une hypothèse sur ce qui s'est passé.*

— Quoi ? Callum n'est pas parti voir sa famille ? Il est *mort* ?

Nous avons continué à marcher. Aisha était intarissable.

— C'est Dowling qui a prétendu qu'il était parti pour une urgence familiale. Ça veut dire…

Oh, la directrice mentait comme une arracheuse de dents. Je n'arrivais pas à croire qu'à un moment je lui avais fait confiance.

— Qu'ils mentent ! ai-je complété à sa place. Ça t'étonne ? Donc il est arrivé quelque chose à Callum. Qu'est-ce que tu as fait de la bague ?

— Je l'ai remise à sa place.

J'ai regardé ma pauvre, douce et innocente coloc.

— Ne me dis pas que tu vas la laisser là bien sagement et oublier toute cette histoire.

— C'est exactement ce que je vais faire. Ça ne me semble pas correct d'espionner.

— Callum n'était clairement pas de cet avis. Tu crois qu'il cherchait quoi ?

— Peut-être qu'il avait aussi une amie qui lui demandait d'épier Dowling ? a-t-elle ironisé.

J'ai fait comme si je n'avais pas entendu sa réplique sarcastique.

— Ou bien... il avait percé à jour un de ses secrets et voulait en savoir plus.

Callum avait toujours été calme et discret. Si seulement je m'en étais rendu compte avant qu'il ne soit trop tard. Il aurait peut-être pu m'aider.

Il avait été tué dans le bureau de Dowling. Qui avait pu faire ça ? La seule élève que je connaissais qui n'arrêtait pas de s'y introduire, c'était moi, et je n'étais pas l'assassin.

Même si tout le monde à Alféa aurait été prêt à croire le contraire.

Pendant que nous marchions toutes les deux, je sentais encore les regards posés sur moi et le brouhaha des conversations me paraissait encore plus fort. J'ai chuchoté pour que les gens ne nous entendent pas discuter de meurtre et d'espionnage.

— Tu es sûre qu'elle n'a pas détruit les vieux dossiers…

Le changement de sujet a pris Aisha par surprise.

— Quoi ?

— Les informations sur Alféa qui datent d'avant qu'elle soit directrice. Tu ne penses pas qu'elle les a détruites ?

— Tu plaisantes ? Elle adore la paperasse. Je lui ai proposé de commencer à scanner les documents pour tout informatiser, elle m'a regardée comme si j'avais deux têtes. Les dossiers sont forcément quelque part.

Je me suis arrêtée net. Mon amie a senti qu'une catastrophe était imminente.

— Bloom, m'a-t-elle rappelé, la réunion est obligatoire.

— Ce qui veut dire que tout le monde y sera.

— Bloom…

— Je ne te demande pas de venir.

— C'est une mauvaise idée !

— La mauvaise idée, c'est d'aller à cette réunion où tout le monde me fixera comme si j'étais un monstre.

J'ai marqué une pause pour tenter de rassembler mes arguments.

— Je ne peux pas rester les bras croisés à écouter les gens inventer des trucs à mon sujet. Surtout quand je ne connais pas moi-même la vérité.

Aisha a ouvert la bouche pour lancer une nouvelle objection, puis elle a vu mon visage. Elle a compris que j'étais décidée.

Elle a soupiré.

— C'est bon. Tu avais une migraine atroce. Tu arrivais à peine à tenir debout. Ça te va ?

J'ai souri.

FEU

J'avais une piste pour commencer mes recherches. Quel meilleur endroit que là où la photo de Rosalind avait été entreposée, là où étaient relégués les vieux souvenirs de guerre ?

Je suis retournée à l'aile est abandonnée.

Je ne m'attendais pas à ce que le bâtiment soit joyeux, mais il était encore un million de fois plus glauque sans les fêtards et la musique. Une fois les feux de joie éteints, l'obscurité était presque totale et les couloirs semblaient plus étroits et plus sinueux que la fois précédente. On aurait dit un labyrinthe. Je négociais prudemment les coins.

Je me suis approchée d'une porte et j'ai tourné la poignée. Elle n'était pas fermée à clé. Autant commencer par là.

J'ai souri et tiré le battant. Et une main l'a aussitôt refermée, avec un claquement violent.

J'ai bondi en arrière, morte de peur, et j'ai levé la tête pour apercevoir Sky, qui n'avait pas l'air content de me voir.

— Qu'est-ce que tu fiches ici ? m'a-t-il demandé d'un ton cassant.

SPÉCIALISTE

Riven marchait vers la réunion de la reine Lunatique quand il vit Beatrix se déplacer d'une zone d'ombre à une autre comme si elle avait une mission à accomplir et ne voulait pas se faire repérer.

Il se glissa près d'elle avec un sourire diabolique.

— Où est-ce qu'on va ?

— Encore toi ? Quel pot de colle ! Sécher une réunion obligatoire, c'est obligé.

La bonne humeur de Riven menaça un instant de le quitter. Sa petite amie avait une expression légèrement hostile, comme si elle n'avait pas envie qu'il l'accompagne ou, pire, comme si elle avait l'intention de lui jouer un mauvais tour s'il restait.

Elle lui adressa un sourire troublant.

— Alors… tu viens ou quoi ?

Elle s'éloigna d'un pas rapide dans la direction de l'aile abandonnée. C'était une excellente idée. Ils y seraient tranquilles.

Quelle femme ! Riven s'empressa de lui emboîter le pas.

ESPRIT

Stella était assise au premier rang, loin de ses colocs Winx. Elle était flanquée de deux gardes solariens. De l'extérieur, on aurait pu croire qu'elle se glorifiait d'occuper enfin sa place légitime de princesse, mais Musa sentait que ce n'était pas tout à fait le cas. Elle ne chercha pas à creuser la question. Il y avait énormément de monde à cette réunion, si son esprit se laissait envahir, il serait vite saturé.

Miss Dowling, Silva et Harvey passaient entre les élèves pour surveiller leur comportement.

En un instant, les conversations prirent fin : la reine Luna venait d'arriver. Ses yeux brillèrent et l'éclairage prit une teinte sous-marine. Le silence le plus complet régnait dans la pièce. Luna regarda autour d'elle.

— C'est un peu théâtral, non ? demanda la reine d'un air amusé.

Ses yeux projetèrent une autre lueur et la souveraine fut baignée d'une lumière douce et chaleureuse. Elle ménagea une pause habile pour imposer sa présence sur scène avec une aisance et une grâce désarmantes, qu'elle souligna par un sourire qui semblait dire *Je suis comme vous.*

Ah, les politiques, pensa Musa.

Luna était clairement douée pour ce métier, mais la jeune fée n'avait pas besoin d'utiliser ses pouvoirs pour savoir que la reine n'était pas sincère.

— Nous y sommes, déclara Luna avec satisfaction.

Puis sa voix mélodieuse passa en mode récit.

— Quand j'étais à Alféa, j'avais une relation d'amour/haine avec les réunions. J'adorais échapper aux cours, mais je détestais me faire sermonner...

Son ton se fit plus sérieux.

— Mais je ne suis pas là pour vous faire la morale. Je suis ici pour vous traiter comme les adultes que vous êtes. Pour vous parler des Brûlés.

Musa était assise près d'Aisha, Terra et Sam. Le frère et la sœur semblaient bien s'entendre aujourd'hui, ce qu'elle interprétait comme un signe encourageant.

Ce qui l'était moins, c'était la fièvre royale qui semblait s'être emparée de tout le monde.

— Je n'arrive toujours pas à croire qu'elle soit la mère de Stella, s'exclama Aisha.

— C'est dingue, hein ? renchérit Terra. C'est une fée ultra puissante. Zéro ego. Énormément d'autorité. Stella doit être verte de jalousie.

Musa ne prêtait qu'à moitié attention à cette séance entre fangirls. Elle lisait un texto de Sam qui disait *Je commence à croire que ça te plaît qu'on se voie en cachette.*

La reine poursuivit son discours macabre.

— Cela faisait des années que le dernier Brûlé avait été aperçu, mais, récemment, comme vous le savez tous, deux ont été tués.

Sam colla sa jambe contre celle de Musa. Elle tenta de réprimer un sourire et laissa son bras frôler le sien. Elle le surprit à sourire aussi.

— Musa, l'appela Terra.

Elle s'extirpa de sa rêverie chargée d'hormones et réalisa que sa coloc l'examinait.

— Quoi ?

Le cœur de Musa s'emballa. Est-ce que Terra avait vu ce qui se passait ? Et…

— Tu peux me dire ce que Stella ressent en ce moment ? Je parie qu'elle est super mal.

Musa poussa un soupir de soulagement. Elle était prête à faire tout ce que son amie lui demandait, tant qu'elle ne se doutait de rien. Elle invoqua son pouvoir pour examiner l'humeur de la princesse…

— Attends un peu, murmura-t-elle à Terra.

— Chaque souverain de ce royaume endosse la responsabilité de défendre notre territoire contre ces créatures. Ce devoir m'incombe désormais.

Mais, alors que la magie de Musa opérait, Miss Dowling passa près de la chaise de Stella et attira sur elle l'attention de la fée de l'Esprit.

— Qu'est-ce que c'est que ce bordel ?

Les mots échappèrent à Musa.

Elle fixa attentivement la directrice qui passait entre les rangs. De l'extérieur, elle donnait l'impression de vérifier que ses élèves étaient attentifs. Mais un objet était caché dans sa paume, une sorte de cylindre de verre. Musa perçut ce que Miss Dowling ressentait : des soupçons… Mais qui pesaient sur qui ?

Musa, tout à coup tendue, murmura aux autres :

— Cette réunion ne concerne pas juste les Brûlés. Il se passe autre chose.

FEU

Sky a pris le temps de passer en revue avec moi le trésor que constituaient les photos de Rosalind. Il n'avait pas dit grand-chose depuis que je lui avais expliqué ce que j'étais venue faire ici.

— Si tu as envie de me juger, tu n'as qu'à faire comme les autres élèves et te lâcher dès que j'ai le dos tourné.

— Personne ne te juge, m'a-t-il assuré avec douceur.

J'ai laissé échapper un petit rire amer.

— Je ne savais pas que tu étais aveugle. Et sourd. Tu devrais consulter.

Il a souri, comme par réflexe. Comme s'il était incapable de résister à mon charme. Séduit par la changeling. Cela lui a valu d'être inclus dans mon cercle de confiance. S'il y avait quelqu'un à qui je pouvais confier la vérité, c'était lui.

— J'ai vraiment tenté d'être indifférente. De laisser les gens chuchoter sur mon passage et de ne pas les insulter.

Je me suis tue un instant.

— Mais en réalité ça craint. Vraiment.

— Les gens sont des imbéciles, Bloom. Peut-être que tu *devrais* les insulter.

Sa sincérité m'a fait mal au cœur, comme si un aimant dans ma poitrine voulait m'attirer vers lui. J'ai fait un pas en avant pour me rapprocher. Et Sky a reculé. J'ai aussitôt ressenti son éloignement dans ma poitrine. La déception m'a provoqué le même genre de douleur.

— Je ne connaissais pas cette photo, a-t-il commenté.

J'ai examiné le cadre qu'il tenait en main. Rosalind se tenait au centre de l'image, comme un général majestueux qui a parfaitement assis son autorité. Elle était entourée de versions plus jeunes de Dowling, de Silva et du père de Terra, ainsi que d'un bel homme dont les yeux me rappelaient ceux de Sky.

— C'est ton père ?

Quand Sky a confirmé d'un signe de tête, j'ai demandé, pleine d'espoir :

— Il connaissait Rosalind ?

— Je savais qu'il était sous les ordres d'une femme, mais je ne suis pas sûr d'avoir déjà entendu son nom.

Parce que Dowling avait empêché toute discussion au sujet de Rosalind. J'ai encore examiné la photo. Le père de Sky et Rosalind avaient un regard bien plus intense que les autres. Ils semblaient former une équipe puissante à eux deux.

— Tu lui ressembles.

Sky imita la voix de Silva :

— Peut-être qu'un jour, si je bosse assez dur, je deviendrai la moitié du soldat qu'il a été.

Il ajouta en reprenant sa voix normale :

— Désolé, c'est un réflexe.

— C'est pas étrange de savoir que tout le monde a mieux connu ton père que toi ?

— Ça doit être bien pire de ne pas savoir qui est ton père, répondit-il avec douceur. J'ai toujours été chez moi ici, à Alféa. Je n'ose pas imaginer ce que tu vis, Bloom. Ça doit être vraiment terrible.

Ça faisait du bien qu'il me comprenne. J'avais besoin d'être soutenue. Vraiment besoin. Bien plus que je n'aurais dû.

Une fois de plus, j'ai senti cette pulsion dans ma poitrine, cette envie d'être près de lui. Pas pour faire quelque chose de mal, juste pour m'appuyer contre lui. Partager sa force, sa bienveillance. Sa chaleur.

— Je constate qu'on n'est pas les seuls à préparer un mauvais coup, a murmuré Beatrix.

Nous avons relevé brusquement les yeux tous les deux. Beatrix et Riven nous contemplaient avec un air ravi, comme deux chats qui viennent de tomber sur des canaris.

EAU

— Dowling est angoissée, chuchota Musa au groupe.

— C'est normal, tempéra Aisha. Son assistant est mort.

Aisha aussi était inquiète. Ce n'était vraiment pas le moment d'être irresponsable, pourtant elle avait laissé Bloom s'enfuir à nouveau. Dowling faisait assez confiance à Aisha pour l'embaucher comme secrétaire de remplacement. Aisha ne se montrait pas digne de cette confiance.

— Silva est sur ses gardes aussi. Comme si un danger pouvait surgir de n'importe où. Et…

Musa ne termina pas sa phrase. Terra l'observa et comprit pourquoi.

— Et mon père ?

— Il a la trouille. Genre méga la trouille.

Terra jaugea son père du regard. Puis elle posa les yeux sur la directrice et le cylindre en verre qu'elle tenait en main. Terra n'était pas idiote. Elle arrivait parfaitement à relier les indices.

— Tout à l'heure, il préparait quelque chose, dit-elle lentement. Avec les pierres utilisées pour le Vaisseau. Elles permettent de détecter la magie. Et maintenant, Miss Dowling a…

La voix de la reine s'éleva par-dessus les autres, résonnant dans la salle comme une sirène d'alarme.

— Actuellement, nous traquons au moins cinq Brûlés dans Solaria. La menace est sérieuse. Et elle grandit.

Un murmure gronda dans la foule. Les élèves réalisaient soudain la gravité de la situation. Aisha se demanda si quelqu'un d'autre avait la même impression qu'elle. Jusqu'ici, elle avait considéré un peu Alféa comme un jeu auquel elle pourrait exceller, mais ce n'était pas du tout un jeu.

La souveraine poursuivit :

— Un conflit se profile à l'horizon. Par le passé, Alféa a été le principal terrain d'entraînement pour les fées et les Spécialistes qui devaient affronter les Brûlés. L'école va reprendre ce rôle. Je vous demande à tous de faire extrêmement attention.

SPÉCIALISTE

C'est sympa, se dit Riven. Sa nouvelle copine, son meilleur ami et sa… changeling, avec qui la relation pouvait se résumer en trois mots : « c'est compliqué ». Ils rôdaient tous les quatre dans l'aile est en quête d'aventure. Ils faisaient quelque chose d'interdit, même si Riven n'avait pas encore compris ce qu'ils fabriquaient exactement. C'était chouette de voir Sky sécher la réunion et s'écarter du droit chemin. Riven et Beatrix taquinaient Bloom et Sky à propos de leur relation interdite, quoique parfaitement chaste.

— Oh. Un amour platonique, ironisa Beatrix pour se moquer de ces deux non-amants. C'est encore pire que de passer à l'acte.

Le visage de Sky s'assombrit. Elle avait clairement touché une corde sensible. Comme Riven ne voulait pas que la bonne ambiance soit gâchée, il essaya d'ouvrir une porte à l'autre bout de la pièce. Le cadenas qui barrait l'entrée émit un lourd cliquetis métallique qui attira l'attention de Beatrix.

— Ooh, j'adore les portes fermées.

Riven était ravi de lui faire plaisir.

— Je me demande ce qu'il peut bien y avoir derrière ? dit-il.

Comme ils étaient de toute façon dans l'illégalité, autant y aller à fond.

— Je ne sais pas, répondit Sky d'un ton un peu coincé. Silva est le seul à avoir la clé.

Bloom s'approcha lentement du battant, l'air intrigué.

Visiblement, elle n'en voulait pas à Riven pour les ragots à propos des changelings. Et il l'aidait à commettre une effraction.

— Comment est-ce qu'on fait pour entrer ? demanda-t-elle.

— Oublie, décréta Sky.

Rabat-joie.

Bloom semblait du même avis.

— Il y a peut-être des dossiers ? C'est pour ça que je suis venue et…

— Je demanderai à Silva la prochaine fois que je le verrai.

Par ces mots, Sky tentait de clore le sujet, mais Bloom continuait à fixer la porte avec obstination. C'était devenu un rapport de force. Riven se dit que son ami ne connaissait pas bien les rousses.

— Sky ! dit-elle d'une voix impérieuse.

— Plus tu lui diras non, plus elle insistera. Lâche l'affaire, conseilla Riven à Sky.

— Est-ce qu'il faut que je t'explique le principe du consentement ? plaisanta Beatrix.

Tant qu'elle ne lui demandait pas de cesser de faire des sous-entendus sexuels. Parce qu'il n'avait aucune envie d'arrêter.

Bloom se retourna vers Beatrix et Riven.

— Qu'est-ce que vous faites encore là ?

M'enfin ! Ils l'aidaient ! C'est Sky qui lui mettait des bâtons dans les roues.

— On est de ton côté, se défendit Beatrix.

C'était la stricte vérité. La petite amie de Riven avait tout à fait raison !

— Je n'ai rien à faire du soutien de ceux qui ont publié une vidéo pour se moquer de ma copine !

Riven grimaça intérieurement, mais son expression resta de marbre.

— Écoute, je sais que la vidéo était too much, mais je n'y suis pour rien. Je n'étais que spectatrice.

Beatrix se tut pendant une longue seconde.

— Si tu dois en vouloir à l'un de nous deux, prends-t'en plutôt au salaud qui a raconté à tout le monde que tu es une changeling.

Sky et Bloom se figèrent en entendant cela, puis fusillèrent Riven du regard.

Tout à coup, il n'était plus heureux du tout d'être là.

— Quand tu as parlé de me baiser aujourd'hui, Bea, ce n'est pas exactement ça que j'avais en tête, rétorqua-t-il d'une voix glaciale.

Il partit furieux, refusant d'entendre ce que saint Sky avait à répondre.

Il ne supporterait pas d'écouter un mot de plus de Beatrix. Ni de lire la déception sur le visage de son ami. Il ne savait même pas que Sky attendait encore quelque chose de lui. Une fois dehors, il se mit à courir avec une seule idée en tête : s'enfuir.

— Sérieux, tu me fuis ? cria Sky derrière lui.

Riven mordit à l'hameçon. Il se retourna.

— D'accord. Vas-y. Traite-moi de merde.

— C'est exactement ce que tu es, déclara durement son ami.

Riven réussit à masquer le choc qu'il encaissait.

— Tu l'as toujours été. Mais depuis…

Il hésita. C'était clair que saint Sky avait peur de le blesser, même s'il l'avait toujours considéré comme un salaud.

— Depuis quoi, exactement ? l'encouragea Riven. J'ai hâte d'entendre la suite.

— OK, très bien. Tu as passé un nouveau palier dans la connerie depuis que tu te tapes Beatrix !

— Oui et c'est l'éclate, plaisanta Riven.

Sky n'eut pas l'air amusé par la blague. Waouh. Qu'est-ce qu'il leur restait si Riven ne le faisait plus rire ? C'était la seule raison pour laquelle Sky le supportait.

— Tu pourrais prendre les choses au sérieux, pour une fois.

— Je prends la situation très au sérieux, répliqua-t-il avec fureur. J'aime bien Beatrix. C'est la seule personne de cette foutue école qui m'aime comme je suis.

Contrairement à saint Sky, elle ne le considérait pas comme un projet à corriger. Ni comme… il ne savait pas comment qualifier ce que Terra pensait de lui. Il n'était pas non plus juste un crush comme pour Dane. Beatrix avait *choisi* Riven. Elle allait parfois trop loin. Lui aussi. Ce n'était pas grave. Elle n'avait pas fait exprès.

Riven la comprenait. Ils se comprenaient.

— Et moi, qu'est-ce que je suis là-dedans ? demanda Sky d'un ton posé.

— Celui qui se croit toujours meilleur que moi !

Riven attendit que Sky démente, même s'il savait qu'il ne le ferait pas.

— Et pourquoi tu me prends la tête avec ça, Sky ? Tu as une petite amie. Arrête de suivre la première année comme un toutou en gardant ta princesse sur le feu.

— Ce n'est pas ce qui se passe ! explosa Sky.

Riven ne voulait pas lui faire de peine. Mais il allait le faire, parce qu'il était une crapule. Et parce qu'il en avait marre que tout ce qu'il entreprenait finisse en catastrophe et que tout soit parfait quand c'était Sky.

— Tu es sûr ? insista Riven. Parce que c'est l'impression que tu donnes à tout le monde. Y compris à Stella. Et, honnêtement, c'est sans doute pour ça qu'elle m'a raconté que Bloom était une changeling.

ESPRIT

Musa savait que Terra était inquiète pour son père et Dowling. Et à cause de ce qui se tramait. Elle était tracassée aussi, mais tous ses soucis s'envolèrent lorsque Sam l'embrassa.

— J'en ai marre de me cacher, murmura-t-il en l'embrassant à nouveau.

Même si ce baiser lui plaisait beaucoup, elle le repoussa.

— Et moi j'aime bien qu'on soit les seuls à le savoir. Ce n'est pas juste pour Terra. Si l'école était au courant, je percevrais les réactions de tout le monde. Bonnes ou mauvaises, positives ou négatives.

Sam soupira.

— Je sais que tu n'as pas le choix, que tu le ressentiras, mais tu n'es pas obligée d'en tenir compte, si ?

— Si seulement c'était aussi simple.

Musa aurait aimé lui faire comprendre comment c'était pour elle, que toutes les pensées à son sujet formaient une espèce de vague qui pouvait la porter ou l'entraîner vers le fond. Elle ne savait pas comment lui expliquer tout ça.

D'après la façon dont Sam la regardait, il semblait au moins réaliser qu'elle avait du mal à trouver les mots justes.

— Sans vouloir te vexer, on dirait qu'être empathe… ça craint.

— Et ça ne doit pas être une partie de plaisir de sortir avec une fille comme moi.

Musa voulait faire un peu d'humour, mais sa réplique était trop vraie pour être drôle.

— Ça vaut le coup.

Il disait ça maintenant, mais Musa savait qu'un jour il lui en voudrait. Et Terra aussi. Quand les gens vous prenaient pour la fille qui sait tout, ils s'attendaient à ce qu'on leur donne tout. Mais là, elle avait envie de garder ce qu'elle traversait pour elle seule.

FEU

J'ai réessayé d'ouvrir la porte cadenassée pendant que Beatrix examinait tranquillement les photos de Rosalind que j'avais sorties.

— Laisse-moi deviner. Tu es convaincue que c'est Rosalind qui t'a échangée contre un bébé du Premier Monde.

Je n'ai pas répondu. Elle a continué à examiner le cliché.

— Elle était redoutable.

Ça m'a fait réfléchir.

J'ai souligné avec prudence :

— À la fête, tu m'as dit que tu ne savais pas qui c'était.

Elle a haussé les épaules.

— Tu n'étais pas claire sur le pourquoi, alors je n'ai pas été claire sur le qui.

— Peu importe, de toute façon. Je n'ai trouvé que des impasses. À part ça.

J'étais frustrée par cette porte fermée.

— Viens, on y va, a suggéré Beatrix.

— Elle est verrouillée, lui ai-je fait remarquer.

— Et tu es une fée du Feu. Je t'ai vue en classe, Bloom. Je sais que tu es puissante. Reste à voir à quel point.

Aussi puissante que nécessaire. J'ai soutenu le regard de Beatrix.

— Si je voulais, je pourrais la franchir. Je pourrais aussi foutre le feu à toute l'école au passage, mais le problème, ce n'est pas mon *pouvoir*.

— C'est bon à savoir.

Mon téléphone a vibré pour m'annoncer un texto de Sky : *Tu es toujours là-bas ?* J'ai examiné la porte, puis j'ai relu le message.

— Je ne veux pas que Sky ait des ennuis à cause de moi.

— Mais tu veux des réponses…

Le ton de Beatrix insinuait : *À quoi tiens-tu le plus, à Sky ou aux réponses ?* C'était impossible de choisir, je désirais les deux.

J'ai fini par prendre une décision. J'ai répondu au texto : *Non. Psychodrame à l'appart. On parlera plus tard.* Quand j'ai terminé de taper, j'ai relevé la tête.

— Je pourrais juste carboniser les charnières ?

L'expression de Beatrix montrait que la suggestion l'impressionnait un peu. Mais ensuite elle a soulevé le cadenas. Il n'était plus sur le battant.

— Ou je pourrais juste crocheter le cadenas.

Ça ne m'était pas venu à l'esprit. Je n'étais pas aussi bad girl qu'elle, mais je pouvais profiter de ses compétences.

— C'est beaucoup plus discret, ai-je admis.

Nous avons franchi la porte ensemble.

LUMIÈRE

Un faisceau de lumière blanche jaillissait des mains de Stella, qui se trouvait dans le bureau de la directrice. Elle s'était entraînée avec Miss Dowling une centaine de fois, mais aujourd'hui elle accomplissait ce geste sous les yeux de sa mère. Le visage de la reine Luna était impénétrable.

— Qu'est-ce que tu veux faire avec la lumière ? lui demanda Miss Dowling.

Stella rassembla toute sa détermination et sa magie.

Le faisceau se sépara en sept branches identiques de lumière blanche.

— Quelles sont tes intentions ? insista la directrice. C'est toi qui contrôles la lumière, pas l'inverse.

Stella déplaça la main pour plier les sept filaments. On aurait dit que les rais de lumière traversaient un prisme. Les faisceaux formèrent un arc-en-ciel parfaitement coloré.

— Magnifique, commenta Dowling de sa voix grave.

Stella rayonnait de fierté, tandis que la lumière s'éteignait.

Sa joie fut de courte durée :

— Je vous en prie, dites-moi que c'était une plaisanterie, intervint la reine.

Elle examina froidement Dowling.

— Pour montrer sa puissance, vous lui avez demandé de former un arc-en-ciel ?!

C'était la voix et le visage qu'elle montrait en privé, à mille lieues de l'image qu'elle avait présentée au public aujourd'hui. Stella eut envie de se ratatiner et de disparaître.

Dowling se défendit avec fermeté :

— Nous en avons discuté à la fin du dernier trimestre. Rétablir la magie est un processus.

— Je n'ai pas réinscrit ma fille à Alféa pour un *processus*, répliqua sèchement la souveraine. Je vous l'ai confiée parce que vous avez promis de régler les problèmes qu'elle connaît depuis l'incident avec Ricki.

La mention du nom de Ricki. La façon dont sa mère parlait de Stella comme si elle était un jouet cassé. Ces deux éléments firent l'effet d'une gifle à la princesse, mais elle s'efforça de ne rien en laisser paraître.

Dowling insista un peu plus durement encore :

— Un incident qui s'est produit parce que sa formation précédente se focalisait uniquement sur les résultats.

La mère de Stella considéra la directrice avec un dédain royal et glacial.

Celle-ci posa les yeux sur la jeune fille et son ton se radoucit :

— Quand elle sera prête, nous passerons à la vitesse supérieure. Cela prendra du temps.

— Dois-je énumérer la liste des menaces auxquelles nous sommes confrontés pendant que vous prenez votre temps ?

— Maman… chuchota Stella.

— Ne m'interromps pas quand je parle, la coupa-t-elle sèchement.

Elle reporta son attention sur Dowling.

— Solaria est le royaume le plus fort de l'Autre Monde. Elle en est l'héritière. Elle est l'extension de notre puissance.

Stella ne voulait pas s'en mêler, mais c'était impossible.

— La méthode fonctionne ! Mon pouvoir s'est vraiment accru…

La reine répéta, plus durement :

— Je t'ai dit de ne pas m'interrompre !

Stella repensa à ce qu'elle avait fait dans la clairière, pour protéger Bloom. Elle en était fière. Elle pouvait puiser du courage dans cette histoire.

— J'ai aveuglé un Brûlé, annonça-t-elle.

La directrice renchérit :

— J'ajoute qu'elle l'a fait avec maîtrise et précision.

— Et vous pensez que c'est ça, avoir des pouvoirs ? rétorqua Luna.

Soudain, ses yeux s'enflammèrent d'un jaune ardent. La lumière sembla s'emparer de la pièce et elle disparut. Stella se retourna et constata que Dowling s'était volatilisée aussi.

La respiration de la princesse s'accéléra. Elle ferma les yeux. Quand elle les rouvrit, elle n'était plus dans le bureau, elle était dans l'obscurité. Seule. Elle se sentait aussi petite et effrayée que quand elle était enfant. Même si elle savait que ce n'était pas réel, elle était terrifiée.

Elle parla tout bas. Elle supplia.

— S'il te plaît, arrête.

Elle serra très fort les paupières. D'un coup ; elle se retrouva à nouveau dans le bureau de la directrice, où elle se sentait en sécurité.

Sa mère vint se poster juste devant elle. Elle n'était plus une créature solaire. Elle était un être de glace et de feu, éblouissante et terriblement froide.

— Lorsqu'on contrôle la lumière, on contrôle ce que les gens voient. Et malgré ce qu'en disent certains les apparences comptent plus que tout.

Stella ne pouvait pas s'empêcher de trembler. Sa mère se retourna brusquement vers Miss Dowling.

— Vous le savez mieux que personne, Farah. Surtout compte tenu de mes efforts pour vous aider à sauver les apparences.

— C'est vrai, nous avons toutes deux fait beaucoup pour préserver la réputation de cet établissement, admit la directrice.

Stella ne savait pas à quoi elles faisaient allusion, mais elle réalisa que les deux femmes étaient plus liées qu'elle ne l'avait imaginé. Peut-être que Dowling n'était pas dans son camp et qu'en réalité elles étaient toutes les deux liguées contre elle.

— Stella, décréta Miss Dowling, tu as fait un excellent travail. Tu peux y aller, maintenant.

La jeune fille passa devant Aisha en sortant. Sa colocataire était occupée à fouiller un tiroir. Stella espérait qu'elle ne remarquerait pas à quel point elle était ébranlée.

TERRE

Terra surprit son père dans la serre, occupé à pester contre le cylindre de verre empli de Pierres de Vaisseau.

— Tu as un problème avec ton projet ? Je peux t'aider si tu veux. Dis-moi juste…

— Ce n'est pas le moment, la coupa-t-il sèchement.

Elle recula. Il ne lui avait jamais parlé comme ça et elle remarqua tout de suite des regrets sur son visage.

— Oh, je suis désolé, ma chérie, s'excusa-t-il en lui parlant comme si elle était encore une petite fille. Ça va. Merci quand même.

Elle n'était pas du tout rassurée.

— S'il se passait quelque chose, tu m'en parlerais, hein ?

— Évidemment !

Elle l'observa en cherchant à dissimuler le chagrin qu'elle ressentait. Puis elle courut aussi vite que possible vers l'appartement Winx, où elle trouva Aisha et Musa.

— Il m'a menti en me regardant droit dans les yeux ! Pourquoi tout le monde nous ment ?

— Ils n'ont peut-être pas le choix. La reine Luna…

Aisha avait l'air perturbée, comme si elle savait quelque chose que les autres ne savaient pas.

— … a l'air de tenir aux secrets.

Musa l'examina attentivement.

La fée de l'Eau poursuivit :

— Quoi qu'ils fassent, c'est sûrement dans notre intérêt.

— Comme toujours, déplora Musa.

— Alors il n'avait qu'à me répondre *Je ne peux pas t'en parler, Terra.* Pas me raconter des bobards !

Terra était vraiment désespérée. Musa détourna le regard, comme si elle se sentait coupable. Aisha, comme d'habitude, tenta de résoudre le problème.

— Il a préparé une mixture à base de Pierres de Vaisseau pour Miss Dowling, c'est bien ça ? Et le but de cette préparation, c'est de lire la magie. C'est ce qu'elle faisait pendant la réunion.

Elles se regardèrent et assemblèrent en silence les pièces du puzzle.

Aisha continua :

— Nous avons un cadavre. Des adultes inquiets…

— Et s'ils pensaient que c'est une fée qui a tué Callum ? suggéra Musa.

— Une fée présente à la réunion, précisa Aisha.

Les professeurs passaient entre les élèves à la recherche d'un suspect.

— Ils étaient encore sur les nerfs après, fit remarquer Musa.

Terra hocha la tête en pensant à son père, qui s'énervait sur le cylindre dans la serre.

— Donc ils n'ont pas trouvé le coupable.

La porte s'ouvrit d'un coup et Sky fit irruption dans la pièce, interrompant leur travail de détective.

— Bloom est là ?

Aisha répondit à sa question par une autre :

— Est-ce que Silva t'a parlé de ce qui se passait aujourd'hui ? Il a dû t'expliquer.

Le jeune homme plissa le front.

— Tu fais allusion au drame à l'appart dont parlait Bloom ?

— Euh… dit Musa. Il n'y a pas eu de drame à l'appart.

— Alors, j'avoue que je suis largué, reconnut Sky.

Terra connaissait ce sentiment. Et puis, elle en avait assez des secrets et elle faisait confiance au Spécialiste. Il était respectueux avec Riven ; il aurait été respectueux avec n'importe qui.

Elle décida de tout lui dire.

— L'assistant de Dowling est mort et le corps enseignant pense que c'est une fée qui l'a tué. Ils se sont servis de la réunion pour trouver le coupable. Mais c'était raté parce qu'il n'était pas là. Conclusion, on ne fait plus confiance à personne.

— Beatrix, pesta Sky.

Terra resta un instant perplexe. Il était venu ici parce qu'il cherchait Bloom. Qu'est-ce que la petite amie intello cool de Riven venait faire dans cette histoire ?

FEU

À l'intérieur de la salle qui n'était plus cadenassée, il y avait des boîtes remplies de dossiers, des cartes éparpillées et de vieux objets militaires posés dans tous les coins. La couche de poussière signalait que la pièce n'avait pas été ouverte depuis des années.

Au centre, sur le sol, on distinguait un cercle recouvert de sable, ce qui était plutôt inhabituel.

— Je savais qu'Alféa avait un passé militaire, mais c'est tout de même une école. On se croirait dans un… quartier général, ai-je constaté, perturbée.

Beatrix a fait quelque chose, je ne sais pas quoi. Tout à coup, la texture du sable à changé, il s'est écoulé en lignes et en cercles tandis qu'une carte de l'Autre Monde se formait au milieu de la pièce.

— On ne *dirait pas* un quartier général, a dit Beatrix. *C'est* un quartier général. Un lieu où des gens louches et puissants décident qui doit vivre ou mourir.

Comme je ne savais pas quoi faire de cette découverte, je me suis dirigée vers les dossiers. J'avais besoin de preuves tangibles.

Beatrix m'a regardée fouiller dans des boîtes. J'ai étalé des documents sur le dessus des armoires. J'ai tenté d'établir une ligne du temps.

— C'est bizarre, on dirait que Rosalind n'était pratiquement jamais à l'école en 2004.

— Tu m'étonnes ! C'est normal, elle encadrait la croisade contre les Brûlés.

— Il faut que je trouve où elle était en décembre. C'est le mois de ma naissance.

Cette information semblait intéresser Beatrix, même si je ne voyais pas ce qu'il y avait de passionnant. Mais j'étais trop occupée par une découverte que je venais de faire parmi les boîtes pour m'en soucier.

— Je crois que voilà son agenda de cette année-là.

Mon téléphone a encore une fois vibré. Puis une autre. Et une troisième fois.

— Ça devient un peu pénible, a remarqué Beatrix.

J'ai sorti mon portable et j'ai jeté un rapide coup d'œil aux messages.

— Pff, ce sont les textos du groupe des Winx. Je reçois des notifications tout le temps. Je verrai ça plus tard.

J'ai posé mon téléphone sur la table et j'ai emporté l'agenda jusqu'à une étagère. J'ai tenté de rassembler les pièces à conviction.

Mon portable a encore vibré. Beatrix a fixé l'appareil d'un air mécontent.

Ça devait l'agacer.

J'ai tenté de ramener son attention sur les choses importantes.

— D'après ce document, Rosalind se trouvait dans un endroit qui s'appelle Aster Dell.

Beatrix s'est approchée de mon téléphone, qui s'est arrêté instantanément. C'était génial.

J'ai continué, tout excitée.

— Et si mes parents biologiques n'étaient pas des étudiants ? S'ils venaient d'Aster Dell ?

— Aster Dell, tu dis ?

— C'est ça. Tu peux faire réapparaître la carte ? Le nom est peut-être dessus.

Un sourire est apparu sur le visage de Beatrix.

— Pas la peine. Je sais où c'est. Tu veux y aller ?

On m'offrait enfin des réponses ! Cette idée m'a donné le vertige.

— Quoi ? Maintenant ?

— Ce n'est qu'à quelques heures d'ici.

J'ai hésité, ne sachant pas trop comment réagir.

— Tu as séché la réunion, tu as menti à Sky, tu t'es introduite par effraction dans une salle secrète. Tu vas laisser tomber après tout ça ?

Elle avait raison. Mais je ne pouvais pas m'empêcher d'imaginer qu'Aisha serait consternée si elle savait ce que je mijotais. C'était sans doute un signe qui me recommandait de ne pas le faire.

— Il commence à être tard et j'aime autant ne pas sécher les cours avec quelqu'un que je connais à peine.

— Pourtant, je t'ai bien plus aidée que n'importe qui, non ? Et moi, je sécherais les cours avec quelqu'un que je connais à peine.

Son argument était excellent. Mais je faisais plus confiance à Aisha qu'à Beatrix et la petite voix de ma coloc me murmurait de ne pas y aller.

Beatrix a insinué d'un ton doucereux :

— Tu as raison, peut-être que Miss Dowling va tout te raconter maintenant que tu as découvert son QG. Pour éviter que ça se sache.

Je connaissais trop bien la directrice. Elle gardait jalousement ses secrets. Elle ne me révélerait rien du tout.

J'ai pris une grande inspiration et j'ai misé le tout pour le tout.

— Comment est-ce qu'on y va ?

SPÉCIALISTE

Riven était allongé dans son lit et occupé avec son portable quand Sky déboula dans la chambre en exigeant de savoir où se trouvait Beatrix. Riven n'en revenait pas de son attitude. Il lui fallait trois meufs, maintenant ?

— Beatrix et moi, on n'est pas siamois, donc la réponse est : j'en sais rien. Qu'est-ce que tu lui veux ?

— Je cherche Bloom ! s'exclama son ami beaucoup trop fort.

Oh là là, il ne tenait pas à la vie ou quoi ? Riven, si. Il tenta de lui faire des mimiques avec ses sourcils pour lui faire comprendre qu'il ferait mieux de se taire et lui expédier un message télépathique, mais Sky rata complètement les signaux et se lança dans des explications suicidaires.

— Personne n'a de ses nouvelles et Beatrix est la dernière personne à l'avoir vue…

La porte de la salle de bains s'ouvrit sur une Stella dans une colère noire. Riven avait tenté en vain de le prévenir !

— Sérieux ? s'écria-t-elle comme une furie. Je t'ai envoyé au moins vingt messages et tout ce qui t'intéresse, c'est de chercher Bloom ?

Oh oh, des lueurs aveuglantes se perdaient.

— Bon courage, mon vieux, lança Riven à son ami en lui décochant un regard qui sous-entendait *je t'avais bien dit.*

Il sortit de la chambre en refermant la porte sur la scène qui ne manquerait pas d'y éclater. Il devait trouver *sa* petite amie.

TERRE

Terra se rendit avec Aisha et Musa dans le bureau de la directrice, où elles tinrent tête à Dowling. Et au père de Terra.

Aisha, celle qui gardait le plus la tête froide, expliqua leurs soupçons au sujet de Beatrix, précisant qu'elle s'était rendue seule avec Bloom dans l'aile est.

À la stupéfaction de Terra, Dowling continuait à prétendre être un modèle de vertu :

— Et qu'est-ce que votre colocataire faisait là ?

— C'est tout ce qui est important pour vous ? s'étonna Musa.

— Ce qui compte, c'est que Beatrix n'était pas à la réunion, insista Aisha avec assurance.

Dowling et Harvey se regardèrent sans un mot. Il fallait que les secrets cessent ou cela allait mal finir ! Terra ne parvint pas à se contrôler une seconde de plus.

— Oh, c'est bon ! On est au courant de tout ! On sait que Callum a été tué par une fée et que la réunion était un prétexte pour découvrir l'assassin. Alors, vous pouvez arrêter vos conneries ?

Son père tonna :

— Terra !

— Non ! Tu me feras pas taire. S'il arrive quelque chose à Bloom à cause de vos cachotteries…

Musa étendit la main et la posa doucement sur le bras de Terra.

Oh, c'était gentil. Elles formaient le Winx Club et elles allaient se serrer les coudes pour résoudre ce problème. Terra adressa un signe de tête reconnaissant à son adorable camarade de chambre et se calma.

— Ça fait des heures qu'on n'a plus de ses nouvelles. Et personne n'a vu Beatrix, déclara Aisha d'un ton pressant.

Ils furent interrompus par l'arrivée de M. Silva dans le bureau, visiblement très impatient de partager des nouvelles de première importance. Il se ravisa et jeta un regard méfiant au Winx Club. Terra se sentait prête à exploser à nouveau d'indignation. C'était fini les cachotteries !

Dowling la devança.

— Elles sont au courant.

— Un des gardes de la reine s'est fait agresser. Son 4 × 4 a disparu, annonça le directeur des Spécialistes.

Terra adressa un coup d'œil terrifié à ses colocataires. Beatrix assommait les gardes et volait des 4 × 4 ? Où est-ce qu'elle allait ? Où est-ce qu'elle emmenait Bloom ?

Terra n'était soudain plus certaine que le Winx Club soit capable de gérer la situation. Elle avait l'impression d'être une petite fille paniquée qui voulait qu'on lui assure que tout allait bien se passer.

Mais sans lui raconter des bobards.

— On va la retrouver, je vous le promets, affirma Dowling.

Terra s'accrocha à son ton confiant.

LUMIÈRE

Stella se dirigea vers Sky.

— J'ai besoin de toi.

Pour la première fois, ces paroles ne semblèrent avoir aucun effet sur lui. Il la regarda comme s'il ne la connaissait pas et si ses problèmes ne le concernaient pas.

— Bloom a disparu, l'informa-t-il, comme si c'était la chose la plus importante de l'univers. Je ne sais pas si elle est en danger ou si elle se cache, mais c'est certainement lié au fait que tout le monde sait que c'est une changeling. Et ça, c'est à cause de toi.

La culpabilité noua le ventre de Stella, qui resta sans voix.

Elle ne savait pas quoi répondre, car elle n'avait pas de bonne excuse et Sky n'en accepterait pas de mauvaise.

Il était toujours protecteur, mais ce n'était plus sur elle qu'il veillait. Il la considérait comme un danger contre lequel les autres devaient être défendus. Si tout le monde avait cette opinion d'elle, même Sky, c'était sans doute la vérité.

— Je ne voulais pas lui faire de mal… balbutia-t-elle.

Sky l'interrompit.

— Tu dis que tu ne veux pas être comme ta mère. Mais tu traites les autres exactement comme elle te traite.

Cette remarque lui fit l'effet d'une gifle. Malheureusement, il n'avait pas fini.

— C'est terminé, Stel. Pour de bon. Au revoir.

Il marcha jusqu'à la porte. Elle était persuadée qu'il allait se retourner, découvrir qu'elle était bouleversée, céder et la prendre dans ses bras, comme il l'avait toujours fait. Mais il s'en alla, la laissant plus seule que jamais.

FEU

Lorsque nous sommes arrivées sur la falaise, je me demandais encore où Beatrix avait trouvé ce 4 × 4. Peut-être qu'elle avait convaincu quelqu'un de le lui prêter en faisant appel à sa magie.

J'ai cessé de me poser des questions quand je suis sortie de la voiture et que j'ai contemplé l'immensité du paysage.

— Aster Dell est une ville, non ? Tu es sûre qu'on est sur le bon chemin ?

— Certaine.

Nous avons fait quelques pas et la vue sur la vallée en contrebas s'est dégagée. Nous étions en haut d'une montagne escarpée, des ajoncs jaunes parsemaient le granit. Les champs à nos pieds étaient si loin qu'ils paraissaient flous comme de la brume verte. J'étais stupéfaite, mais je devais continuer à chercher des réponses. Il fallait que je comprenne où je me trouvais. Est-ce que j'étais née ici ?

Beatrix a grimpé en direction du sommet et s'est rapidement retrouvée au-dessus de moi.

— Comment une ville peut-elle être marquée sur une carte si elle est nichée dans la montagne ? lui ai-je demandé.

Je me suis remise à marcher et j'ai écrasé quelque chose qui a craqué sous mon pied. Je me suis penchée, puis je me suis agenouillée pour mieux voir ce que c'était.

C'était un morceau de crâne. Mon estomac s'est soulevé et je me suis rendu compte qu'il se passait quelque chose d'étrange.

— Qu'est-ce que c'est que ce bordel ?

Les yeux de Beatrix se sont illuminés de gris et elle a serré les poings. Elle déployait sa magie. De l'électricité s'est mise à crépiter autour de ses doigts. Ses pupilles ont brillé de plus en plus fort. Lentement, elle a élevé les bras. Elle invoquait un orage.

— Qu'est-ce que tu *fais* ?

— Tu n'es pas la seule fée puissante d'Alféa.

Paniquée, je me suis dépêchée de faire jaillir des flammes de mes paumes. Trop tard. Beatrix a levé les deux mains, un éclair a surgi des nuages et…

La foudre s'est abattue sur moi.

Tout est devenu d'un blanc éclatant. J'ai cru que ce serait la dernière chose que je verrais de ma vie, quand la lueur s'est dissipée comme du brouillard.

— Bienvenue à Aster Dell.

Je me suis retournée, abasourdie. À la place des montagnes désertes se trouvait maintenant un village en ruine.

Les murs étaient effondrés et les toits affaissés, détruits par une force impitoyable.

— C'était un endroit merveilleux. Les habitants aspiraient à une vie paisible. Jusqu'à ce qu'un hiver des Brûlés encerclent le village. Une unité militaire d'Alféa a décrété que la destruction des créatures était plus importante que la vie des innocents qui vivaient ici.

J'ai fait quelques pas vers les ruines.

— Ce n'est pas réel. C'est une illusion que tu crées, je ne sais pas comment.

— Je ne fais que percer le voile magique que la reine Luna a placé pour cacher les atrocités qui se sont produites ici. C'est ça qui s'est passé. La cheffe de notre royaume a tenté d'effacer un crime de guerre.

Beatrix me regardait et j'ai lu sur son visage plus de sincérité que je ne l'aurais cru possible. Elle a pris place à mes côtés et a contemplé Aster Dell.

— Je suis née ici. Et ma famille est morte en ce lieu. Le 10 décembre 2004. Deux jours avant ta naissance dans le Premier Monde.

Je comprenais maintenant pourquoi elle s'était intéressée à ma date de naissance.

— Tu… Tu crois que ma famille a été tuée ici ?

— Je ne le crois pas. Je le sais. Parce que tout le monde ici est mort. Sauf toi et moi.

— Je ne comprends pas. Comment tu peux le savoir ?

— Parce que je l'ai vu. J'ai vu les morts. Les cadavres. Ensuite, une femme m'a prise dans ses bras. M'a emportée. Et je les ai vus pendant qu'elle s'enfuyait en courant. Ils marchaient parmi le carnage comme des héros conquérants.

Même si je n'étais pas sûre de vouloir connaître la réponse, j'ai demandé :

— Qui as-tu vu ?

Beatrix énonça les noms comme si elle prononçait un jugement :

— Dowling. Silva. Harvey.

Non. Ça n'avait pas de sens.

— C'est… Tu étais un bébé. Comment tu peux savoir si ce que tu as vu était bien réel ? Si tu te souviens de la vérité ?

— Parce que la femme qui m'a sauvée a utilisé sa magie pour graver le souvenir dans mon esprit.

Je savais maintenant de qui elle parlait. Parce qu'il m'était arrivé la même chose.

— Rosalind… ai-je chuchoté. Elle t'a sauvée.

— Elle *nous* a sauvées, a corrigé Beatrix. Elle a eu un cas de conscience. Elle n'a pas pu se résoudre à détruire un village, quel que soit le nombre de Brûlés qui pourraient être éliminés par la même occasion. Mais ses plus fidèles alliés se sont retournés contre elle. Ils l'ont renversée et ont mené la mission à son terme.

Ma tête tournait. Je ne pouvais pas m'empêcher de repenser à la première fois que j'avais vu Dowling, entourée de lumière. L'espoir que j'avais ressenti, l'envie de lui faire confiance.

— Je sais qu'ils m'ont menti. Mais ce ne sont pas… des monstres.

Beatrix m'a regardée droit dans les yeux.

— Alors, pourquoi te le cacher ? a-t-elle sifflé d'une voix déformée par la haine.

Je n'avais pas de réponses à ça. Le voile magique détruit par la foudre commençait à se reformer lentement, obscurcissant le village, ne laissant que le flanc de la montagne et le vide de la dévastation et de la confusion.

J'ai secoué la tête et je me suis dirigée vers le SUV. Je voulais retourner à Alféa. Je voulais interroger Dowling à propos de tout ça, moi-même. Je ne savais toujours pas ce que je devais croire. Au volant, Beatrix a continué à essayer de me convaincre.

— Pourquoi j'inventerais une histoire dans laquelle nos profs seraient des assassins ? Qu'est-ce que j'aurais à y gagner ?

— Je n'en sais rien. Je ne sais pas quoi penser de tout ça. Je suis censée te croire sur parole ? Faire confiance au souvenir d'une fée morte…

Je me suis interrompue. Si je mettais en doute le souvenir de Beatrix à propos de Rosalind, alors je devais aussi mettre en doute le mien. Et je n'aurais plus de réponses du tout.

— Tu ne devrais pas me croire avant que je t'aie prouvé que je mérite ta confiance. C'est ça qu'ils veulent. Et je ne suis pas du tout comme eux. Ce qu'il te faut, Bloom, c'est des réponses.

Je voulais tant savoir. Beatrix me disait ce que je voulais entendre et c'est pour cette raison que je ne pouvais pas lui faire confiance.

Elle promettait trop.

— Les réponses d'une femme qui est morte et qui n'a laissé que des messages mystérieux et des demi-vérités. Il nous faut plus que ça, ai-je répliqué.

Beatrix a commencé à sourire, lentement.

— Et on l'aura. Parce que Rosalind est vivante.

J'ai eu l'impression d'être frappée par la foudre une deuxième fois.

— Dowling m'a dit qu'elle était morte !

— Elle l'a emprisonnée. Je suis venue à Alféa pour la faire évader, m'a expliqué fièrement Beatrix.

Mais avant qu'elle ne puisse ajouter quoi que ce soit, un bruit ressemblant à une explosion a interrompu notre conversation. La voiture a fait une embardée qui nous a prises par surprise. Beatrix a réussi à stabiliser le véhicule.

— On a un pneu crevé ? lui ai-je demandé.

Trois sifflements se sont succédé dehors. Un par un, j'ai senti les trois autres pneus se dégonfler rapidement.

— Non.

Beatrix a pilé. Nous avons regardé autour de nous, en cherchant à comprendre ce qui se passait. Nous avons sursauté au même moment en apercevant Silva.

Il était armé d'un arc et se tenait au milieu de la route. Je ne pouvais pas m'empêcher de repenser à l'histoire de Beatrix et de l'imaginer commettre un carnage à Aster Dell.

De toute évidence, Beatrix pensait la même chose que moi. Elle a juré, a bondi hors de la voiture et s'est enfuie. Mais elle n'a fait que quelques pas avant que l'asphalte ne se transforme en liquide noir sous ses pieds. Ses jambes se sont engluées dans le goudron. Elle était piégée.

Désespérée, j'ai regardé à sa droite et j'ai vu le professeur Harvey, les yeux illuminés d'un vert vif. C'était le gentil papa de Terra qui venait de faire fondre la route.

Il tenait un cylindre de verre rempli de pierres. Quand il s'est approché de Beatrix, les pierres à l'intérieur se sont mises à briller.

Dowling s'est approchée de Beatrix, l'air déterminé, comme si les pierres lui avaient confirmé quelque chose.

Beatrix avait encore les mains libres et elle se démenait pour invoquer sa magie.

— La fête est finie, a déclaré sèchement la directrice.

Elle a passé aux poignets de Beatrix des menottes de métal où d'étranges motifs étaient gravés. Un éclair a crépité pendant une seconde entre ses doigts avant de disparaître, tandis que les anneaux métalliques mordaient sa chair comme des dents.

Beatrix saignait et se débattait.

— Qu'est-ce que c'est, ces machins ? Pourquoi est-ce que je... Aïe ! Ça fait mal !

Je suis sortie de la terreur qui me clouait sur place et je me suis précipitée du SUV, horrifiée par la situation dans laquelle se trouvait l'élève. J'ai crié :

— Arrêtez !

J'ai tenté de courir vers elle, mais Silva m'a immobilisée par-derrière. J'ai voulu me dégager, mais sa prise était trop forte.

Silva, l'homme que Sky aimait comme un père, m'a soufflé méchamment à l'oreille :

— Ça ne te concerne pas !

TERRE

Terra était avec Musa et Aisha à l'entrée d'Alféa. Elles avaient rejoint une foule d'élèves qui murmuraient à propos de meurtres et de secrets.

Un SUV s'arrêta devant les grilles et Bloom ainsi que le père de Terra en sortirent. Leur amie était pâle et semblait secouée, mais au moins elle n'était pas blessée. Elle était en sécurité maintenant. Ses trois colocataires s'avancèrent vers elle en même temps.

Bloom s'écarta du professeur Harvey avec un mouvement brusque et se jeta dans leurs bras.

Terra ignora son père tandis qu'elle serrait Bloom, même si elle remarqua un voile de tristesse qui passait sur son visage. Il n'avait qu'à ne pas lui mentir, s'il voulait un câlin.

Bloom tremblait dans les bras de Terra.

— On était super inquiètes pour toi, murmura Aisha.

— On était vraiment flippées, confirma Musa.

— Qu'est-ce que Beatrix t'a fait ? voulut savoir Terra.

Leur coloc répondit d'une voix étranglée :

— Rien. Ce n'est pas un *monstre.*

Cette déclaration surprit tout le monde, au vu des faits. Bloom ne devait pas être au courant. Terra se chargea de l'informer.

— Elle a *tué* Callum.

— Qui vous a dit ça ?

Musa a cligné des yeux, étonnée de cette réaction.

— Dowling. Silva. Harvey.

Si les Pierres du Vaisseau s'étaient éclairées en présence de Beatrix, cela prouvait qu'elle avait assassiné Callum. Terra s'attendait à ce que leur amie soit horrifiée, mais son expression se fit plus dubitative encore.

— Ils ont des preuves ?

— Bloom, pourquoi est-ce qu'ils l'affirmeraient si ce n'était pas vrai ? insista Aisha d'un air inquiet.

— On ne connaît jamais les motivations réelles des gens, souligna Bloom en guise de réponse.

Cette réflexion les mit toutes mal à l'aise. Elles s'étaient rongé les sangs pour leur coloc et elle se comportait comme si Beatrix était sa seule amie et qu'on la lui avait cruellement arrachée.

— On devrait simplement se reposer, suggéra Aisha.

Oui ! Elle avait raison. Bloom devait être en état de choc. Elle avait besoin d'une couverture. Terra allait lui en trouver une.

Leur amie ne faisait plus attention à ses colocs. Elle avait tourné la tête vers Sky, qui s'approchait du groupe.

— Allez-y sans moi, murmura-t-elle en se dirigeant vers Sky, comme s'ils étaient deux aimants inexorablement attirés l'un par l'autre.

Terra détourna poliment les yeux. Elle espérait que Stella ne soit pas dans les parages pour assister à la scène. Bloom avait déjà assez de problèmes sans finir aveugle.

Les élèves murmuraient plus que jamais. Des rumeurs couraient sur le meurtre, sur Callum, sur Beatrix et sur la présence d'un espion parmi eux.

Riven se tenait à l'écart dans l'obscurité, seul et l'air complètement abattu. Tandis que Beatrix était emmenée, Terra vit Dane s'approcher de lui.

— Qu'est-ce qui s'est passé ? demanda-t-il d'une petite voix angoissée.

Il devait beaucoup aimer Beatrix, conclut Terra avec un certain détachement.

Elle ne faisait déjà plus attention à Dane, préférant observer Riven.

Celui-ci repoussa le nouvel élève dans une explosion de colère. Elle ne savait pas ce qui le mettait dans cet état, mais elle le soupçonnait d'être aussi furieux contre lui-même que contre Beatrix. Contre tout, probablement.

Dane tituba en arrière et dévisagea Riven, stupéfait.

Terra comprenait sa réaction. Elle aussi avait été trahie. Par Dane et par son père. Elle avait presque de la peine pour lui. Et aussi pour Riven.

FEU

Je me suis dirigée vers Sky, dont les beaux traits étaient déformés par l'anxiété.

— Je suis désolé, a-t-il déclaré dès que je suis arrivée à sa hauteur. Je t'ai laissée seule avec elle. Je n'aurais pas dû. Elle…

Je savais que son inquiétude était sincère, mais je ne pouvais pas supporter d'entendre une seule personne de plus prétendre que Beatrix était un monstre.

— Elle ne m'a pas kidnappée, Sky. Je vais très bien. Je t'assure.

J'ai évité son regard, mais il a baissé la tête et m'a observée sans détour. Quand nous nous sommes fixés droit dans les yeux, je me suis sentie soulagée pour la première fois depuis que j'avais vu Aster Dell.

— Quoi qu'il se soit passé là-bas… tu peux tout me raconter, a-t-il chuchoté.

Il y a eu un moment de silence au cours duquel j'ai senti une véritable connexion entre nous. J'avais envie de me confier à lui. Peut-être que je pourrais le faire.

Puis, du coin de l'œil, j'ai aperçu Dowling et Silva qui emmenaient Beatrix. Je me suis raidie et il l'a remarqué.

— Quand tu seras prête, a-t-il ajouté. Je suis content que tu sois de retour.

Il m'a prise dans ses bras sans se soucier de qui nous voyait. Son soulagement était palpable pendant que je me blottissais dans son étreinte. Je me sentais déjà mieux, moi aussi. J'avais envie de m'accrocher à lui et de lui murmurer à l'oreille tout ce que j'avais appris.

Puis Silva a aboyé :

— Sky.

Il m'a lâchée pour aller rejoindre Silva, l'homme qui lui inspirait une loyauté sans faille, et Beatrix, la prisonnière qui détenait peut-être les réponses que je cherchais. Les réponses qui m'amèneraient chez moi.

ESPRIT

Alors que Musa retournait vers l'appartement Winx avec Terra et Aisha, elle remarqua que l'humeur de Terra s'assombrissait à chaque pas. On aurait dit qu'elles étaient suivies par un nuage noir, même à l'intérieur.

Il fallut à Musa une vingtaine de pas pour péter un câble.

— Terra, tu pourrais cracher ce que tu as sur le cœur, s'il te plaît ? Tu me tapes sur les nerfs.

— Mon père m'a menti aujourd'hui. Un gros bobard et quand je lui ai dit qu'il mentait, il a prétendu que c'était pour mon bien. Comme les autres.

Aisha, qui avait l'air ébranlée, tenta d'excuser ce comportement :

— Leurs intentions étaient bonnes.

— Ils peuvent se justifier autant qu'ils veulent, on ne ment pas aux personnes qu'on aime, trancha Terra d'un ton sans réplique. Pas si elles comptent.

La magie de Musa s'enflamma de culpabilité : Terra, sans le vouloir, venait de s'adresser à elle. Il n'y avait qu'une chose à faire.

Elle déglutit.

— J'ai quelque chose à te dire.

Aisha et Terra s'arrêtèrent. Musa n'osa pas lever les yeux, elle ne voulait pas voir le visage de Terra. Elle laissa les mots sortir.

— Récemment, j'ai rencontré un garçon que j'aime bien, beaucoup même, mais je ne savais pas comment tu réagirais, alors je ne te l'ai pas dit et maintenant cela fait des semaines et... je sors avec ton frère.

Aisha était simplement surprise que leur amie ait avoué. Musa regarda enfin Terra, redoutant la force de ses sentiments.

Mais elle se contenta d'éclater de rire. Longtemps.

— Merci de m'avoir dit la vérité, finit-elle par conclure d'une voix encore affaiblie par le rire. Ça fait du bien. Même si tu as vraiment des goûts bizarres. Sam est...

Musa, qui commençait à être vexée pour lui, compléta :

— ... objectivement très craquant.

— Le portrait craché de mon père à son âge, corrigea Terra d'un air amusé. Et je crois qu'il a perdu ses cheveux à 18 ans ? 19 peut-être ? Un ado chauve. C'est cool. Bon courage.

Elles rirent toutes les trois, laissant retomber la pression. Même si, dans le fond, elles pressentaient toutes que cette journée marquait le début de quelque chose de bien plus énorme qu'elles ne pouvaient l'imaginer.

Puis Musa remarqua que des gens quittaient leur appartement. Elle fit signe aux autres et elles virent des gardes emporter de luxueuses valises.

Elles coururent à l'intérieur, mais les affaires de Stella avaient déjà disparu.

LUMIÈRE

Stella était assise tranquillement dans la Rolls-Royce et attendait de partir.

— Cette école s'est bien dégradée depuis que j'y étais, observa sa mère. À la maison, je pourrai t'apprendre tout ce que tu dois savoir.

C'était plus une menace qu'une promesse. Stella réprima un frisson. Tout son corps aspirait à retrouver la chaleur familière de l'appartement Winx et de ces filles avec lesquelles elle n'avait pas envie de passer du temps au début. Elle ne s'autorisa pas à bouger d'un pouce.

Elle marmonna d'un ton plein de ressentiment :

— Tu aurais pu au moins me laisser dire au revoir à mes amis.

Quand elle répondit, sa mère parut aussi calme qu'amusée. Elle était aussi la reine de la maîtrise des émotions.

— Ce ne sont pas tes amis, Stella. Sinon, ils seraient là.

FEU

J'ai trouvé Miss Dowling à son bureau, occupée à signer des formulaires. Sans relever la tête, elle a déclaré :

— Ne reste pas sur le pas de la porte.

J'ai hésité, puis je suis entrée. La directrice s'est interrompue dans son travail et a levé les yeux.

— Que puis-je faire pour toi ? m'a-t-elle demandé poliment, comme si c'était un jour tout ce qu'il y a de plus ordinaire.

Beatrix avait qualifié Silva, Dowling et le professeur Harvey d'équipe militaire. Une force de frappe qui avait détruit Aster Dell. C'est en tout cas ce à quoi ils ressemblaient quand ils l'avaient faite prisonnière.

J'ai répondu par une question.

— Qu'est-ce que c'était que ces bracelets ?

— Des limiteurs runiques. Ils empêchent les fées d'utiliser la magie.

— C'est barbare. Ça lui a entaillé la peau.

Dowling ne parut évidemment pas surprise. Son stoïcisme était effrayant. Elle ne laissait pas transpirer la moindre trace de culpabilité. Elle ne voulait pas reculer, je ne le ferais pas non plus.

— Tu es certaine de ne pas être blessée ? a-t-elle insisté.

— Je vais très bien. Elle ne m'a fait aucun mal.

— Pourtant, tu es restée longtemps avec Beatrix. De quoi avez-vous parlé pendant tout ce temps ?

J'ai réfléchi longuement, puis j'ai haussé les épaules.

— De garçons. De mode. De qui était capable de conduire le plus vite. C'était une virée entre filles, Miss Dowling. C'est tout.

Elle m'a examinée. Je n'arrivais pas à dire si elle me croyait ou non.

Elle a fini par décréter :

— Eh bien, peut-être que la prochaine fois tu choisiras plus judicieusement tes amis.

J'ai soutenu son regard.

— Oui, comptez sur moi.

SPÉCIALISTE

Sky regarda Silva verrouiller la porte de la cellule pour enfermer une fille qui souffrait atrocement. Qui était aussi un assassin et qui avait probablement l'intention de nuire à Bloom. Il aurait aimé savoir que faire. Il craignait d'avoir déjà mal agi.

Alors que Silva et lui s'éloignaient de la prison de Beatrix et empruntaient un couloir menant à la cour du château, Sky commença :

— Après la soirée des Spécialistes, tu m'as dit : *Rapproche-toi de Bloom. On aimerait en savoir plus sur elle.* Ce n'est pas la même chose que *Bloom pourrait être en danger de mort.*

Silva ne répondit pas.

Sky essaya de contenir sa frustration, mais le directeur le connaissait trop bien.

— Ton rôle est important, Sky. Tu dois me faire confiance.

— Tu sais très bien que j'ai confiance.

Il aurait mis sa vie entre les mains de Silva sans la moindre hésitation. Mais c'était différent quand il pensait à celle de Bloom.

Il releva le menton.

— Mais j'ai besoin de connaître toute la vérité.

— Une des leçons importantes à retenir dans cette école, c'est que, parfois, un soldat doit exécuter les ordres.

Le ton de Silva perdit toute trace de douceur et se fit impérieux :

— Alors, laisse-moi te les rappeler. Tu dois gagner la confiance de Bloom. Trouve des informations sur elle, y compris ce qu'elle a fait avec Beatrix. Et, quand tu le sauras, tu me le raconteras. Voilà où doit se situer ta loyauté, Sky. De mon côté. Et du côté d'Alféa. Nulle part ailleurs.

Conte de fées n° 5

Pendant tous les jours trompeurs de ma jeunesse,
j'ai balancé mes feuilles et mes fleurs au soleil ;
Maintenant, je peux me flétrir dans la vérité.
W. B. Yeats

FEU

Les tours de l'aile est ressemblaient à des lames jumelles qui m'attendaient dans le noir. Deux Spécialistes montaient la garde devant la cellule de Beatrix. Les visages de ces adolescents que je connaissais étaient sinistres, on aurait dit des soldats prêts à abattre quiconque oserait entrer. Des soldats qui semblaient aussi légèrement paniqués par la situation à laquelle ils étaient soudain confrontés. Je connaissais cette impression.

Je les épiais, tapie dans l'ombre. Dowling et Silva étaient dans la cellule, ils interrogeaient Beatrix. La rumeur courait parmi les élèves qu'ils la torturaient toutes les nuits. Que notre directrice était assoiffée de vengeance.

Dowling et Silva ont enfin quitté l'aile est. L'expression de la directrice était détendue. On n'aurait pas dit une femme cherchant à se venger à n'importe quel prix. Mais elle n'avait pas l'air non plus d'être satisfaite des réponses qu'elle venait d'entendre.

J'étais sûre que Beatrix était capable de leur tenir tête.

Elle m'avait offert des réponses. Et j'étais tellement désespérée d'en trouver.

J'ai pris des notes dans mon téléphone : *12:15. Dowling et Silva.*

Puis, ma surveillance terminée pour la nuit, j'ai rangé mon portable et j'ai tourné les talons pour rentrer, quand une silhouette a surgi de l'obscurité et s'est dirigée vers moi.

J'étais grillée.

Une fois la silhouette hors de l'ombre, j'ai reconnu Dane dans son uniforme de Spécialiste, visiblement en service.

Comme les autres gardes, il avait l'air tout à coup plus âgé.

— Balade nocturne ? m'a-t-il demandé.

— J'avais besoin de prendre l'air.

— Cet air-ci en particulier ? Devant la cellule de Beatrix ? Je sais ce que tu fais.

J'ai laissé échapper un petit rire peu convaincant et j'ai commencé à m'éloigner.

— Tu ne sais rien du tout.

— Tu veux lui parler, c'est ça ?

Continue à marcher, Bloom, me suis-je dit.

Puis il m'a crié :

— Je peux t'aider.

Là, je me suis figée. Je me suis retournée.

— Demain soir, c'est mon tour de garde. Tu auras peut-être encore besoin d'air…

Il est reparti, me laissant contempler l'aile est. Les réponses m'attendaient là, avec Beatrix.

Et, pour qu'on soit demain soir, il fallait d'abord que je supporte la journée à venir.

FEU

Les murs du labyrinthe de haies qui nous entouraient, Sky et moi, étaient si hauts qu'on ne voyait que du vert autour de nous et du bleu au-dessus.

Alors que nous nous trouvions au bout d'un long couloir du dédale, un Brûlé a soudain débarqué, et droit sur nous. Sans trembler, nous avons fait face, côte à côte. Sky a brandi son épée en un éclair et j'ai invoqué la magie, alors que la créature approchait à toute vitesse.

J'ai senti mon pouvoir enfler. Le Brûlé s'est embrasé d'un coup.

Il ne s'est pas arrêté pour autant. Au lieu de ralentir, il s'est précipité sur nous comme une boule de feu sur pattes. Sky a tenté de parer le déluge de coups de poing enflammés avec sa lame.

Au moment où le monstre allait réussir à nous frapper, un coup de sifflet a retenti et le Brûlé s'est désintégré. Un cristal, dont chaque facette scintillait encore des résidus de magie, est retombé sur le sol à sa place.

J'ai respiré pour me remettre de mes émotions et j'ai aidé Sky à se remettre sur pied. Il avait l'air frustré. J'ai remarqué une entaille sur son visage.

— Tu saignes.

— Beaucoup ?

— Non. Tu veux que je... ?

J'ai agité la main en souriant. Il a acquiescé et j'ai posé le bout de mes doigts contre sa joue. Ma magie a été absorbée par sa peau comme une petite étincelle qui s'éteint au contact d'une surface froide et la plaie s'est refermée, tandis que j'utilisais mes pouvoirs pour la cautériser. Une petite cicatrice s'est formée, puis a disparu en un instant comme un murmure.

— Et voilà ! Comme neuf.

Nous nous sommes regardés un peu trop longtemps. De toute évidence, Stella et Sky avaient rompu, mais c'était peut-être juste parce que sa mère l'avait emmenée loin de l'école. Je ne voulais pas plus qu'avant me retrouver coincée dans une situation compliquée. J'ai laissé retomber ma main et je me suis tournée vers l'endroit où le Brûlé s'était désintégré. J'ai ramassé le cristal.

— J'aimerais bien qu'ils nous expliquent comment vaincre ces trucs.

Il y avait tant de choses que j'aurais voulu qu'ils nous apprennent.

— Ça fait partie du plaisir, a observé Sky. De ne pas savoir.

— C'est bien le genre de méthode que les profs d'Alféa adorent, ai-je constaté avec une pointe d'irritation.

Sky était un soldat en mission, il observait le terrain et n'a pas relevé la pique que contenait ma remarque.

— Professeur Harvey ? a-t-il demandé. On peut recommencer ?

Nous nous dirigions vers la sortie du labyrinthe. Le père de Terra a traversé le champ d'entraînement pour nous rejoindre.

— Chaque échec vous rapproche du succès.

Il aurait dû écrire des phrases pour les biscuits des restaurants chinois.

Je lui ai adressé un sourire éclatant :

— Très bonne leçon, professeur. Comme d'habitude.

Sky m'a jeté un regard en coin, mais je l'ai ignoré sciemment.

Le professeur Harvey a ramassé le cristal, l'air enthousiaste à l'idée de partager son merveilleux savoir.

— La magie du feu est efficace si elle est maniée correctement. À l'intérieur de chaque Brûlé se trouve un cœur magique appelé Charbon Ardent. Avec le temps et en affinant tes pouvoirs, ta magie pourra l'éteindre et le détruire.

— Compris.

Je pouvais y arriver toute seule. Il suffisait que j'apprenne encore. Comme s'il lisait dans mes pensées, le professeur Harvey a ajouté :

— La clé, c'est la confiance mutuelle. Tu dois faire confiance à ton Spécialiste pour qu'il retienne la créature le temps que tu contrôles ta magie. Et toi, Sky, tu dois faire confiance à ta fée, être convaincu qu'elle y arrivera.

Dès qu'il est parti, j'ai plaisanté :

— Donc, la question, c'est : je peux te faire confiance ?

J'avais demandé ça comme ça, mais Sky fixait au loin la silhouette de Silva. J'avais parfois l'impression qu'il me cachait des choses, lui aussi.

— J'ai envie de te poser la même question.

Même s'il avait évité de répondre, il n'avait pas tort. Moi non plus, je ne lui révélais pas tout.

Confiance mutuelle ? Pas trop.

— *Très bonne leçon, professeur. Comme d'habitude*, a répété Sky d'une voix perçante qui ne ressemblait pas du tout à la mienne. C'était quoi ce numéro ?

— Depuis ma virée avec Beatrix, ils surveillent mes moindres faits et gestes.

Ça, au moins, c'était la vérité.

Lorsque nous sommes sortis du dédale, la grande journée d'entraînement battait son plein devant le château. On aurait dit une fête. Dowling et Silva sont passés devant des binômes composés chaque fois d'une fée et d'un Spécialiste qui s'affrontaient sous la supervision d'assistants recrutés pour l'occasion. Les fées de l'Eau puisaient du liquide dans le lac. Les fées de la Terre piégeaient les créatures avec des lianes et des plantes grimpantes. Les fées du Feu les brûlaient.

J'ai jeté un coup d'œil discret à la directrice et j'ai remarqué qu'elle m'observait déjà. Aisha et Musa marchaient avec elle, prenant des notes avec assiduité comme de bonnes petites assistantes. Je n'aurais jamais cru que Musa pouvait être serviable. Aisha a fait une grimace pour me signifier qu'elle trouvait cette tâche mortellement ennuyeuse et je lui ai souri en retour.

Le même faux sourire éclatant que j'avais adressé au professeur Harvey. Sky ne s'y était pas laissé prendre. Il me connaissait bien. J'avais l'impression de toujours pouvoir trouver du réconfort auprès de lui.

— Je dois leur montrer que je ne suis pas une des… sbires maléfiques de Beatrix, lui ai-je expliqué.

— Pourquoi, c'est une méchante de James Bond ? a-t-il plaisanté.

J'ai regretté d'avoir dit cela.

— Bon, OK, mes mots étaient mal choisis.

— Tu vas l'aider à graver son nom au laser sur la lune ?

— La ferme !

Il était trop mignon.

Sky a souri comme s'il le savait.

— À voler la tour Eiffel ?

— On peut s'y remettre ? l'ai-je imploré.

En souriant tous les deux, nous sommes repartis vers le labyrinthe d'entraînement.

Confiance mutuelle ? Un jour, peut-être.

ESPRIT

Musa traversait le champ d'entraînement, aux côtés d'Aisha et de la directrice. Sa coloc consulta son porte-bloc d'une manière très professionnelle.

— C'est la cinquième tentative pour Sky et Bloom.

Dowling se tourna vers Musa.

— Et comment ça se passe ?

— Il est légèrement essoufflé, annonça-t-elle avec lassitude. Elle est… frustrée ? Mais aucun des deux n'est fatigué.

— Bien, conclut Dowling.

Aisha s'empressa de consigner les impressions dans ses notes. Musa, elle, était épuisée et en proie à un conflit intérieur. Puis jalouse des autres, dont les tâches étaient beaucoup plus simples que la sienne.

— Je sais qu'ils savent que je lis leurs émotions, mais ça ne me paraît pas moins indiscret. Je ne pourrais pas plutôt utiliser ma magie contre des ennemis ?

— Toutes les formes de magie ne sont pas adaptées au combat, justifia la directrice. Le soutien est tout aussi important, si ce n'est plus. Ton pouvoir peut nous aider à évaluer les esprits fragiles ou… à débusquer des ennemis cachés.

Son ton était acerbe. Musa échangea un regard inquiet avec Aisha. Est-ce qu'elle parlait de Bloom ?

Aisha s'empressa de demander :

— Comme Beatrix ?

— Exactement, répondit Dowling après une brève hésitation.

Musa prit le risque de diriger un peu de sa magie sur la directrice tout en l'interrogeant :

— Comment elle va, au fait ? Vous avez découvert pourquoi elle a… tué Callum ?

Les murs que Miss Dowling avait érigés autour d'elle étaient plus impénétrables que les haies du labyrinthe.

— Restons concentrées, répliqua-t-elle. À qui le tour ?

TERRE

Terra tituba vers les bancs du Bastion, à peine capable de rester stable sur ses jambes après l'entraînement. Son père lui barra la route vers le repos.

— Ça va, ma chérie ?

Elle ne répondit pas.

— J'ai préparé des glaces à l'eau tout à l'heure, si tu…

Terra secoua sèchement la tête. Les pots-de-vin rafraîchissants ne suffiraient pas à ce qu'elle lui pardonne son mensonge.

— Ça ira… mais merci.

Son père acquiesça et la laissa seule. Il avait compris le message.

Terra atteignit enfin les bancs et attrapa sa bouteille d'eau. Elle avait chaud et soif à la fois, elle se sentait sale. Elle avait l'impression que son visage était de la couleur d'une tomate trop mûre, blette, la peau prête à imploser.

Kat, une Spécialiste mince et musclée qui paraissait à peine affectée par l'entraînement, ramassa son sac posé à côté du banc. Terra la détestait de toutes ses forces.

— C'était pas mal, le coup de le ligoter avec la liane, Ter.

Au fond, cette Kat n'était pas si odieuse. Il était même possible qu'elle soit géniale et qu'elles deviennent amies.

— Oui, renchérit Terra avec enthousiasme, malgré la gorgée d'eau qu'elle avait encore en bouche. C'est une question de… degré de résistance à la traction… de la cellulose…

Kat la fixa d'un regard vide et s'éloigna.

Visiblement, elle se fichait pas mal de la résistance et du reste. Comme tout le monde. Terra était trop nulle. Elle aurait dû savoir qu'elle ne devait pas parler en détail de ce genre de choses.

Elle ferma les yeux et tenta de se remettre.

Quand elle les rouvrit, Riven était assis à côté d'elle.

Elle faillit bondir de surprise. Il ne l'avait pas vue ou quoi ? Pourtant, d'après les autres, elle n'était pas difficile à repérer.

Riven semblait complètement effondré, son arrogance habituelle avait disparu. À en juger par ses cernes, il n'avait plus dormi depuis plusieurs nuits. Il avait probablement perdu sa brosse à cheveux aussi : sa tignasse ressemblait à un fourré d'ajoncs laissé à l'abandon, réclamant de toute urgence un élagage.

Tandis qu'elle étudiait le visage fatigué et triste du Spécialiste, elle établit accidentellement un contact visuel. Elle détourna rapidement le regard et se leva pour rassembler ses affaires. Riven regardait droit devant lui.

— La résistance à la traction ? Passionnant.

Il lui adressa un faible sourire, qui s'évanouit aussi vite qu'il était apparu.

— Elle a raison, tu sais. Tu es vachement forte.

Terra était abasourdie. C'était un compliment ? Riven ne devait *vraiment* pas se sentir bien. C'était la meilleure preuve.

— Toi aussi, répondit-elle avec douceur.

Il balaya sa réponse d'un juron.

— J'étais nul à chier. Après deux essais avec moi, Aisha a laissé tomber et a demandé à intégrer le soutien.

C'était normal qu'il se sente mal après les événements traumatisants qui s'étaient produits ces deniers temps. Terra le trouvait doué, d'habitude. Pas *encore* autant que Sky, mais il avait du potentiel.

Riven devait se sentir seul. Terra aussi, depuis que Stella était partie : leur Winx Club avait perdu un membre essentiel. Mais Stella était juste partie avec sa mère ; elle n'était pas un assassin.

Terra tenta de consoler Riven.

— La semaine a été bizarre. Tu… Je suis désolée. Je sais que vous étiez proches, Beatrix et toi. Ça doit être très dur.

Riven déglutit et leva les yeux vers elle. Cette fois, Terra ne détourna pas le regard. Ils se fixèrent et un vrai sourire commença à courber les lèvres du Spécialiste, illuminant son visage. Il semblait sur le point de dire quelque chose d'important quand ils furent interrompus par l'arrivée de Dane. Terra fut prise d'une envie de frapper son beau visage avec un fruit ou un légume.

— Bien joué, Riv, ricana Dane. Je n'ai jamais vu personne mourir d'autant de façons différentes aussi rapidement. Tu mériterais de te présenter à *Alféa a un incroyable talent.*

Riven secoua la tête, essayant d'ignorer le nouveau venu. Terra trouvait aussi que c'était la bonne attitude à adopter !

Dane pouffa de rire et s'en alla, mais le mal était fait. Les épaules de Riven s'étaient affaissées. Il ne souriait plus.

— Euh... C'était quoi ça ? demanda-t-elle.

Elle pensait qu'ils étaient amis. En même temps, elle n'était pas bon juge : elle avait pris Dane pour un mec gentil, au début.

— Ça, c'était une vacherie balancée par le monstre de première année que j'ai engendré. Ou que Beatrix a créé. Il a toujours un crush pour elle. Une sorte de fixation gay chelou ?

Gay ? Qu'est-ce qu'il raconte ? se dit Terra. Elle avait cru que la story Insta était juste de la débauche de fée cool...

Oh non, Riven avait pensé qu'il *plaisait* à Dane ? Pas étonnant qu'il se soit intéressé à lui. Riven adorait qu'on l'aime. Et, comme il se montrait odieux en permanence, ça n'arrivait pas souvent.

Il pensait que Dane l'aimait bien et, bien sûr, que sa petite amie l'aimait bien aussi. Et il s'était trompé dans les deux cas. Oh, Riven.

— D'ailleurs, est-ce qu'il est vraiment gay ? Je ne sais plus rien.

Riven poussa un soupir de défaite, puis regarda les environs d'un air épuisé, comme s'il se demandait où il était. Il se leva lentement et s'en alla d'un pas traînant.

Il aurait fallu être dingue pour se précipiter derrière le pire salaud d'Alféa, pour lui tendre une couverture et la brosse à cheveux dont il avait tant besoin.

Terra se contenta donc de le regarder s'éloigner. Sans la moindre raison valable, elle sentit son cœur se fendiller.

ESPRIT

La chambre de Musa et Terra était paisible. Autant que possible, du moins.

— Selon toi, je suis sur mon lit à écouter du grunge des années 90 en faisant distraitement mes devoirs tout en envoyant des sextos à ton frère, c'est ça ? demanda Musa en cachant son téléphone.

Terra réfléchit à la question, puis décida visiblement qu'elle ne voulait pas y penser et attrapa un nouveau pot.

— Encore quelques plantes et ça aura l'air moins fantomatique ici, annonça-t-elle d'un ton résolument enjoué.

— Un exorcisme par les plantes pour combler le vide laissé par Stella ?

— Une pièce dépouillée, ça m'angoisse ! Ça fait une semaine. On doit accepter qu'elle ne reviendra pas. On aura beau se demander comment elle va, lui envoyer des SMS, l'appeler ou regarder son Insta. Consulter Snap, Tumblr et Pinterest…

La tristesse émanait de Terra par vagues. Pas étonnant que Dane se soit révélé être un salaud. En réalité, Terra avait un faible pour les crapules.

— Attends… Stella te manque ?

— Non ! Elle était méchante et blessante et, en plus, elle est partie sans dire au revoir. Ça, c'est le pire…

— Tu veux que je t'insulte ? Ça te remonterait le moral ?

— Quoi ? Non !

Après une légère hésitation, Terra se ravisa :

— Peut-être juste… ma tenue ?

À ce moment, un bruit de chute leur parvint de la chambre de Stella. Terra courut pour remédier à la situation : elle avait dû placer la dix-huitième plante en équilibre précaire.

Par la porte ouverte, Musa entendait Aisha tenter d'avoir une conversation à cœur ouvert avec Bloom. Il y avait tant de psychodrames dans cet appart ! À son grand étonnement, Musa réalisa qu'en fait elle était contente de partager sa chambre avec Terra. C'était la meilleure.

Et, pour ne rien gâcher, elle avait un frère super craquant.

— Bloom, insistait Aisha. Tu sais que je suis là si tu veux parler, hein ? Je sais qu'après tout ce qui s'est passé… tu as l'impression de ne pas pouvoir faire confiance à Dowling, mais je ne… Tu peux me raconter tout ce que tu veux. Ça restera entre nous.

Ou pas, pensa Musa. Elle aurait bien aimé que Terra ait refermé la porte.

— Je le sais. Mais je n'ai rien à dire. Je veux me concentrer sur les entraînements cette semaine. J'ai passé trop de temps à m'intéresser à autre chose que les cours et…

La sonnerie d'un téléphone coupa court aux excuses pitoyables de Bloom.

— Je dois décrocher.

Bloom quitta l'appartement.

Dès que le battant se referma derrière elle, Aisha bondit hors de sa chambre et débarqua dans celle de Musa et Terra.

— Il faut qu'on parle de Bloom ! Elle a été obsédée pendant des semaines par ses parents biologiques et Rosalind et, maintenant, on est censées croire qu'elle a… tourné la page d'un coup ?

Terra hocha la tête, admettant que ce scénario était peu crédible, et posa ses plantes en signe de reddition.

— Elle a raconté quoi que ce soit sur ce qui s'est passé ce jour-là avec Beatrix ?

— Rien, répondit Aisha.

Elles se tournèrent vers Musa d'un air dubitatif.

— Vous me prenez la tête en disant que je n'ai pas à discuter de vos sentiments et vous vous imaginiez que j'allais vous révéler spontanément que Bloom allait mal ?

Ça ne concernait que Bloom. Aisha et Terra échangèrent un regard, comme pour dire : *elle n'a pas tort.*

— Je sais qu'elle nous cache quelque chose, mais je ne sais pas quoi, reprit Aisha. Pourquoi elle échange des textos avec Dane ?

— Elle envoie des textos à Dane ? s'étonna Terra.

Musa fut frappée par une vague d'émotions en provenance de Terra. Peur. Trahison. Désir. Quelque chose à propos de fruits et de légumes projetés.

— Il n'y a pas de quoi faire tout un fromage pour des SMS, commenta Musa.

Ses deux colocs la considérèrent d'un air interloqué. Elle soutint leur regard, haussant intérieurement les épaules. *Ah, les gens.* Elle ne pouvait pas échapper à leurs émotions et ne pouvait pas les empêcher de râler quand elle les lisait. *Je perds à tous les coups.*

Terra finit par réagir.

— Je l'ai vu aujourd'hui et, d'après Riven, il est toujours pour la team Beatrix.

Musa n'avait pas besoin d'analyser ce que les autres ressentaient pour savoir qu'elles trouvaient cette information inquiétante.

FEU

Mon cœur battait à deux cents à l'heure quand j'ai rejeté l'appel de mes parents et que je suis partie en direction de l'aile est, où Beatrix était retenue prisonnière. Je ne me sentais pas capable de leur parler alors qu'ils n'étaient au courant de rien et que moi-même je ne savais pas grand-chose. Je pourrais à nouveau parler à ma mère quand je saurais enfin qui j'étais vraiment.

Dane montait la garde, comme promis. Un autre Spécialiste était à côté de lui, endormi sur une chaise.

— T'en fais pas, il est K.-O.

Il a brandi un petit sachet de poudre. J'ai eu peur que ce soit une drogue dure ou du poison.

Dane a soupiré.

— T'inquiète, c'est juste un sédatif léger. Il se réveillera dans une heure. Elle t'attend.

Je me suis approchée des barreaux de la cellule. Beatrix était roulée en boule dans un coin. Elle a levé la tête en m'entendant et m'a souri. Cela m'a semblé sincère, mais cette fille avait quelque chose d'une tigresse.

— Eh bien, tu as pris ton temps, a-t-elle ronronné en se remettant debout, tandis que je me rapprochais.

Je n'avais pas l'énergie nécessaire pour riposter à ses remarques cinglantes.

— Tu as tué Callum ? ai-je demandé d'un ton pressant.

— Oh, tu vas droit au but. Ça me plaît.

— Alors, tu l'as tué ?

— Réponse courte : oui.

Waouh. Son honnêteté m'a bluffée.

— Tu peux me donner la version longue ?

— Et si je te livrais la moyenne ? a proposé Beatrix. Callum n'était pas juste un assistant lèche-cul. Il voulait la même chose que moi.

— Il était là pour libérer Rosalind ?

— C'est un peu plus compliqué que *La méchante Beatrix tue un pauvre assistant malchanceux.* C'est ce que racontent les profs, non ? Je les comprends. Pourquoi s'embêter avec des nuances ?

Il m'a fallu un moment pour digérer l'information. Puis j'ai cité les noms de ceux que Beatrix désignait comme « les profs ».

— Dowling, Harvey, Silva... Ils m'ont caché la vérité sur beaucoup de choses. Mais ce n'est pas parce qu'ils m'ont menti que ce que tu dis est vrai.

La voix de Beatrix s'est tendue.

— Tu ne crois toujours pas qu'ils ont mis feu à Aster Dell ?

— S'ils l'ont fait... s'ils *ont tué mes parents biologiques...*

Je ne savais pas ce que je ferais.

— Il faut que je sache ce qui s'est réellement passé ce jour-là, ai-je repris.

Beatrix a presque chantonné :

— Je connais quelqu'un qui peut te le raconter.

Elle n'avait pas besoin de préciser son nom. Rosalind.

— Où est-ce qu'elle est enfermée ?

— Je peux te montrer où est Rosalind, comment l'atteindre. Tout ça et bien d'autres choses peuvent être à toi.

— Qu'est-ce que tu veux ?

Beatrix a indiqué les menottes magiques que Miss Dowling appelait des limiteurs runiques.

— Ces magnifiques accessoires que Dowling m'a filés font un mal de chien. Quand tu sortiras, Dane te donnera un truc pour m'en débarrasser. C'est une sorte de batterie pour fées. Tu pourras la charger avec ta magie, dans le Cercle de Pierres…

— Tu veux que je te libère ?

Son audace me laissait sans voix. Elle venait d'admettre qu'elle avait tué quelqu'un !

Mais Beatrix ne me forçait pas. Elle se contentait d'agiter une carotte sous mon nez.

— Tu ne me fais pas confiance. T'as raison. Tu ne devrais pas faire confiance aux profs. Ni à tes amies. La seule personne en qui tu dois avoir confiance, c'est Rosalind. Et, si tu veux la rencontrer, tu n'as pas d'autre option.

J'ai quitté sa cellule sans un mot de plus. J'avais du mal à prendre une décision. J'étais encore en train de me torturer quand Dane s'est approché et m'a remis un manuel. Dane était un sacré numéro, mais ce n'était pas un tueur. Du moins, pas que je sache.

J'ai commencé :

— Je sais que Beatrix est ton amie, mais…

— Pourquoi je l'aide ? C'est simple. C'est la seule personne ici qui m'a fait comprendre que c'était une bonne chose d'être différent. À Alféa, on ne donne pas leur chance aux outsiders.

Il s'est arrêté avant de me demander :

— C'est pas pour ça que tu es ici ?

ESPRIT

Musa était dans la zone d'entraînement du Bastion et testait l'équilibre d'un bâton. Elle se demandait si manipuler une arme lui permettrait de se changer les idées.

— Ça te plaît, de jouer avec ce gros bâton ? lui demanda Riven.

Musa fit tourner le bois, l'arrêtant à quelques centimètres de sa tête. Elle resta ainsi quelques instants tandis qu'un sourire qui se voulait charmeur apparaissait sur le visage de Riven.

— Je prends ça pour un oui.

Oh, ce type. Il avait l'air mal en point. Et sa tête encore plus.

— Je crois que je viens de vomir, rétorqua Musa.

C'était la bonne attitude à adopter avec Riven. Une lueur apparut dans ses yeux. Non, pas vraiment une lueur, juste une étincelle. Qui déclencha aussi quelque chose en Musa.

— Je t'ai vue dans les rondes de soutien avec la directrice, pendant l'entraînement. Je ne m'attendais pas à ce qu'une fée de l'Esprit manipule si bien les armes.

Alors que le sang battait encore dans ses tempes, Musa admit :

— J'étais danseuse, avant. L'exercice physique me manque. Utiliser mon corps…

Elle se maudit d'avoir tendu la perche à Riven, mais il ne la saisit pas. Apparemment, il ne flirtait que s'il risquait de se faire tabasser.

— Dommage. Tu es une fée. Ils se fichent pas mal de ce que tu veux être dans cette école. Tout ce qui compte, c'est ce qu'ils veulent que tu sois.

Les yeux de Musa se rétrécirent tandis que sa magie grandissait en elle. Elle perçut du désespoir, un désir, une envie d'être… ailleurs qu'ici.

Avec quelqu'un d'autre.

— Tu détestes vraiment Alféa, hein ?

Le visage de Riven fut déformé par le dégoût et l'horreur. Il poussa un juron et partit furieux en mettant Sam en garde contre Musa.

Sam s'approcha. Et tout à coup Musa pensa à un autre moyen de libérer toute cette énergie refoulée.

— Tu veux qu'on aille à la chambre ? proposa-t-elle.

Elle se jeta pratiquement sur lui quand ils passèrent la porte.

— Waouh, c'est excitant, commenta son petit ami, le souffle court, la bouche collée contre la sienne. *Tu* es excitante.

— C'est encore plus excitant sans commentaire.

Elle l'embrassa plus fort, essayant d'arrêter le flot de mots et d'émotions, mais elle sentit les lèvres de Sam s'agiter pour formuler une protestation.

— Bon. Très bien. C'est juste… Je ne veux pas dire que tu es agressive, mais…

— Sam, murmura Musa. J'ai promis d'aller retrouver Terra et Aisha, donc, on va juste…

Prendre un moment. Pour nous. Elle voulait se perdre dans les baisers, mais il s'écarta.

— J'en reviens pas de faire ça, mais c'est pas parce que je ne suis pas empathe que je n'ai pas d'empathie. Qu'est-ce que tu as ?

Elle étudia son adorable visage tracassé. Elle n'avait pas l'habitude de se confier.

— L'entraînement me saoule, c'est tout. J'en ai marre d'être sur la touche sans pouvoir *rien* faire.

Sam déclara d'un ton apaisant :

— Musa ! Les fées de l'Esprit sont parmi les plus puissantes…

— Mon cul, oui ! On ne sert à rien quand les choses tournent mal.

Elle savait de quoi elle parlait, il suffisait de penser aux moments où les choses avaient plus que mal tourné. Mais sa réaction avait été trop véhémente. Sam l'examina de plus près.

— C'est pas juste à cause de l'entraînement. Il s'est passé un truc ?

— Non, enfin oui, mais c'était il y a longtemps. Une histoire de famille. Et cet entraînement est juste…

Elle laissa tomber.

— C'est pas grave. Je me sens un peu frustrée, c'est tout. Et, si j'étais toi, j'en profiterais tant que c'est possible.

Sam était tellement gentil qu'il avait envie d'aller au bout de cette histoire, mais il la laissa s'en tirer pour le moment.

— Comme tu veux. Viens, ma frustrée.

Sage décision, Sam. Il lui sourit et elle le poussa sur le lit. Elle enleva son tee-shirt et son petit ami eut une expression admirative.

Alors qu'elle grimpait sur lui, une plante en pot tomba de la commode et se brisa. Sam laissa échapper un petit cri de surprise. La magie de Musa s'activa par réflexe et elle perçut une vague de gêne qui émanait de son partenaire.

— S'il te plaît, ne me juge pas sur ma peur des fantômes, elle est très masculine et parfaitement légitime. Objectivement, ces trucs sont flippants et…

Musa lui sourit et lui colla un baiser rapide.

— Ça casse l'ambiance. Je ferais mieux de me rhabiller et d'aller retrouver les autres.

Il lui donna un baiser à son tour et elle l'accompagna hors de la chambre.

Quand elle entendit la porte de l'appartement se refermer derrière Sam, elle se retourna et examina la pièce vide. Elle inspecta les moindres recoins avec soin, puis invoqua sa magie et se laissa retomber sur le lit. Elle savait ce qu'elle avait senti.

Qui elle avait senti.

— Tu vas te montrer, maintenant ? demanda doucement Musa.

Il y eut un long silence. Puis l'espace vide devant Musa scintilla, révélant la présence de Stella.

— Pas mal, ton nouveau tour de magie, déclara Musa aussi calmement qu'elle le pouvait.

— Merci, répondit Stella en s'efforçant de paraître indifférente. Je me suis beaucoup exercée.

— Tu te caches ici depuis combien de temps ?

— Quelques jours ?

Elle n'en avait pas l'air certaine. Elle n'était pas maquillée, portait des vêtements amples et avait les cheveux attachés en chignon.

Musa ne l'avait jamais vue paraître aussi vulnérable.

— Tu veux en parler ?

La princesse ne répondit pas. Elle avait l'air presque effrayée, se dit Musa.

Quand elle la sonda à l'aide de son pouvoir, elle réalisa que Stella était en réalité terrifiée.

FEU

Des rayons de lumière perçaient la brume matinale, conférant au Cercle de Pierres une atmosphère encore plus magique que d'habitude. Je regardais autour de moi avec inquiétude, en serrant le manuel que Dane m'avait donné.

Une fois que j'ai été certaine que la voie était libre, j'ai ouvert le livre et j'ai sorti un disque de métal. Il était couvert de motifs complexes et de runes dont je ne pouvais même pas deviner le sens.

J'ai fait appel à ma magie et le métal forgé aux bords du disque s'est mis à briller d'un rouge aussi vif que la braise. J'avais l'impression que mon pouvoir était une étincelle qui allumait un fusible. Alors que je réduisais peu à peu ma magie, la lueur restait aussi vive. J'avais relié le disque à une source de pouvoir et il tirait désormais sa magie du cercle de pierres.

Le feu s'est mis à tracer lentement son chemin sur le métal. Je suivais le délicat dessin, hypnotisée, jusqu'à ce qu'un son me fasse sortir de mon engourdissement.

C'était la voix de Sky qui retentissait dans l'air du matin.

— C'est le rendez-vous des bosseurs, ici ?

J'ai glissé à la hâte le disque derrière mon sac à dos et je me suis retournée vers lui.

Il a posé les yeux sur le manuel.

— Il y a trop de bruit à l'appart, ai-je prétendu, aussi désinvolte que possible.

Je ne savais pas s'il me croyait.

— C'est quoi, ce truc ?

J'ai écarquillé les yeux pour feindre la surprise.

— Ça s'appelle un livre ? Ça m'inquiète un peu que tu n'en aies jamais vu…

Le visage de Sky s'est déformé comme s'il avait atteint un point de rupture.

— Pas de comédie entre nous, Bloom, a-t-il explosé. J'ai pas envie qu'on se mente, qu'on se fasse des entourloupes.

— Je ne te raconte pas de bobards.

Sky était clairement en proie à un débat intérieur et cherchait comment exprimer ce qu'il avait sur le cœur. Comme si tous les mots lui étaient interdits, enfreignaient un ordre direct.

— Silva m'a chargé de… te surveiller. Je lui ai dit qu'il était cinglé ! Que tu ne mijotais rien de bizarre. Que tu avais juste les boules et…

— Tu *m'as espionnée* ?!

Même s'il venait de l'avouer, il a eu l'air stupéfait de m'entendre le répéter. Comme s'il était tellement sûr d'être droit dans ses bottes qu'il ne pouvait pas avoir fait une chose pareille.

Quelle idiote !

— J'aurais dû m'y attendre. Et toi, tu fais bêtement ce qu'on te demande…

— Il m'a donné un ordre, s'est-il justifié, impuissant.

— Qu'il aurait pu donner à n'importe qui ! Mais c'est toi qu'il a choisi. Il s'est servi de notre amitié. Mais c'est moi la méchante, hein ?

Pour toute réponse, Sky a attrapé mon sac et a ramassé le disque, soulignant que je n'avais pas non plus été complètement honnête.

— Qu'est-ce qui se passe, Bloom ? m'a-t-il demandé d'un ton autoritaire.

J'ai hésité longtemps, rongée par la culpabilité. Sky en a profité pour se ressaisir.

— J'essaie d'être de ton côté, tu vois, mais tu ne me facilites pas la tâche. Dis-moi, a-t-il insisté avec douceur mais fermeté. Tu peux me faire confiance.

Il venait de me prouver le contraire. Ou pas ? Au moins, il m'avait avoué qu'il était chargé de me tenir à l'œil. Je devais peut-être lui confier quelque chose à mon tour.

J'ai pris une grande inspiration et j'ai commencé à lui expliquer la vérité sur Aster Dell.

LUMIÈRE

Stella n'avait pas cherché à se lier avec ses colocataires. C'étaient des première année et elle avait prévu depuis le début que Terra finirait par raconter ce qui s'était passé avec Ricki, qu'elle serait jugée pour ce qu'on croyait qu'elle avait fait. Et détestée, logiquement.

Elle les avait donc jugées et rejetées en premier. Elle avait détesté Terra d'avoir raconté sa version des faits et aussi d'avoir un goût si épouvantable en matière de chemisiers. Bloom parce qu'elle était peut-être la petite amie idéale de Sky. Aisha parce qu'elle tentait en permanence d'arranger les choses au mieux. Et Musa à cause de son horrible pouvoir qui lui permettait de sonder l'âme de Stella.

Elle avait craint la magie de Musa. Mais, maintenant, elle trouvait ce pouvoir presque libérateur. Stella avait été forcée de se rendre invisible. Elle en avait assez de sauver les apparences.

Musa connaissait déjà les sentiments les plus intimes des gens. Stella pourrait tout déballer, mettre son cœur à nu et ça n'aurait aucune importance.

— Je me suis enfuie il y a quelques jours. Ma mère a dû lancer toute l'armée à ma recherche. Sans que ça se sache, bien sûr.

— Et elle ne te cherchera pas ici ? demanda Musa, dubitative.

— Pas au début. Pour ça, il faudrait qu'elle admette avoir perdu le contrôle. Ça ne risque pas d'arriver.

Les yeux de Musa brillèrent et Stella savait qu'elle testait son niveau de certitude. Qu'elle sentait à quel point exactement la princesse était intimidée par sa mère, qu'elle percevait aussi que son envie d'être aimée par la reine et de lui plaire était obscurcie par la peur.

Stella était ravie. Elle voulait que Musa la voie en toute transparence. Elle avait l'impression d'être restée invisible trop longtemps.

— Faire montre de force et de puissance. Ne jamais avouer ses faiblesses. C'est tout ce qui l'intéresse, expliqua la princesse d'une voix qui trahissait ses émotions. Et je suis une extension de sa force. Ma magie doit être puissante quel qu'en soit le prix. C'est ce qu'elle m'a enseigné. C'est elle qui me formait quand j'étais petite. Quand les émotions positives ne fonctionnaient pas, elle passait directement aux négatives. Violemment. Si mes pouvoirs sont imprévisibles aujourd'hui, c'est sa faute.

Stella se prépara pour la révélation la plus importante. C'était facile de se confier à Musa parce qu'elle *savait* que son interlocutrice était sincère. Personne d'autre n'aurait cru que Stella regrettait à ce point ce qui s'était passé.

— Ricki était ma meilleure amie. Je ne voulais pas lui faire de mal, chuchota-t-elle, espérant que Musa sentirait la sincérité et le regret aussi fort que la douleur qui la transperçait.

— Mais j'ai perdu le contrôle et c'était mieux… pour ma mère… que tout le monde croie que je l'avais fait exprès. Parce qu'au moins, en étant une hystérique ou un monstre, je ne me montre pas faible.

— C'est vachement tordu, Stel, commenta Musa avec douceur.

Stella était tellement lasse qu'elle n'avait même pas la force d'avoir honte.

— À qui le dis-tu ! Et, à la seconde où je suis rentrée chez moi, ça a recommencé. Alors je suis revenue ici. Pour réfléchir à ce que je vais faire. S'il te plaît, ne le dis à personne.

Sa mère l'avait élevée pour qu'elle soit fière, royale, et la voilà qui suppliait. Elle attendait, les muscles tendus, que Musa se moque d'elle pour être tombée si bas. Stella était seule. Elle l'avait toujours été, en réalité.

Le violet avait disparu des yeux de sa colocataire, qui la considérait avec une expression douce et compatissante.

— Tu n'as pas à te cacher. Les autres filles de l'appart seront d'accord pour que tu restes ici.

Pendant un moment, Stella parvint presque à la croire. Comme si sa mère s'était trompée et qu'après tout elle avait des amies.

TERRE

Dane vida une grande bouteille d'eau alors qu'il terminait son déjeuner, puis jeta un coup d'œil autour de lui d'une manière que Terra trouva suspecte. Il s'écarta de la foule dans la cour pour se réfugier dans une zone calme vers le fond, où il ne serait pas observé. Terra le suivit discrètement juste à temps pour le voir sortir un joint et l'allumer.

Elle se sentit obligée d'intervenir.

— En plein milieu de la cour ? La classe.

Elle se rapprocha. Dane tira une nouvelle bouffée.

— Ouais. T'en veux ?

Il lui souffla la fumée au visage. Terra agita la main pour écarter le nuage toxique.

— C'est quoi ton *problème* ?

— Oh, je compte à nouveau pour toi ? demanda amèrement Dane.

Elle ne s'attendait pas du tout à ce genre de commentaire. Elle n'aurait jamais imaginé qu'elle lui manquerait. Elle sentit sa détermination vaciller.

— Tu as toujours compté pour moi.

— Ah bon ? Parce que mon impression, c'est plutôt que j'ai fait une connerie et que tu as coupé les ponts.

— Y en a plus que pour Beatrix maintenant, c'est ça ?

— En tout cas, elle ne m'a jamais fait me sentir comme une merde.

— Non, elle a juste *tué* quelqu'un, Dane.

Et, s'il s'était moqué d'elle sur internet comme il s'était moqué de Terra, elle l'aurait peut-être tué aussi. En cet instant, Terra trouvait qu'il ne l'aurait pas volé. Pourquoi est-ce qu'il s'imaginait que son amour-propre blessé était plus important que la vie d'un innocent ?

Dane leva les yeux au ciel et Terra sentit s'envoler la dernière once de compassion qu'elle éprouvait encore pour lui.

— C'est bon, je me casse, annonça le Spécialiste.

Il fit mine de se lever. Mais il n'y arriva pas. Il baissa les yeux et vit une plante grimpante s'enrouler autour de ses jambes, l'attachant à sa chaise.

— Non, tu ne vas nulle part.

Il rit, s'en fichant complètement. Il tira encore sur son joint pour défier Terra, mais un petit jet d'eau l'éteignit.

Aisha les rejoignit.

— Tu fais quoi avec Bloom ?

Dane les observa tour à tour avec une expression qu'il s'efforçait de maintenir neutre.

Terra perdit patience et lui ordonna :

— Dis-le-nous. Sinon…

— Quoi ? Vous ne me ferez pas de mal.

Terra répliqua sans trop se mouiller :

— Ça dépend de ta définition de la souffrance. Ce ne sera peut-être pas une douleur physique, non. Mais je n'exclus pas de te ligoter à cette chaise le temps qu'il faudra pour que tu nous expliques. Et…

Elle indiqua la grande bouteille d'eau.

— Tu as pas mal bu, on dirait. J'espère que tu es capable de te retenir. Sinon, ce ne sera pas beau à voir.

Le jeune homme sembla enfin se rendre compte qu'il était piégé. Terra croisa les bras et attendit.

Dane se sentait peut-être blessé qu'elle ait cessé d'être son amie, mais il ne s'était pas gêné pour dire du mal d'elle pour amuser Riven et Beatrix. Et il n'avait pas fait beaucoup d'efforts pour se faire pardonner. Il n'avait même pas essayé ! Il devait considérer qu'elle n'en valait pas la peine.

Terra voulait aider Bloom, c'était la vérité. Mais elle aurait menti si elle avait affirmé que ça ne lui faisait pas plaisir de se venger au passage.

FEU

Une fois mon récit terminé, le silence s'est installé dans le Cercle de Pierres.

— J'ai vécu à Alféa toute ma vie, a fini par déclarer Sky d'une voix blanche. Silva m'a élevé.

Je comprenais qu'il ait du mal à croire mon récit, mais il devait connaître la vérité.

— J'ai vu Aster Dell de mes propres yeux, ai-je insisté.

Mais il se focalisait visiblement toujours sur Silva. Si ça avait été mon père, j'aurais ressenti la même chose.

— Il n'aurait jamais participé au massacre de tout un village !

— Même pour tuer des Brûlés ? S'il pensait que ça permettrait de sauver beaucoup de vies plus tard ?

Sky a ouvert sa bouche, puis l'a refermée.

Oui, c'était mon avis aussi.

— Je ne pense pas qu'ils sont fondamentalement *mauvais*, Sky. Je pense juste qu'ils sont… compliqués. Et convaincus de protéger ce royaume. Mais ils se protègent aussi eux-mêmes. Quelle que soit la vérité, quoi qui se soit passé ce jour-là, ils ne me l'avoueront pas.

Il s'est rapproché de moi en entendant le désespoir dans ma voix. Peut-être qu'il devinait à quoi ce sentiment me mènerait.

— Je sais à quel point c'est difficile de ne pas connaître ses parents, Bloom, mais…

— Ah oui, tu le sais ? Au moins, toi, tu as été élevé par des gens qui connaissaient les tiens. On t'a raconté des histoires sur eux. Tu as vu des photos.

J'ai contemplé les collines verdoyantes au-delà du Cercle de Pierres en essayant de ne pas pleurer. Le paysage vide s'est brouillé. Le vent s'est levé et je me suis mise à frissonner.

— Tu as froid ? s'est inquiété Sky aussitôt. Tu veux… ?

J'ai sorti ma bouteille d'eau et, en me retournant, je l'ai vu retirer sa veste. Il me l'a tendue.

— C'est gentil, mais… je te rappelle que je suis une fée du Feu.

Six brasiers se sont allumés autour de nous. Ils nous ont réchauffés, comme un cercle d'étoiles enchâssé dans le Cercle de Pierres. Sky a regardé autour de lui et la danse des flammes a illuminé ses pupilles.

— C'est vrai, a-t-il répondu avec un petit rire sans joie. Tu n'as jamais besoin de personne.

Je lui ai proposé de l'eau. Pendant qu'il buvait, j'ai essayé de prendre sa remarque à la légère.

— Ça fait partie de mon charme.

Sky m'a jeté un regard qui laissait entendre qu'il n'était pas convaincu.

— Il est relou, ton charme.

— Parce que tu adores régler les problèmes. Et moi, je n'ai pas besoin d'être rafistolée.

Sky s'est légèrement détourné. Je me suis demandé si j'avais été plus dure que je ne le pensais, quand il s'est enfin mis à parler. J'ai compris qu'il avait juste du mal à faire sortir les mots.

— Si tu savais combien d'histoires j'ai entendues sur le grand Andreas. Comme s'il était toujours en vie. Sauf qu'il ne l'est pas. C'est un idéal. Un vide. Un fantôme impossible. Tu n'imagines pas comme c'est difficile de se montrer à sa hauteur. Même Silva… c'est comme s'il tenait son rôle par sens du devoir. Tout ce que je voudrais vraiment, c'est un père.

Je me suis approchée de lui et j'ai posé la main sur son bras.

— Sky…

— Je suis un protecteur parce que c'est ce qu'on attend de moi. Parce que, quand j'aide les autres, je n'ai pas à penser à *mes* problèmes.

Il s'est tourné vers moi. C'était comme si je le voyais pour la première fois, son masque de Spécialiste qui accomplit son devoir était tombé.

— On est tous brisés, Bloom. On a tous besoin d'être réparés. Protégés. Ça a du charme aussi.

Son visage était très proche du mien et je me suis encore une fois sentie attirée vers lui comme par un aimant. Cette fois, je n'ai pas résisté. C'était plus fort que moi.

Nos lèvres se sont rencontrées et j'ai enfin compris pourquoi j'avais toujours cette attirance. Nous nous assemblions parfaitement, comme deux morceaux cassés qui forment un tout.

Puis, dans l'obscurité derrière mes yeux, j'ai vu une lueur briller alors que la magie éclairait le disque que Dane m'avait donné.

Nous nous sommes écartés et nous nous sommes tournés vers la lumière. J'ai hésité, puis j'ai tendu le bras vers le disque. Sky m'a arrêtée en posant la main sur la mienne.

— Tu ne m'as pas dit à quoi ça sert. Tu ne me fais toujours pas confiance ?

J'ai regardé nos mains qui se touchaient et ce simple contact m'a rempli de tristesse.

— Si. Mais je sais aussi que, si je te l'explique, tu voudras m'arrêter.

Sky semblait prêt à discuter quand ce que j'attendais s'est produit. Il a titubé, son regard est devenu flou et il a tenté de se rattraper au banc en tombant sur le sol. C'était déchirant de le voir perdre sa grâce de soldat alors que son corps le trahissait.

Parce que je l'avais trahi.

— Qu'est-ce qui se passe… ? a-t-il balbutié.

En réalité, il le savait déjà. Il ne voulait simplement pas y croire. Il voulait me faire confiance.

J'ai replacé le disque dans mon sac, à côté du sachet de poudre que Dane m'avait donné. Les paupières de Sky se fermaient déjà. Il allait dormir pendant un petit moment.

— Dane m'a assuré que ça ne durerait pas longtemps, ai-je promis à son corps inconscient. Je suis désolée.

J'ai fait disparaître les flammes dansantes qui nous entouraient. J'avais conscience que le feu entre nous était déjà éteint lui aussi.

SPÉCIALISTE

Silva avait envoyé un texto de groupe aux Spécialistes pour leur ordonner d'enfiler leur uniforme complet. Riven n'avait aucune idée de ce que le directeur leur voulait, mais il enfila son armure en ronchonnant. Probablement encore un exercice.

Peut-être qu'il se sentirait mieux s'il cognait quelqu'un. Peut-être qu'il pourrait décapiter Dane dans un malheureux accident d'entraînement. Il sortit de sa chambre en attachant son épée à sa ceinture et en secouant la tête. Il devait se ressaisir.

Juste à ce moment-là, Terra débarqua dans le couloir des Spécialistes et fonça sur lui.

Elle l'attrapa par le bras.

— Hé ! J'ai besoin d'aide.

Riven saisit son épée.

— De quoi as-tu besoin ?

Terra avait des morceaux de feuilles dans les cheveux et un regard allumé.

— Bloom s'apprête à faire un truc complètement dingue, il faut que je trouve Sky.

— Il faut que tu trouves Sky. Pour qu'il t'aide.

— Oui, évidemment !

— Tu lui as déjà parlé ?

— Plein de fois. De toute façon, tout le monde sait que c'est un type formidable et je pense qu'il aime beaucoup Bloom. J'espère que Stella ne…

— La rendra pas aveugle, murmura Riven. Ça m'inquiète aussi.

— Le risque qu'elle devienne aveugle est très préoccupant ! concéda Terra. Mais ce n'est pas la question en ce moment. Le problème, c'est que Dane est un mec sournois. Tu as remarqué ?

— Ça ne m'a pas échappé, en effet.

Ça ne l'avait pas dérangé. C'était un point commun avec lui.

Terra pointa un doigt accusateur dans sa direction.

— Ça ne t'a pas empêché de l'embrasser !

— Et toi tu en *rêvais*, rétorqua Riven.

— Ce n'est pas la question pour l'instant ! Dane préparait un truc pas net, alors je l'ai attaché à une chaise avec des plantes grimpantes et menacé de le laisser assis là pour toujours…

— Une seconde… tu as fait quoi ? demanda-t-il, scandalisé. Terra, il ne t'est jamais venu à l'esprit que tu as un problème de gestion des plantes grimpantes ?

Elle balaya cette accusation d'un geste de la main.

— Enfin, pas pour toujours, j'ai refusé de le laisser aller aux toilettes. Il fallait bien que je lui soutire des informations, tu comprends ça, tout de même ?!

Riven lâcha un juron.

— Est-ce que tu as agité tes plantes d'un air menaçant en disant *Nous avons les moyens de vous faire parler* ?

— Non, Riven. Ne dis pas n'importe quoi. Pourquoi je ferais ça ?

Elle secoua la tête et plaça un objet sous son nez.

Riven dut loucher pour voir de quoi il s'agissait.

— C'est le téléphone portable de Dane ?

— Oui. Concentre-toi un peu.

— Je voulais être clair. Tu dévalises les gens maintenant ?

Terra était vraiment en train de s'épanouir. Elle se transformait en délinquante obsédée par les fleurs.

— Bloom et Dane préparent l'évasion de ton ex tarée et meurtrière, annonça Terra. Dane a donné à Bloom une sorte de clé magique.

Ils préparent quoi ?! Dane lui a donné quoi ?!

— Techniquement, on n'a pas rompu, souligna Riven.

— Un meurtre entraîne une rupture.

Il acquiesça.

— Oui, c'est juste.

— Bref, j'ai absolument besoin d'aide et il faut que je trouve Sky ! Qui d'autre pourrait m'aider ?

— Certainement pas moi, ironisa Riven.

— Personne ne te demanderait jamais de l'aide, concéda distraitement Terra. Sky peut faire entendre raison à Bloom ! Tu as une idée d'où il se trouve ?

— Pour être honnête, je pensais qu'il était parti voir Bloom.

— Oh non !

Les yeux de Terra s'élargirent comme des soucoupes.

— Et si Bloom l'avait déjà éliminé ?

Quoi, Terra soupçonnait un nouveau meurtre ? Une personne rendue aveugle. Un meurtre. Un kidnapping et du bondage avec des plantes… Plus personne ne se contentait d'être un simple petit délinquant comme Riven ?

— Je ne pense pas que Bloom tuerait Sky, décida-t-il. Elle a un beaucoup trop gros crush sur lui pour le dégommer.

Terra frappa Riven sur le biceps. Elle avait un fameux coup de poing.

— Bloom est mon amie ! Elle ne tuerait jamais personne.

— Tu viens de dire qu'elle allait faire évader une criminelle !

— Ce n'est pas du tout la même chose, protesta sévèrement Terra. Je suis sûre qu'elle a juste attaché Sky et qu'elle l'a caché quelque part en lieu sûr. C'est bon, je m'occupe de Bloom. Tu devrais partir à la recherche de Sky.

— C'est tout ce que tu veux que je fasse ?

— Euh… tu pourrais aussi détacher Dane ?

Riven sentit que ses sourcils touchaient la racine de ses cheveux.

— Tu ne l'as pas déjà délivré ?

— Non. Il aurait pu se mettre en travers de ma route.

Elle tourna les talons et s'en alla au pas de course. Eh bien, quelle rencontre étrange ! Apparemment, Terra jouait les espions du royaume, maintenant.

Riven regarda Terra s'éloigner et murmura :

— Je ne pense pas que Dane oserait.

Il secoua la tête et se mit en route vers la cour, lorsque Silva passa devant lui. Sa mâchoire toujours crispée ressemblait à du granit, comme s'il était déçu par la terre entière.

— C'est bien que tu aies mis ton uniforme. Où est Sky ?

— Je suis content que plus personne ne s'embête avec des *Salut Riven*, marmonna-t-il. C'est bien d'aller droit au but.

Riven sentait qu'une mission militaire allait lui tomber dessus. Pourquoi est-ce qu'il n'était jamais tranquille ?

Le directeur aboya :

— Il y a au moins six Brûlés qui massacrent des gens de l'autre côté de la Barrière. L'équipe de Marco est déjà décimée. C'est notre boulot de les arrêter.

Riven le fixa, bouche bée. Il n'aimait pas enfoncer les portes grandes ouvertes, mais si toute une équipe de Spécialistes adultes formés avait été mise au tapis, les élèves en formation à Alféa allaient se faire massacrer. Il essaya de trouver une formule pour demander *Pourquoi j'aurais envie de me faire trucider ?* sans pour autant paraître insubordonné.

— Ne pose pas de questions, grogna Silva. Trouve Sky.

C'est bon, Riven avait compris. Tout le monde réclamait Sky. C'était à lui d'aller le chercher.

Comme les Brûlés allaient tous les tuer, il ferait mieux de se dépêcher et de détacher Dane avant qu'il ne soit trop tard.

FEU

Je me suis dirigée vers le portail et je me suis arrêtée en apercevant un garde que je ne connaissais pas.

Je me suis dépêchée d'envoyer un SMS : *J'ai la clé. Où es-tu ?*

La voix de Terra a répondu dans mon dos :

— Dane ne viendra pas.

Je me suis retournée. Je me suis retrouvée face à Terra et Aisha, la première avait le portable de Dane en main. Ma camarade de chambre tremblait presque de déception et de colère.

— Qu'est-ce que tu fous, Bloom ? Tu aides Beatrix à s'évader ?

Sous leurs regards furieux, toutes mes justifications me paraissaient boiteuses. Mais mes amies n'étaient pas des soldats. Elles m'avaient déjà aidée. Peut-être que, si elles connaissaient la vérité sur Aster Dell, elles m'aideraient encore.

— Dowling m'a menti. Tout le monde ment ici. Vous ne savez pas ce que je sais.

— On est au courant, m'a assuré Aisha. Dane nous a parlé d'Aster Dell.

— Mon père ne ferait jamais une chose pareille, Bloom, a tonné Terra. Beatrix est une menteuse. Et une meurtrière.

— Évidemment. Tu es sa fille, Terra. Et toi, Aisha, tu es l'assistante dévouée de Dowling. Je ne vous convaincrai jamais. Pas plus que Sky.

J'ai essayé de passer devant elles, mais Aisha m'a barré la route.

— Je ne suis pas l'assistante dévouée de Dowling. Je l'ai espionnée. Pendant des jours. Pour toi.

— Quoi ? s'est exclamée Terra, déconcertée.

— Peu importe, a répondu Aisha. L'essentiel, c'est que j'ai vu le mal qu'elle se donne – le mal qu'ils se donnent tous – pour assurer notre sécurité.

La directrice se donnait beaucoup de mal pour cacher la vérité, ça c'était sûr. Et je ne le lui pardonnerais jamais.

— Ils ont tous menti en m'assurant qu'une femme était morte depuis seize ans. Ils ont dissimulé des crimes de guerre. Je sais que vous avez envie de les croire, mais ils sont destructeurs. Probablement dangereux…

— Bloom, tu t'entends ?! m'a coupée durement Terra. On dirait que tu as complètement perdu les pédales.

La fureur m'a poussée à essayer de dépasser Aisha. Elle m'a bloquée comme si je jouais dans l'équipe adverse et qu'elle refusait de me laisser marquer.

Les mouvements du corps d'Aisha étaient sûrs, mais sa voix était tremblante et désespérée.

— On n'a raconté à personne ce que tu essaies de faire. Si tu nous donnes la clé, on ne dira rien. Mais si tu refuses… Je n'ai pas envie de te voir dans la cellule à côté de la sienne.

Je suis restée là, furieuse, je me sentais comme un animal traqué. Sauf que j'avais des ressources. Je sentais la magie bouillonner en moi, désireuse de sortir. La tentation d'utiliser mes pouvoirs pour leur échapper était terrible.

Aisha a fait un pas en arrière. Son visage n'exprimait aucune peur. Juste de l'inquiétude. Et de la tristesse.

— Bloom.

Elle n'a rien ajouté.

Son expression m'a sortie de mon état. J'ai perdu l'emprise sur ma magie et les regrets m'ont noué l'estomac.

Qu'est-ce que j'avais failli faire ?

Ça me tuait, mais j'ai pris mon sac et j'en ai sorti le disque. Ma dernière chance d'obtenir des réponses. Je le lui ai donné. Aisha l'a rangé.

— Je sais que ça doit être difficile, a-t-elle chuchoté.

— Non, tu n'en as pas la moindre idée.

Je l'aimais, je la détestais, j'espérais ne pas lui en vouloir éternellement.

ESPRIT

Stella était penchée sur le téléphone de Musa et lisait une avalanche de messages d'Aisha à propos de Dane.

— Je n'en reviens pas que tout le monde écoute Aisha comme si elle savait tout, déplora-t-elle d'un ton agacé. Tu n'imagines pas comme j'ai eu du mal à la fermer pendant que toute la coloc partait en vrille. Je ne peux quand même pas *tout* casser.

Musa haussa les sourcils.

— Ah, c'est à cause de toi que des objets n'arrêtent pas de tomber et de se casser…

— J'ai des opinions, se défendit Stella avec dignité. Et, si je ne peux pas les exprimer verbalement, je fais le poltergeist.

La porte s'ouvrit pour laisser entre Aisha et Terra. Dès que le battant se referma, Stella disparut.

Terra était déjà lancée.

— Je me demande ce qu'on peut faire d'autre…

— On peut mettre tout ça derrière nous et…

Aisha s'interrompit en apercevant Musa.

— T'étais où ? Tu n'as pas reçu mes textos ?

Musa ne savait pas si elle pouvait se résoudre à révéler les secrets de Stella.

— Si. Désolée. J'étais… occupée. Sam était là et…

Terra esquissa une moue de dégoût.

— Beurk, pas dans notre chambre, hein ?

Aisha l'ignora et brandit un disque runique.

— C'est bon. On a arrêté Bloom à temps. Je crois qu'elle a craqué. Même si j'ai promis de ne pas le faire, je me demande si on ne devrait pas en parler à Dowling.

Un éclair d'irritation fit sursauter Musa. Cela ne provenait pas d'elle. Elle se tourna vers l'étagère, où un pot de fleurs était en train de trembler. Il se mit à se déplacer tout seul vers le bord. Musa pointa le doigt vers l'espace vide.

— T'as pas intérêt !

Aisha, supposant naturellement que Musa lui parlait, insista :

— Si, je crois qu'on devrait le lui dire.

Le vase se déplaça de quelques centimètres. Musa n'hésitait plus : elle était tout à fait prête à dévoiler les cachotteries de Stella.

— Stella a une opinion là-dessus, déclara-t-elle.

— Quoi ? s'exclama Terra.

— Hein ? fit Aisha.

— Je refuse de continuer à ramasser les morceaux, annonça Musa à la princesse. Dis-leur la vérité.

Ses colocs regardèrent Musa comme si elle était folle… jusqu'à ce que Stella apparaisse à côté du vase. Elle jeta un regard agacé à Musa, puis se tourna vers Terra et Aisha.

— Oui, j'ai mon opinion, les informa-t-elle.

Les deux filles étaient stupéfaites. Terra voulut parler, mais se ravisa : le ton de Stella n'appelait pas de commentaires.

— Dans cette fichue coloc, tout est noir ou blanc, vous êtes complètement manichéennes. Ça ne vous est jamais venu à l'esprit qu'il y a aussi un juste milieu ?!

Elle fixa Musa et elles semblèrent se comprendre d'un simple regard. C'était assez beau.

— Bloom est une emmerdeuse, poursuivit Stella – ce qui était moins joli. Mais elle a le droit de savoir qui elle est. Vraiment. Pas les histoires que les profs lui racontent. Alors, on peut se soucier d'avoir raison à tout prix ou on peut aider notre amie. Vous choisissez quoi ?

FEU

J'ai trouvé Dowling devant une commode ouverte, en train de contempler une tenue qui ressemblait à un uniforme de Spécialiste. C'était celle qu'elle portait sur les vieilles photos. Elle s'est retournée en entendant la porte claquer derrière moi.

— Qu'est-ce que tu fais ici ?

— Je veux voir Rosalind.

— Je te l'ai dit, elle est…

Mon ton était plus sec encore qu'une porte qui claque :

— Je sais qu'elle est vivante ! Alors, arrêtez de me mentir.

J'avais eu ma dose de mensonges. Je ne supporterais pas d'en entendre un de plus.

— Je n'ai pas le temps maintenant, Bloom.

La directrice est passée devant moi pour sortir.

— Je suis originaire d'Aster Dell.

Je lui ai lancé ces mots à la figure et ils ont eu pour effet de l'arrêter net.

— C'est là que je suis née. Et c'est là que mes parents biologiques vivaient. Enfin, jusqu'à ce que vous, M. Silva et le professeur Harvey détruisiez le village.

Pendant un instant, elle n'a rien dit. Elle n'avait pas besoin de me répondre. La culpabilité se lisait sur son visage.

D'une voix tremblante, j'ai murmuré :

— Alors, c'est vrai.

J'espérais inconsciemment que ce ne soit pas la vérité. Dowling était celle qui était venue d'un autre monde pour me sauver, entourée de lumière. Mais aussi celle qui m'avait raconté bobard sur bobard.

Je me suis accrochée à ma colère, parce que c'était le plus sûr.

— Comment avez-vous pu faire une chose pareille ? Comment avez-vous pu décider que tuer des Brûlés passait avant la vie des gens ? De mes… *parents* ?

L'expression de la directrice a changé.

— Tu crois que nous l'avons fait exprès ?

J'ai hésité.

— C'est ce que Beatrix m'a dit. Rosalind a eu un cas de conscience, mais vous l'avez fait quand même.

Dites-moi que ce n'est pas vrai. Non. Je ne voulais pas qu'elle me dise ce que je voulais entendre. Je voulais la vérité.

Dowling a secoué la tête.

— Rosalind. Elle continue à manipuler les gens après toutes ces années.

— Qu'est-ce que ça signifie ? Expliquez-moi ce qui s'est passé ce jour-là.

Il y a eu un long silence pesant. J'ai vu Dowling prendre une profonde inspiration et j'ai prié pour qu'elle ne me cache plus rien.

— Ce jour-là… J'ai commis une erreur.

La douleur et la détermination sur le visage de la directrice m'ont permis, enfin, de la croire.

— Rosalind était mon mentor. La fée la plus puissante d'Alféa. Crainte, mais respectée. Je n'avais jamais douté d'elle. Jamais remise en question. Alors, quand elle nous a parlé des Brûlés à Aster Dell, nous l'avons suivie.

Pendant son récit, j'arrivais presque à me représenter la scène : l'équipe de Rosalind marchant à travers la forêt luxuriante. Avant la dévastation d'Aster Dell. Dowling, Silva, le père de Terra, celui de Sky, et Rosalind, la cheffe en qui ils avaient tous confiance. Ils collaboraient, essayaient de faire du bon travail. Comment tout ça avait-il si mal tourné ?

— La magie que nous avons déclenchée ce jour-là était extrêmement puissante. Jusqu'alors, nous ne savions pas que les fées pouvaient associer leurs pouvoirs. C'était un secret que Rosalind gardait. Ce n'était pas le seul. Nous ne remettions jamais en question ses décisions. Elle nous a dit qu'elle s'était donné du mal pour évacuer le village. Que seuls les Brûlés seraient tués dans l'explosion.

J'ai repensé à la vision que Beatrix m'avait montrée. La dévastation. Le nombre de personnes qui avaient péri dans la destruction de ce village. Mes parents n'étaient pas des Brûlés.

L'expression de Dowling trahissait ses regrets.

— Nous aurions dû remettre ses dires en question.

Donc c'était la faute de Rosalind ? Est-ce que Beatrix le savait ? Qui mentait, à la fin ?

Peut-être tout le monde.

— Quand nous avons réalisé ce qu'elle avait fait, ce que nous avions fait… Ce jour me hante depuis seize ans.

La voix de Dowling était dure.

— Si tu viens bien d'Aster Dell, il n'y a pas de mots que je puisse te dire pour réparer les dommages que je t'ai causés.

— Pourquoi Rosalind vous aurait-elle menti ?

Pourquoi tout le monde racontait des salades ? J'en avais tellement marre.

— C'était une fanatique. Elle voulait à tout prix que tous les Brûlés meurent. Elle devait savoir que, si elle nous avouait que l'évacuation était impossible, on refuserait. C'était exact.

J'ai tenté de mettre de l'ordre dans le récit, de démêler tout cet embrouillamini.

— Mais… Et moi ? Pourquoi elle m'a sauvée ? Pourquoi elle m'a mise dans le monde humain ? Pourquoi elle m'a dit de la retrouver ?

La directrice a tout à coup eu l'air d'être envahie d'une immense lassitude, sous le poids de ce passé dont elle avait ouvert grandes les portes.

— Je n'en ai aucune idée, Bloom. Rosalind m'a caché beaucoup de choses.

J'ai retrouvé espoir.

— C'est pour ça que je veux la voir. Je sais que vous la détenez prisonnière. Beatrix m'a dit qu'elle était enfermée sous l'école.

Dowling a eu l'air mal à l'aise. Elle ne s'attendait visiblement pas à ce que je sois au courant. Elle n'a pas nié.

— Ce qu'elle a à t'offrir ne vaut pas la peine de la relâcher dans le monde, Bloom.

Elle s'est approchée de moi. Plus ouverte qu'à son habitude. J'avais l'impression qu'elle allait me prendre les mains et déverser la vérité dans mes paumes en coupe. La vérité dont j'avais besoin.

À propos de mes parents biologiques.

— Je t'aiderai à obtenir toutes les réponses que tu veux. Je te donne ma parole.

Je mourais d'envie de la croire, mais je ne voulais pas être naïve. Silva est arrivé juste à ce moment-là. Il requérait la présence de la directrice. Il y avait quelque chose de plus important que mes éternelles questions.

Il y avait toujours quelque chose de plus important.

Pour tout le monde, sauf pour moi.

SPÉCIALISTE

Quand Sky revint à lui dans le Cercle de Pierres, il faisait noir et froid. Bloom était partie depuis longtemps. Il ignora les messages qu'il avait reçus sur son téléphone, se leva en titubant et se mit en route vers le château. Riven le trouva avant qu'il n'y arrive.

— Tu as une sale gueule, observa l'ami de Sky, toujours aussi sympa.

— Ça ne m'étonne pas, je me sens super mal.

Riven crut bon d'expliquer sa présence à l'extérieur des portes.

— Grâce à Terra la super espionne, Dane a tout déballé. Bloom est venue ici pour faire un truc avec une clé magique et personne n'arrivait à te joindre, alors…

Riven portait une armure complète et un sac de matériel.

Sky se raidit.

— Où est Dane ?

Ce traître. Il lui ferait payer.

— Il se prépare.

— Quoi ? S'il te plaît, dis-moi que Beatrix est…

— Toujours enfermée, le rassura son ami. Malheureusement, on a des problèmes plus graves.

Il jeta à Sky le sac de matériel. Riven lançait trop fort, mais Sky arrivait toujours à attraper les objets au vol. Il ouvrit le sac et y trouva son armure et son épée.

— Qu'est-ce qui se passe ?

— Silva a besoin de nous à la Barrière.

Dès que Sky entendit ces mots, il serra la poignée de son épée. Il savait ce qu'ils signifiaient. Les Brûlés les attaquaient. Son devoir était clair.

Pendant qu'ils se dirigeaient vers la barrière, Riven lui expliqua que les créatures étaient venues en force. Une vidéo qui circulait les montrait en train de décimer une équipe de Spécialistes. Sky se mit à penser au nombre de Brûlés et à l'ampleur du massacre qu'ils pourraient causer.

Dès que son esprit se mit à vagabonder, il pensa à Bloom.

— Quand on verra Silva… Tu crois que ce serait possible qu'on ne lui dise pas que…

Riven soupira.

— Une petite amie cinglée, c'est un accident qui pourrait arriver à n'importe qui. Deux, ça devient une habitude. Tu veux que je ne lui dise pas que tu as été drogué par une rousse tarée prête à tout pour libérer des assassins emprisonnés, c'est ça ?

— Euh… Plus ou moins.

Riven haussa les épaules.

— Peu importe, mec, je ne juge pas tes goûts en matière de meufs. Beurk, quelle journée. J'espère que Terra détruira le téléphone de Dane.

Son visage s'éclaira, comme si cette idée le réjouissait.

Sky fronça les sourcils.

— Pourquoi elle a volé le téléphone de Dane ?

Riven secoua la tête.

— Trop de délits à expliquer. Allez, mon frère, dépêche ! On doit aller se faire assassiner.

FEU

Je me suis assise sur le sol et j'ai regardé à travers la Barrière. L'Autre Monde était beau et étrange, il ne ressemblait pas du tout aux paysages de Californie. Mais je n'y décelais pas la moindre lueur d'espoir.

Puis un petit objet lumineux est tombé dans l'herbe à côté de moi avec un léger *plop*.

— Tu veux des réponses, a déclaré Musa.

— Et beaucoup de gens t'empêchent de les obtenir, a ajouté Terra, pour qui la vérité était si importante. On ne veut pas être comme eux.

Je me suis sentie incroyablement touchée, comme si on me voyait pour la première fois depuis longtemps. Et c'étaient mes amies. J'ai réalisé qu'il manquait quelqu'un.

— Où est Aisha ?

Terra a grimacé.

— Tu sais qu'elle a des idées bien arrêtées. Elle n'était pas tout à fait d'accord avec ce qu'on voulait faire…

Musa a expliqué simplement :

— Elle est à l'appart.

— Je ne peux pas en demander plus.

J'ai désigné d'un signe de tête le disque qui avait atterri sur la pelouse.

— Vous allez me laisser faire évader Beatrix ?

— Oui et c'est avec cette partie qu'Aisha n'était pas d'accord.

À ce moment, Stella est sortie de nulle part. D'où est-ce qu'elle venait ?

Elle a décrété avec arrogance :

— Elle n'a jamais été fan de mes idées, de toute façon.

EAU

Les râles des Brûlés emplissaient la forêt obscure comme des bruissements de feuilles. Dowling, Harvey et Silva, entourés de Spécialistes déployés tout autour d'eux, se tenaient devant la Barrière, prêts à combattre.

Les colocs d'Aisha s'étaient jointes à Bloom. Il était temps pour la fée de l'Eau de choisir son équipe.

— Ils sont combien ? demanda-t-elle.

Les autres se retournèrent pour la regarder. L'ami bizarre de Sky, Riven, lui lança un regard désapprobateur, mais la directrice la considéra simplement avec sollicitude.

— Retourne sur le campus. Tu n'as rien à faire si près de la Barrière.

— Je suis venue parce que…

Aisha tendit le dispositif qu'elle avait trouvé dans le bureau de Callum.

— Un appareil d'écoute ! s'exclama le professeur Harvey.

Le visage de Dowling paraissait sévère, mais il l'était presque toujours. Elle avait choisi Aisha, elle lui avait confié des responsabilités et, pour tout remerciement, celle-ci l'avait dupée pour aider Bloom. Et maintenant des vies étaient en danger. Dowling allait bientôt devoir affronter des créatures cauchemardesques pour sauver ses élèves, et Bloom était malgré tout toujours déterminée à accomplir sa mission pour son intérêt personnel.

C'était horrible pour Aisha de penser qu'elle trahissait sa camarade de chambre.

Mais, si elle ne parlait pas maintenant, elle trahissait Dowling et Alféa.

— C'était à Callum. Je l'ai trouvé après sa… mort, avoua Aisha. Je l'ai utilisé. J'avais l'impression qu'il y avait trop de secrets et je ne savais pas si je vous faisais confiance. Mais maintenant, je sais. Vous nous protégez.

Silva ordonna sèchement :

— Tu dois retourner sur le campus tout de suite. Ce n'est pas le moment d'essayer de gagner des points supplémentaires ou…

Elle était parfaitement d'accord. Ce n'était pas le moment de penser à se faire bien voir. Ce n'était pas un jeu. Il était temps d'accomplir ce qui lui semblait juste.

— Je ne cherche pas à gagner des points supplémentaires, l'interrompit la jeune fille avec détermination. Je suis venue parce qu'il faut que vous sachiez ce qui se passe. Ce que Bloom va faire.

Riven lui lançait des regards carrément assassins, maintenant. Sky la suppliait en silence de ne rien dire.

Elle le dit quand même.

FEU

Je suis entrée dans l'aile est d'un pas décidé pour libérer la prisonnière. Et, cette fois, j'avais le soutien de mes amies.

— Dire que je doutais de toi, a commenté Beatrix en plaçant le disque runique sur son bracelet.

Le disque a fonctionné rapidement. La magie de Beatrix est revenue encore plus vite. Ses yeux se sont illuminés de gris et c'était flippant de voir la vitesse à laquelle elle a réussi à accéder à son pouvoir. Elle a posé le doigt sur la porte. Une minuscule étincelle a immédiatement traversé le métal et la cellule s'est ouverte.

— C'est parti, a-t-elle annoncé comme si nous nous lancions dans une grande aventure.

Elle a pris la direction du bureau de Dowling avec une démarche assurée. Une fois arrivée, elle m'a montré comment écarter la bibliothèque en pierre pour dégager une porte cachée. Je suis restée devant le bureau de la directrice pendant que Beatrix jetait prudemment un coup d'œil dans l'entrebâillement.

— Quand Dane sera là, on pourra le balancer dedans, m'a-t-elle expliqué avec enthousiasme.

Apparemment, c'est comme ça que ça fonctionnait.

— C'est pas un peu cruel de se servir de lui pour déclencher le piège ?

— Il sera partant, a affirmé Beatrix.

Après une seconde de réflexion, elle a ajouté :

— Ou pas. On s'en fout, on le fera quand même !

— Et toi ? Tu es partante ?

Beatrix a incliné la tête pour m'examiner avec une expression perplexe. Elle n'a même pas eu le temps de réagir quand Stella est apparue juste à côté d'elle et l'a poussée avec force dans l'embrasure. Dès que Beatrix a heurté le sol, ses yeux se sont embués de magie et elle est restée paralysée.

J'ai deviné qu'elle avait pris le dessus sur Callum de la même façon. L'arroseur arrosé. C'était bien fait pour elle.

— C'était nettement plus kiffant qu'un pot de fleurs, a mystérieusement commenté Stella en s'époussetant les mains.

Terra et Musa sont entrées dans le bureau de Dowling, moins joyeuses que Stella, mais l'air aussi déterminées. La fidèle Terra a toisé Beatrix avec fureur.

— Au fait, Dane n'aurait pas été partant.

Stella voulait clairement qu'on la félicite tout de suite.

— Vous avez vu ça ? On libère la méchante pour aider Bloom, puis on la piège. C'est simple. Mes idées sont géniales.

Musa a posé ses yeux illuminés sur Beatrix.

— Au cas où quelqu'un se poserait la question, elle n'est pas contente.

Je ne me la posais pas. J'examinais la porte secrète en pensant aux réponses qui se trouvaient de l'autre côté.

TERRE

Les tunnels de l'autre côté de la porte secrète étaient sombres et flippants. Terra ne trouvait pas ça surprenant.

Stella utilisait sa magie pour les éclairer avec les mêmes volutes qu'elle utilisait pour rendre ses photos magnifiques. Terra se tenait près d'elle, même si cette lumière donnait à la princesse un aspect méchant et effrayant.

Et aussi parce que c'était agréable de revoir Stella. L'équipe était au complet !

— J'ai l'impression que je vais regretter cette question, mais… ça va ? se renseigna Stella.

Terra avait tant de choses en tête qu'elle ne savait pas par où commencer. Elle était tellement soulagée que Stella ait posé la question.

Stella n'avait pas l'air soulagée, mais trop tard !

Terra était déjà lancée.

— Je viens de libérer une prisonnière et de m'introduire dans le bureau de la directrice.

La princesse acquiesça. Bon, c'est vrai qu'elle avait assisté à tout.

Terra se rendit compte que sa voix s'accélérait tandis qu'elle libérait tout ce qu'elle avait sur le cœur.

— Depuis toujours, quand j'ai peur ou que j'ai un doute, je me tourne vers mon père pour obtenir des réponses. J'ai toujours pensé que, si je fermais les yeux dans le noir, il me mènerait au bon endroit. Mais je ne suis pas sûre qu'il me guiderait ici.

Stella sembla réfléchir à sa réponse :

— Même les meilleurs parents font ce qu'*eux* pensent être le mieux pour nous. À un moment donné, on doit se prendre en main nous-même.

Elle se tut et se concentra. Ses yeux s'illuminèrent de topaze et une nouvelle volute de lumière apparut. À côté de Terra. Juste pour elle, pour lui éclairer la route.

Terra était tellement touchée qu'elle en aurait bien pleuré. Elle se demandait si Stella serait réceptive à un câlin.

— Oh, et au fait, ta tenue ? ajouta la princesse en l'examinant des pieds à la tête.

Elle réussit à communiquer sa désapprobation sans dire un mot. L'humiliation de Terra lui donna une sensation de normalité, là, dans l'effrayant tunnel. Et elle en fut ravie.

J'adore mes amies bêtes et méchantes, se dit-elle. *J'adore le Winx Club.*

FEU

Au bout du tunnel, il y avait une porte. Je me suis arrêtée devant. Je savais que c'était ici que je devais aller. Mais je me suis immobilisée, trop shootée à l'adrénaline pour bouger. J'avais l'impression que je pourrais rester ici, à attendre des réponses, toute ma vie.

Jusqu'à ce que Musa s'approche. Même si ses yeux ne brillaient pas, j'avais l'impression qu'elle lisait en moi comme dans un livre ouvert.

— Tout ce que je cherche est de l'autre côté de ce battant, ai-je chuchoté.

Nous sommes restées là ensemble pendant un moment, sur le seuil.

— On sera là quand tu reviendras, m'a assuré Musa.

Mes amies. Je savais qu'elles seraient là.

J'ai franchi la porte et j'ai vu une barrière. Presque comme la Barrière de la forêt, sauf que c'était un treillis de magie lumineuse.

Et j'ai fait un nouveau pas en direction de la lumière.

Conte de fées n° 6

L'anarchie se déchaîne sur le monde
Comme une mer noircie de sang : partout
On noie les saints élans de l'innocence.
Les meilleurs ne croient plus à rien, les pires
Se gonflent de l'ardeur des passions mauvaises.
W. B. Yeats

FEU

La pièce était étrange et lumineuse. Les murs ondulaient comme des faisceaux de lumière à la surface de l'eau. Rosalind était suspendue dans une prison translucide. Elle ressemblait à la personne que j'avais vue dans ma vision et à ses photographies : une femme à la personnalité forte, qui donnait l'impression qu'elle aurait pu embraser l'air qui l'entourait.

J'ai touché la lumière ondulante qui nous séparait et une décharge de magie m'a fait reculer.

— Désolée. J'aurais dû te prévenir.

La voix s'est exprimée dans mon esprit. Les lèvres de Rosalind ne bougeaient pas. J'ai tout de même chuchoté :

— Rosalind ?

— J'imagine que tu as énormément de questions à me poser.

Sa voix dans ma tête était chaleureuse et confiante. Il y avait si longtemps que je ne m'étais pas sentie réconfortée. L'entendre m'a presque mis les larmes aux yeux.

— Oui, j'en ai quelques-unes.

— Moi, je n'en ai qu'une pour toi. Est-ce que tu sais à quel point tu es unique ?

Je ne m'attendais pas du tout à ça. Sa question était directe, mais gentille. Honnête. Le plus étonnant, c'est que Rosalind semblait différente en tous points de Miss Dowling.

Je n'ai pas pu m'empêcher de sourire.

— Tu veux apprendre une nouvelle leçon ? m'a-t-elle proposé.

— Quoi ? Maintenant ?

Est-ce que c'était bien le moment ?

— Accède à la flamme qui est en toi. Exploite la joie que tu ressens parce que tu vas enfin obtenir des réponses. Ou la colère qui bouillonne en toi parce que je t'ai abandonnée dans le Premier Monde. Je ne serai pas vexée.

J'ai fermé les paupières et j'ai senti toutes les émotions enchevêtrées en moi produire une étincelle, puis s'enflammer.

C'était peut-être le bon moment pour m'exercer, finalement.

Rosalind m'a encouragée :

— On arrive à la partie amusante. Cette flamme ? Ton instinct te dit qu'elle va te brûler. Il se trompe. Accroche-toi à elle.

J'avais l'impression que le feu m'enveloppait, sans me consumer. J'ai étouffé un cri de surprise en sentant mon pouvoir me submerger.

— Maintenant, touche à nouveau la barrière.

J'ai hésité.

— Ne fais pas la chochotte. Tu assures. Vas-y.

Rosalind me dirigeait avec une autorité naturelle et cela me semblait parfaitement normal de lui obéir. J'ai tendu la main et j'ai touché la barrière.

Cette fois, ma main n'a pas été repoussée.

Quand ma vision s'est éclaircie, la barrière avait disparu. Rosalind se tenait au centre de la pièce et, quand elle s'est à nouveau exprimée, c'était à haute voix, d'une voix rauque mais pleine de personnalité.

— Seize ans. Pas de miroir. Pas de maquillage. Je suis belle ? Ne me mens pas. Ou alors si, juste un peu.

Elle m'a adressé un sourire désarmant. Puis, elle a fait un pas et ses jambes se sont dérobées sous elle. Je me suis précipitée pour l'aider.

— Vous devez manger. Boire. Vous reposer.

— Non, je dois activer ma magie.

TERRE

— Bloom est là dedans depuis un moment, s'inquiéta Terra. De quoi elles peuvent bien parler ?

Stella lui lança un regard méprisant :

— Un jour, je t'ai entendue parler de terre pendant deux heures. De *terre.* Deux heures !

— De *terreau,* corrigea sévèrement Terra. Utilise les bons termes, Stella ! La distinction est cruciale.

— On a laissé Beatrix allongée dans le bureau de Miss Dowling. J'ai pas envie qu'elle revienne à elle et qu'elle se fabrique trois couteaux.

— Ne sois pas ridicule, intervint Musa. Elle utiliserait un seul couteau, trois fois. Tchac, tchac, tchac.

Oh, Terra appréciait beaucoup sa camarade de chambre, mais elle n'avait pas le don de rassurer les copines.

— On peut aller vérifier ? insista-t-elle.

— OK, mais tu en fais des caisses, sache-le, répondit Stella d'un air supérieur.

La princesse garda la même attitude tout au long de la traversée des tunnels, jusqu'à ce qu'elles atteignent le seuil et découvrent que Beatrix n'était plus là.

Terra lança un coup d'œil accusateur à Stella, tandis que Musa examinait la porte.

Bon ! Il fallait qu'elles se coordonnent. Terra élaborait déjà un plan.

— Quand on l'aura retrouvée, je voudrais des excuses écrites à la main sur du papier à lettres parfumé, plaisanta-t-elle.

Musa murmura :

— Aïe, ça ne va pas s'arranger...

Dowling venait d'apparaître avec Aisha. Et, pire encore, avec le père de Terra.

— Vous n'avez pas idée du mal que vous avez fait, les informa la directrice. Surtout toi, Stella.

Oh non. Il fallait voler au secours de la princesse.

— On essayait seulement... commença Terra vaillamment.

Son père l'interrompit de son plus sévère ton de prof, qu'il n'avait jamais employé avec elle.

— Plus un mot. Venez avec moi.

Alors qu'il les conduisait à l'extérieur, Stella s'arrêta devant Aisha.

— J'espère que les bons points que tu as gagnés te tiendront compagnie quand tu te morfondras toute seule, cracha-t-elle d'une voix doucereuse.

Une fois de plus, Terra se dit que la méchanceté de Stella tombait à pic.

ESPRIT

Les sentiments des gens autour de Musa étaient trop bruyants, trop intenses, bref : horribles. Musa les détestait.

Elle était assise sans rien dire à côté de Stella et se faisait toute petite pendant que Harvey leur passait un savon. Terra se tenait dans l'embrasure de la porte, si nerveuse que son énergie formait un carillon dans la tête de Musa. Aisha était à l'autre bout de la pièce et observait la scène.

— Insubordination. Effraction. Mise en danger la vie de vos camarades. Et vous vous rendez compte de ce que vous avez fait en libérant Rosalind ?

Personne ne pipa mot. Le professeur se tourna vers sa fille pour s'adresser spécifiquement à elle.

— Je pourrais dire que tu me déçois, mais c'est bien pire que ça.

Il se dirigea vers la sortie en secouant la tête. Terra avait l'air à la fois effondrée et énervée. Elle consulta Stella du regard. Celle-ci acquiesça pour l'encourager à exprimer sa fureur.

— Tu as encore menti ! explosa Terra.

Musa se demandait quand les gens cesseraient de sous-estimer son amie. Elle relevait tous les défis comme un taureau qui fonce droit vers un drapeau rouge.

— Pardon ? fit le professeur en s'arrêtant.

— Au sujet de Rosalind. D'Aster Dell. De toute cette histoire. Et maintenant tu es en colère ? Contre moi ?

Terra fixa son père d'un regard sévère et déçu.

— Tu ne peux pas me punir parce que j'ignorais quelque chose que tu m'as volontairement caché. Ça n'a pas de sens.

Comme il n'avait aucun argument à opposer à cela, il joua la carte du prof et du père en même temps.

— Un conseil : commencez par vous calmer.

Sur ce, il s'en alla en refermant la porte derrière lui d'un geste sec.

Et quand Terra attrapa la poignée et tenta de l'ouvrir, le battant ne bougea pas.

— Il a utilisé sa magie pour verrouiller la porte ! s'exclama-t-elle en tirant furieusement sur la poignée. Je l'ai mis face à ses propres contradictions et il s'est servi de ses pouvoirs pour nous enfermer !

— Ça veut dire que tu as gagné, lui fit remarquer Stella.

Terra ne sembla pas réconfortée par cette idée. Musa tenta d'apaiser la frustration qui s'emparait de sa coloc.

— Il se sent dépassé.

Mais Terra n'écoutait pas. Aisha en profita pour tenter de se glisser dans sa chambre, ce que Musa jugeait sage, mais Stella l'intercepta.

— Où tu vas comme ça ? Je savais que tu étais prête à tout pour te faire bien voir. Je ne savais pas que tu étais aussi une cafteuse.

— J'avais l'intention de désamorcer la situation en disparaissant, mais si tu veux en découdre…

Aisha s'approcha de Stella, prête à se battre. Oh non, il y allait avoir des dents cassées et les sentiments allaient voler dans tous les sens ! Musa fouilla la pièce du regard, au bord du désespoir.

— Vous pouvez attendre trente secondes, s'il vous plaît ? Laissez-moi au moins aller chercher mon casque… supplia-t-elle en se levant d'un bond et en courant vers sa chambre.

Musa ferma la porte derrière elle et se remettait à respirer normalement quand elle sentit une traction sur sa magie. Cette fois, ça la fit sourire.

Elle se retourna et vit Sam. Son sourire lui provoqua un soulagement instantané. Elle lui adressa une grimace triste plus éloquente qu'un discours, avant d'enfouir la tête contre son torse. Il la serra contre lui. Sam était son sanctuaire.

— Qu'est-ce qui se passe là-dedans ?

Il l'entendait parfaitement lui-même : les bruits de la dispute parvenaient jusqu'à eux. Au moins, elles semblaient se contenter de crier. Pour l'instant.

— Quoi qu'il arrive, on ne balance pas, lança Stella, furieuse. Un enfant de cinq ans le sait. Même Terra le comprend.

L'intéressée, qui était la seule à ne pas crier, protesta :

— Hé ! D'accord, mais quand même…

Aisha hurla et sa colère remplit la tête de Musa. La porte ne bloquait rien du tout.

— Il y a des Brûlés de l'autre côté de la Barrière. Bloom se comporte comme une égoïste. Miss Dowling a déjà assez d'ennuis sans devoir s'inquiéter de Rosalind !

FEU

Miss Dowling est entrée dans l'espace mystique délimité par le Cercle de Pierres. Elle y est restée un instant, fouillant des yeux l'herbe et les pierres, avant de s'éloigner.

Elle ne se rendait pas compte que Rosalind et moi étions en train de l'épier. Les yeux de l'ancienne directrice brillaient légèrement dans la pénombre. Dès que Dowling a été hors de portée de voix, je me suis tournée vers ma compagne.

— Je croyais que vous étiez faible ? Que vous ne pouviez pas faire de magie ? Et vous avez réussi à nous rendre invisibles ?!

— Dans le Cercle de Pierres, je peux faire appel à la magie de la terre. C'est pour ça que je t'ai demandé de m'amener ici. Pour recharger mes vieilles batteries.

Rosalind a posé la paume près d'une pierre. Des filaments de lumière magique sont apparus, reliant sa main et la roche. Elle s'est assise en laissant échapper un long gémissement de soulagement.

— Si vous êtes en état d'utiliser la magie, vous pouvez répondre à mes questions. J'ai pris énormément de risques pour vous trouver et vous libérer. Je vous en supplie, expliquez-moi ce qui s'est passé à Aster Dell !

J'ai été surprise moi-même par l'intensité avec laquelle je la suppliais. Rosalind avait l'air plutôt impressionnée.

— Tout ce que Farah t'a dit est vrai. Je leur ai menti. J'ai prétendu qu'Aster Dell avait été évacuée.

Farah ? Il m'a fallu un moment pour comprendre qu'elle parlait de Miss Dowling. J'avais du mal à concevoir qu'elle ait un prénom, même si elle me l'avait dit quand je l'avais rencontrée. Elle se donnait tant de mal pour représenter l'autorité, tenir le rôle de l'adulte sur laquelle ses élèves pouvaient compter. J'ai presque eu envie de lui courir après Miss Dowling et de lui avouer tout ce que j'avais fait.

Mais j'ai préféré continuer à interroger Rosalind :

— Vous avez tué tous ces innocents ?

— C'est là où l'histoire se complique.

Les yeux de Rosalind ont brillé un instant. Le clair de lune semblait lui répondre en projetant d'étranges ombres.

Six silhouettes encapuchonnées sont apparues à l'extérieur du cercle et se sont avancées vers nous.

— L'un des principes fondamentaux de l'Autre Monde, c'est que seules les fées sont en mesure d'exercer la magie. Les habitants d'Aster Dell étaient une exception. C'étaient des humains qui utilisaient des sacrifices rituels et la mort de la même façon que nous tirons parti des éléments. C'étaient des sorciers sanguinaires. Ils pratiquaient une magie oubliée. Une magie dangereuse. Si jamais cela s'ébruitait, ça aurait ébranlé les fondements de l'Autre Monde. J'ai donc menti, même à mes conseillers les plus fiables. Ces sorciers avaient vécu dans l'ombre pendant des siècles. Mais leurs actions laissaient entendre qu'ils se montraient plus audacieux. Ce n'était qu'une question de temps avant qu'ils ne passent à l'action.

Les silhouettes se sont figées sur place et se sont tournées vers le centre.

— Quand les Brûlés les ont attaqués, j'ai saisi l'opportunité. C'était l'occasion de faire d'une pierre deux coups.

Les silhouettes ont disparu dans un éclair de lumière et les yeux de Rosalind sont redevenus normaux.

J'ai fait un rapide calcul mental.

— Si les habitants d'Aster Dell étaient des *sorciers* et que mes parents biologiques étaient des *fées*...

— Tu as l'esprit rapide, constata Rosalind d'un ton approbateur. C'est bien. Ça ira plus vite. Tu as raison. Tes parents ne sont pas d'Aster Dell. Tu as été kidnappée par les sorciers. On n'a jamais retrouvé la trace de tes vrais parents.

— Alors ils sont peut-être encore en vie ! Pourquoi vous n'avez pas essayé de les retrouver ?

Les yeux bleu vif de Rosalind étaient fixés sur moi, entièrement absorbés par ma petite personne, comme si j'étais une chose merveilleuse.

— Tu n'étais pas en sécurité dans l'Autre Monde. Ton pouvoir est énorme. Je l'ai su à la seconde où je t'ai vue pour la première fois. C'est pour ça que les sorciers tenaient tant à te garder. Pour utiliser ton pouvoir. Et c'est pour ça aussi que les Brûlés de l'autre côté de la Barrière te cherchent : pour t'éliminer avant que tu ne puisses utiliser ta magie contre eux.

Tout ça n'avait pas grand-chose de merveilleux.

On disait que les Brûlés n'avaient plus rôdé depuis seize ans. Soudain, ils étaient de retour, près d'Alféa, et ils tuaient des gens. Ils avaient blessé Silva, qui était comme un père pour Sky.

Est-ce que Sky me détesterait s'il apprenait que tout était ma faute ?

Mes amies auraient-elles peur de rester près de moi ? J'avais cru qu'en venant à Alféa je mettrais mes parents en sécurité, mais peut-être que j'apportais le danger partout où j'allais. Que je mettais en péril tous ceux que j'aimais.

Je n'ai pas pu réprimer le frisson glacé qui m'a parcourue.

— C'est moi qu'ils cherchent depuis le début ?

— Ça craint parfois, d'être unique, a admis Rosalind avec un sourire. Mais je suis là, maintenant. Et c'est une très mauvaise nouvelle pour les Brûlés. Prête pour notre deuxième leçon ?

Sa présence était étrangement réconfortante. Au moins, je n'étais pas seule dans cette histoire. Elle allait m'aider. Elle me donnerait la réponse dont j'avais le plus besoin : comment assurer la sécurité de tous ceux que j'aime.

SPÉCIALISTE

Les Spécialistes étaient regroupés à l'orée de la forêt, en pleine nuit, et Riven était convaincu qu'ils allaient tous mourir.

Sky et Silva marchaient en tête de leur petit groupe, comme s'ils formaient un duo de chefs courageux. Riven était prêt à espionner leur conversation sans la moindre honte.

Malheureusement, ils ne parlaient pas : ils surveillaient le scintillement pâle de la Barrière et sondaient les bois de l'autre côté pour repérer des traces de monstres. Pourtant, Riven sentait qu'ils avaient tous les deux envie de sortir de leur réserve virile et de dévoiler des secrets. Silva s'était éclairci la gorge à quatre reprises.

Finalement, le directeur se lança :

— Je dois m'inquiéter pour toi ? Aisha nous a raconté que Bloom t'avait drogué.

Aisha, la biche sportive, avait débarqué dans le bureau de Dowling pour lui lécher les bottes : elle lui avait remis un espèce de mouchard magique super pratique qu'elle avait utilisé pour l'épier. Puis elle avait raconté tout ce que Bloom avait fait d'interdit et elle était partie avec le père de Terra pour tenter de l'arrêter. Riven n'était pas certain d'avoir tout suivi. Il n'en revenait pas qu'Aisha ait balancé son amie alors que lui, Riven, avait gardé le secret. Il aurait dû cafter aussi.

Il avait tenté le coup, mais Dowling était déjà partie pour empêcher Bloom de libérer Beatrix et Sky lui avait donné un coup de coude dans les côtes quand il avait fait mine d'en parler à Silva.

— Je ne sais pas, répondit Sky calmement. Et moi, je dois m'inquiéter ? Bloom m'a raconté pour Aster Dell.

Son ton était presque menaçant. *C'est quoi cette histoire ?* se demanda Riven. Est-ce qu'Aster Dell était un club de strip-tease féerique que Silva aimait fréquenter ? Trop drôle. C'était peu probable, mais il avait envie de penser à des choses plus amusantes que leur mort imminente.

Silva se raidit. Il s'apprêtait à lâcher les informations sur le club de strip-tease.

— Je crois que le Brûlé est passé par ici, intervint Kat.

Mais enfin, Kat, Riven essayait d'écouter une conversation, pourquoi est-ce qu'il fallait qu'elle joue les super soldats et se concentre sur cette mission suicide débile ?

— On en discutera plus tard, décida Silva.

Il n'y aurait pas de plus tard, ils allaient se faire massacrer ! Riven voulait entendre parler du club de strip-tease sans attendre.

Hélas, Silva et Sky retournaient déjà sur leurs pas pour rejoindre le groupe et Kat avait posé son regard acéré sur Riven.

— Remontre-moi la vidéo.

Riven sortit son téléphone et le lui tendit :

— Regarde-la toute seule.

Kat lui adressa une moue de mépris.

Riven n'était pas aussi assoiffé de sang que les autres.

— C'est pas marrant, de voir quelqu'un mourir ! se défendit-il. Pas besoin de me prendre de haut parce que je n'ai pas envie de mater cette vidéo.

Kat, qui faisait visiblement partie de ceux qui rêvaient d'en découdre, prit le portable de Riven en levant les yeux au ciel. Tandis qu'elle fixait l'écran, Riven entendit des cris horribles. Des bruits de chair qui se déchire. Il réprima un frisson.

— Je reconnais ce vallon, les informa Kat. C'est près de la grange. Pas loin d'ici.

— Allons-y ! ordonna Silva.

Riven avait une meilleure idée. Ne pas bouger du tout !

— Attendez. On y va sans fées ? Il y a au moins six Brûlés de l'autre côté. C'est de la folie.

Sky le toisa comme s'il faisait preuve d'insubordination, alors qu'il exposait simplement un fait.

— C'est un ordre, Riv, insista Sky sans aucune compassion. Allez, go !

Riven grimaça. Il y a des moments dans la vie où on doit se poser les vraies questions. Pourquoi est-ce que j'ai accepté de manier une stupide épée et pourquoi est-ce que je suis devenu ami avec cet imbécile sans pitié ? Parce qu'Alféa ne lui avait pas laissé le choix. Et maintenant, les règles de l'école lui ordonnaient de signer son arrêt de mort.

Silva s'adressa à toute l'équipe.

— Je sais que la situation est effrayante. Vous avez eu la chance de grandir à une époque de paix. Mais s'enfoncer dans la forêt pour combattre une créature dangereuse alors que les chances de survie sont faibles, c'est le rôle d'un Spécialiste. Et c'est le minimum que j'attends de chacun d'entre vous.

Superbe discours, pensa Riven, sauf que c'était complètement débile. Pourquoi ne pas essayer d'améliorer les chances de survie en ne les envoyant pas tous à la mort ? C'était juste une suggestion...

Un râle horrible retentit soudain. On aurait dit du papier de verre qu'on frotte ou un coup de tonnerre. Ils se tournèrent vers la forêt, où leur ennemi était censé être, mais le bruit ne provenait pas de là.

C'est Sky qui s'en rendit compte le premier.

— Les bruits ne viennent pas de la forêt. Ils viennent du campus.

Silva passa à l'action.

— Séparez-vous. Retournez à l'école. Trouvez le plus d'élèves possible et rassemblez-les dans la cour. Allez. TOUT DE SUITE !

Il y avait des gens à qui il tenait, dans ce château, se dit Riven avant de dresser une liste mentale. Qui ? La réponse lui vint presque immédiatement. Beatrix. Si Bloom n'avait pas réussi à la faire évader, elle était enfermée dans ce château.

Il se surprit à courir aussi vite que Sky.

TERRE

Terra pensait que c'était génial que Sam et Musa sortent ensemble, parce qu'ils étaient un public captif et qu'elle pouvait partager toutes ses réflexions avec eux. En dehors de sa chambre, c'était trop flippant. Tout était redevenu calme, ce qui voulait dire qu'Aisha et Stella avaient rejoint leurs chambres respectives ou s'étaient entretuées. Terra n'avais pas envie savoir. Elle s'occupait de ses plantes et parlait de son père à Sam et Musa, ce qui allégeait un peu sa peine.

— Avant, j'étais persuadée qu'il avait toujours raison, observa-t-elle avec tristesse.

— Les parents sont des êtres humains comme les autres, Ter. Ils ont des défauts. Plus vite tu t'en rendras compte, mieux ce sera.

Musa avait tellement de bon sens. Quand elle aurait épousé Sam, elle aurait une influence apaisante sur sa famille.

Sam examina sa petite amie d'un air songeur.

— Tu ne parles jamais de tes parents.

— Oui, et à raison, répondit Musa.

Le frère de Terra était agaçant, mais il n'avait pas tort. Il était temps qu'ils partagent leurs horribles secrets de famille. Ça pourrait aider Musa.

Terra suggéra :

— Tu sais, tu peux… en parler. Peu importe ce qui est arrivé. On est tes amis. Enfin, Sam est plus que ça évidemment, mais…

— Il n'y a rien à raconter, la coupa Musa.

Avant que Terra ne puisse creuser la question, les lampes se mirent à clignoter.

— C'est bizarre, murmura Terra.

Ils se dirigèrent tous les trois vers la porte.

Dans la pièce commune, les lumières s'allumaient et s'éteignaient aussi. C'était comme si tout le château avait un souci électrique.

Stella et Aisha sortirent de leurs chambres avec le même air effrayé sur le visage. Terra était soulagée de constater qu'elles étaient encore en vie. Mais c'était quand même très étrange.

— C'est… une coupure de courant ? demanda Stella.

Aisha fronça les sourcils.

— Comment est-ce que ça pourrait arriver ici ?

Terra s'empressa de lui fournir la réponse.

— Ça ne devrait pas. Alféa est un avant-poste. « L'électricité » qui alimente l'école est magique. Sous les bâtiments, il y a des puits d'énergie qui ont été conçus par…

— Je vais zapper la leçon d'histoire et aller voir ce qui se passe, annonça Sam, qui n'appréciait jamais quand sa sœur partageait ses connaissances passionnantes.

Il franchit la porte de l'appartement à l'aide de sa magie. On aurait dit qu'il était englouti par la pénombre.

C'était tellement irritant, un frère. Pourquoi est-ce qu'il partait ? Pour aller retrouver des potes avec qui il discuterait du fait que c'était bizarre que le courant soit coupé ? Ce qu'ils devraient faire, c'est analyser la situation et prendre les mesures nécessaires pour y remédier.

Terra poursuivit son exposé. Elle avait beaucoup de choses à dire.

— Bien entendu, les puits ont été conçus dans un esprit de coopération entre les fées de l'Eau et les fées de l'Air. S'il y a suffisamment de magie, c'est comme une batterie…

Sam fit irruption à travers le mur et s'effondra sur le sol de la salle de séjour. Il était couvert de sang.

Une quantité impressionnante.

Les fées coururent vers lui. Terra avait l'impression que le monde s'était arrêté de tourner.

— Sam !

Elle avait l'impression qu'elle ne connaissait plus que ce mot-là.

Sam articula avec difficulté :

— Il y a un Brûlé dans l'école.

Les lumières s'éteignirent alors pour de bon, les plongeant dans l'obscurité totale.

FEU

J'étais au centre du Cercle de Pierres et Rosalind était à mes côtés. Des torches brûlaient tout autour de nous et ma magie était un brasier ardent, contenu en moi.

— Cherche tout au fond de toi, a insisté Rosalind. Ce que tu as utilisé pour me libérer n'est qu'une fraction de la magie dont tu disposes.

Les flammes des torches ont grandi comme si elles réagissaient à ses paroles. Les conseils de Rosalind étaient de plus en plus précis. Quand la lueur des torches a inondé ses cheveux, ils ont projeté des reflets dorés.

— Encore. Laisse le feu se consumer en toi.

J'ai ressenti la même chose que j'avais déjà éprouvée, comme si je contenais trop de pouvoir et que je devais le libérer.

— Continue.

J'avais envie d'aller plus loin. La magie parcourait mon corps et c'était une sensation très agréable. Mais ça m'avait fait du bien aussi de mettre le feu à ma maison. Jusqu'à ce que je le regrette. Jusqu'à ce que je blesse des gens.

— Et si je perds le contrôle ?

— C'est le contrôle qui te restreint, justement !

— J'ai peur, ai-je chuchoté.

— C'est ce qu'il faut. Dès que tu commenceras à apprécier cette sensation, le monde s'ouvrira à toi. Un incendie brûle en toi, Bloom. Entoure-toi des bonnes personnes…

C'était *bien* d'avoir peur ? Miss Dowling ne souhaitait jamais que je panique. J'ai laissé retomber la magie qui montait en moi et je me suis tournée vers ma nouvelle prof.

— Vous voulez dire, de vous ? Vous voulez que je vous écoute, que je vous fasse confiance et que je me laisse guider, mais je viens à peine de vous rencontrer. Vous avez caché mon existence à Miss Dowling. Vous n'avez parlé de moi à personne.

Je n'y avais jamais pensé de cette façon auparavant, mais, maintenant que je repensais au feu crépitant dans la chambre de mes parents et à ma mère gisant sur sol, je comprenais que c'est par la faute de Rosalind que j'étais devenue un danger pour eux !

— J'ai failli tuer mes parents parce que vous m'avez abandonnée dans le Premier Monde sans aucune instruction…

— Tu avais juste besoin d'amour, a scandé Rosalind avec force. Farah n'aurait jamais pu t'en donner. Vanessa et Michael, si.

Entendre leurs prénoms m'a fait un choc. Maman et papa. Je n'arrêtais pas de penser à eux, à mes parents, à mon envie de rentrer chez moi. Comme si le simple fait d'avoir les réponses pouvait me faire remonter le temps et retrouver la vie que je menais avant l'incendie où j'avais mis ma mère en danger.

Mais *parents* n'était pas une simple étiquette que je pouvais apposer sur n'importe quel couple. *Chez moi* n'était pas juste un concept. C'était un endroit qui existait vraiment. Je savais qui étaient mes parents.

Et Rosalind aussi.

— Vous connaissez leurs noms.

— Je les ai choisis. Je savais qu'ils allaient perdre leur fille. Je leur ai offert une seconde chance. Quant à toi, je t'ai mise à l'abri des monstres qui voulaient t'éliminer.

Sa voix autoritaire s'est adoucie.

— Je serai toujours là pour te protéger, Bloom. Et quand tout ça sera fini on retrouvera tes parents biologiques ensemble.

Je voulais tellement la croire. Malheureusement, plus j'obtenais de réponses, plus la situation me paraissait confuse. Pendant que j'essayais de mettre de l'ordre dans ces multiples révélations, mon téléphone a vibré. J'y ai jeté un coup d'œil distrait et je me suis raidie en découvrant le message. C'était un texto de Stella, qui disait : *Brûlés dans l'école. On est coincées dans l'appart.*

— Ils sont dans l'école ? je me suis exclamée. Comment est-ce possible ?

J'ai essayé de répondre, mais ça n'a pas marché. Troublée par les visions d'horreur de ce qui pourrait arriver à mes amies, je me suis tournée vers Rosalind.

— Je viens de perdre le réseau… Je dois y aller. Votre portable fonctionne ? Vous pouvez m'aider ?

— Non, mais tu n'as pas besoin de mon aide.

Je n'avais plus de temps pour les questions et réponses. C'était le moment d'agir. Je me suis précipitée vers le château.

J'ai couru de toutes mes forces et j'avais presque rejoint l'école quand j'ai entendu des voix familières chuchoter. Au loin, à la lisière des arbres, une lumière envahissait tout le ciel comme si l'horizon était une coupe trop pleine qui débordait. Qu'est-ce que c'était que ça ? J'ai arrêté de courir je me suis dirigée vers la lueur.

Une main s'est posée sur mon épaule.

— Ah, te voilà.

Je me suis retournée, le cœur battant à cent à l'heure.

— Sky… Salut.

Je n'affrontais pas un monstre, mais c'était un moment très gênant.

— Euh… ça a l'air… d'aller ? me suis-je risquée à observer d'un ton interrogateur.

— Oui, ça va. Les effets se sont dissipés il y a quelques heures.

Il a continué, focalisé sur sa mission, comme toujours :

— Allez, viens, on va rejoindre les autres.

Tandis qu'il s'éloignait, j'ai jeté un nouveau coup d'œil en direction des arbres, mais ce que j'avais aperçu avait disparu.

SPÉCIALISTE

Kat et Riven pénétrèrent dans le château plongé dans l'obscurité. Ils étaient équipés de lampes torches et progressaient à pas de loup dans les couloirs. Des poutres grincèrent au-dessus de leurs têtes et ils aperçurent une lumière rouge clignotante au loin.

— Il y a quelqu'un ? héla Kat.

Elle n'avait jamais vu de film d'horreur ou quoi ?

— Qu'est-ce que tu fous ? siffla Riven. Et si c'était une créature ?

Une fée du Feu qu'il ne connaissait pas déboucha dans le corridor, puis plusieurs fées coururent vers les Spécialistes, leurs sauveurs. Kat décocha un regard noir à son partenaire.

— Par ici !

— Il y a encore des élèves dans la serre, les informa la fée du Feu.

Kat acquiesça.

— Je vais les raccompagner. Occupe-toi des retardataires de la serre, ordonna-t-elle à Riven.

— Attends…

Ils ne devaient pas se séparer, c'était l'aller simple assuré vers la mort ! Et il n'avait aucune envie de se retrouver seul. Mais sa partenaire s'éloignait déjà. Elle l'avait planté là.

Puis il réfléchit… des élèves dans la serre. *Terra.* Elle devait forcément en être !

Il pénétra sans bruit dans la serre, éclairant l'espace familier avec sa lampe : les plantes grimpantes enlacées, les fleurs écloses, les pots remplis de terre disposés soigneusement à l'écart. Non, c'était du terreau. Terra avait été catégorique à ce sujet. Riven aimait bien cet endroit. Il s'y sentait bien.

Jusqu'à ce que le faisceau de sa lampe illumine les « retardataires ». Dane était penché sur Beatrix, comme un savant fou armé d'une épée. Devant lui se trouvaient des herbes, des béchers et du matériel de laboratoire.

— Qu'est-ce que tu fabriques ?

Dane se retourna, paniqué.

— Elle a déclenché un piège dans le bureau de Dowling. Un truc qui l'a paralysée. Elle m'a donné des instructions pour fabriquer une potion qui annule les effets, mais…

Riven évalua rapidement la situation, puis prit une décision.

— Ça craint pour elle. Allez, viens !

— Je ne l'abandonnerai pas ! protesta Dane.

Si Riven avait laissé Dane entre les griffes de Terra, s'il n'était pas intervenu pour les éloigner, Dane n'aurait pas fait la connaissance de Beatrix. Il aurait été heureux. Il serait en sécurité en ce moment et pas désespéré au cœur de l'obscurité.

Ce qui lui était arrivé était la faute de Riven. Alors il s'exprima avec toute la fureur provoquée par la trahison de sa petite amie. Comme si Dane était le Riven qui venait d'arriver à Alféa, arrogant et sur le point de commettre une terrible erreur.

— Dane, laisse tomber. Elle n'en vaut pas la peine.

— Tu comptes pour elle et je sais qu'elle compte pour toi aussi. Ne fais pas semblant que t'en as rien à faire. S'il te plaît, le supplia Dane en le regardant comme s'il croyait que Riven pouvait et voulait la sauver. Il *faut* que tu m'aides.

Riven jeta un coup d'œil en direction de la porte. Il n'avait pas envie de sortir seul de la serre et d'affronter les monstres qui dépècent leurs adversaires.

Il n'avait pas envie d'être seul tout court.

Est-ce qu'il comptait pour Beatrix ? Est-ce que Dane disait vrai ?

Il se retourna vers Dane, avec son air de chiot implorant, et Beatrix allongée sur cette table, inconsciente. Où est-ce que Riven pouvait aller ? Qu'est-ce qu'il pouvait faire d'autre ?

Terra lui avait assuré que personne ne lui demanderait jamais d'aide. Pourtant, Dane venait de le faire. Et il semblait sûr que le Spécialiste accepterait. Il l'implorait du regard comme si Riven comptait pour lui.

Riven avait envie de le croire. Et il ne voulait pas repartir seul. Même s'il savait que c'était une très mauvaise idée, il demanda :

— C'était quoi, ses instructions ?

FEU

Sky et moi, on se dirigeait vers l'appartement Winx. On a dû se frayer un chemin parmi le flot d'élèves qui arrivaient dans l'autre sens, qui fuyaient. Au début, notre silence semblait juste une nécessité dictée par l'urgence de la situation, mais il est vite apparu que c'était la gêne qui nous empêchait de parler.

J'ai décidé de faire le premier pas.

— Tu veux bien dire quelque chose ?

— Qu'est-ce qu'il y a à commenter ? Tu m'as embrassé, puis tu m'as drogué.

— Techniquement, je t'ai drogué d'abord, ai-je plaisanté.

Son expression est restée sévère. Il ne se laissait pas amadouer. Je le comprenais : il avait de bonnes raisons de m'en vouloir.

J'ai essayé d'être sérieuse.

— Je ne savais pas qu'on allait s'embrasser quand j'ai mis de la drogue dans la bouteille d'eau. Et après, dans le feu de l'action, je me suis laissé emporter et…

— M'embrasser était un excellent moyen de détourner mon attention. Merci pour le résumé de l'épisode précédent.

Non. Ce n'était pas ça du tout. Comment est-ce qu'il pouvait penser une chose pareille ? Il devait savoir ce que je ressentais pour lui. Je me suis arrêtée.

— Je n'essayais pas de détourner ton attention ! Tu m'aurais empêchée de faire ce que je voulais.

Il s'est arrêté de marcher aussi. Je n'aurais jamais cru que quelque chose pouvait le stopper quand il était en mission. Son visage exprimait une tristesse sincère.

— J'ai été super honnête avec toi. Je t'ai raconté des choses que je n'ai jamais dites à personne, Bloom. Je t'ai fait confiance et…

— Et tu m'aurais quand même empêchée d'aller jusqu'au bout. Tu dis que tu me fais confiance, mais tu m'aurais traitée comme une jeune fille en détresse qui doit être protégée d'elle-même. Désolée, ce n'est pas de la confiance.

— Tu as libéré une meurtrière pour faire évader une tarée.

C'est vrai que résumé comme ça… Je devais lui exposer un autre point de vue.

— Et si Rosalind n'était pas folle ? Et si elle avait eu une bonne raison pour mentir ? Plus j'en apprends sur cette histoire, plus je pense que tout le monde a agi en croyant bien faire.

Sky m'a répondu de son ton de soldat, avec sa vision manichéenne.

— Ce n'est pas parce qu'on agit en pensant bien faire qu'on agit correctement.

Puis il est parti.

TERRE

Stella essayait toujours de capter le réseau, elle arpentait la pièce où les autres s'occupaient de Sam. Aisha et Musa aidaient Terra à le maintenir au sol alors que son corps était secoué de spasmes. Les yeux de son frère étaient en train de devenir noirs.

— L'infection va bientôt s'étendre. Il sera dangereux s'il ne prend pas du Zanbaq. Il faut qu'on sorte d'ici.

Terra bondit vers la porte mais elle s'arrêta net. Musa était immobile et frissonnait en regardant Sam se tordre par terre.

— Musa, ça va ?

— Il faut faire quelque chose, murmura la fée de l'Esprit.

Terra n'avait pas l'intention de rester les bras croisés.

Tout à coup, quelqu'un tambourina à la porte. Stella et Terra échangèrent un regard méfiant, puis reculèrent. Le battant trembla à nouveau. Si c'était un Brûlé, elles allaient devoir l'affronter, se dit Terra. Elle espérait que la princesse se tiendrait prête avec son spectacle de lumières.

À cet instant précis, le bois se fendilla et les restes de la porte s'ouvrirent sur Sky, qui venait de la défoncer. Bloom était avec lui.

Il y eut une seconde de silence tendu lorsque Sky et Stella se retrouvèrent face à face. Bloom les observait, mais cela ne dura pas.

— Salut, fit Sky.

— Salut.

Terra interrompit leurs retrouvailles :

— Il faut qu'on aille chercher de l'aide !

Elle se fichait pas mal de ce qui se déroulait entre eux. Son frère saignait et du poison coulait dans ses veines.

Les nouveaux venus remarquèrent seulement Sam gisant sur le sol, en piteux état.

— Oh non, murmura Bloom.

Sky jura, puis suggéra :

— Emmenons-le dans la cour. Tout le monde y est en ce moment.

Alors qu'ils sortaient de l'appartement, Bloom resta en arrière. Aisha se retourna.

— Quoi ? Tu croyais que tu ne te retrouverais plus face à la directrice ?

Terra ne s'attarda pas pour entendre la réponse de Bloom. Elle ne s'intéressait pas plus aux rapports entre Aisha, Bloom et Miss Dowling qu'elle ne se souciait du triangle amoureux entre Sky, Bloom et Stella. La seule chose qui comptait, c'était son frère.

Tiens bon, Sam, l'implora-t-elle intérieurement tandis qu'ils traversaient des couloirs sombres au son de la respiration lourde du blessé. *Tiens bon jusqu'à ce qu'on rejoigne papa. Il va arranger ça. Tout ira bien quand on le retrouvera.*

Dans la cour, on se serait cru dans un château assiégé.

Des volutes de magie invoquées par les fées de la Lumière illuminaient la nuit, éclairant suffisamment pour qu'on voie ce qui se passait. Malheureusement, la scène était terrifiante.

Dowling ordonnait aux fées du Feu de barricader les portes en les soudant. Silva donnait des instructions aux Spécialistes, armés plus lourdement encore que d'habitude, en train d'aider les fées à enfiler des armures. Terra aperçut Kat qui huilait une épée, mais elle ne vit Riven nulle part. Évidemment.

Sam gémit. Musa laissa échapper un grognement, comme si elle ressentait physiquement la douleur de son petit ami.

— On y est presque, murmura Terra à son frère.

Elle était contente de ne pas devoir lui mentir.

La cantine de la cour, où ils déjeunaient tous les jours, avait été transformée en chaîne de montage pour préparer des herbes destinées à soigner les blessures. Les fées taillaient le Zanbaq, distillaient l'huile, préparaient les bandages et s'occupaient des patients. Le professeur Harvey était en train de panser une plaie béante. Il se redressa et s'accorda une seconde de pause avant de s'atteler à une autre tâche. Il combinait l'attitude du professeur à celle du soldat qu'il avait été. Parfaitement calme. Totalement maître de la situation.

— Papa ?

Il leva les yeux et vit Terra et Musa soutenir Sam à peine conscient. Il blêmit à la vue de l'état de son fils. Sa bouche s'ouvrit sans qu'aucun son n'en sorte.

La confiance aveugle de Terra en fut ébranlée.

Son père se tourna vers une fée.

— Il lui faut du Zanbaq. Tout de suite !

Tandis que Terra et Musa déposaient doucement Sam sur une table, le professeur procéda à une inspection préliminaire. Sam était extrêmement pâle. Il était couvert de sang. Son père se détourna des blessures de son fils pour s'adresser à Terra. Il poussa un juron qui résonna dans la cour. Son visage habituellement si calme était aussi chamboulé que l'école.

— Il a perdu énormément de sang ! Pourquoi vous ne l'avez pas amené ici plus tôt ?

Terra avait espéré qu'ils seraient sauvés par les adultes et que, malgré toutes les preuves du contraire, son père jouerait les héros et sauverait Sam. Le dernier espoir de la jeune fée s'envola face à l'impuissance de son père.

Elle soutint son regard accusateur sans ciller.

— Comment ? Tu nous avais enfermées, papa, au cas où tu l'aurais oublié…

FEU

Toutes les personnes présentes dans la cour ont applaudi lorsque Miss Dowling a prononcé un discours annonçant que la reine Luna était en route avec des renforts. Je ne pouvais pas rester dans la foule. Il fallait que je trouve l'occasion de lui parler seule à seule.

J'ai saisi ma chance dès que la fée de l'Eau à qui elle donnait des instructions s'est éloignée. La directrice m'a lancé un regard capable de déclencher une nouvelle période glaciaire.

— Je sais que vous êtes furieuse, ai-je commencé.

— C'est un euphémisme.

Une fois que je lui aurais expliqué, elle comprendrait. Et nous allions pouvoir collaborer.

— Rosalind n'est pas le monstre que vous croyez. Elle a menti pour une bonne raison. Les habitants d'Aster Dell n'étaient pas des innocents. C'étaient des *sorciers sanguinaires.* Et mes parents biologiques n'étaient pas parmi eux.

Ils étaient peut-être encore en vive et Miss Dowling allait pouvoir retrouver son mentor ! Elle serait sûrement ravie.

La directrice m'a examinée :

— Elle est douée pour mettre les gens dans sa poche, hein ? a-t-elle remarqué d'un ton condescendant.

— Votre ego est tellement surdimensionné qu'il vous empêche d'envisager ne serait-ce qu'une seconde que vous pourriez vous tromper à son sujet !

Elle s'est tue pendant un moment, comme si j'avais touché une corde sensible.

Pourtant, quand elle m'a répondu, son ton était mesuré.

— Rosalind t'a donné juste assez d'informations pour te convaincre. Elle te manipule, Bloom. C'est sa spécialité.

— Et vous n'avez pas fait pareil ? ai-je explosé. C'est vous qui m'avez caché des choses. Pas elle.

— Pourquoi est-ce qu'elle ne me le dit pas elle-même ? Pourquoi n'est-elle pas à nos côtés pour nous aider à lutter ? s'est-elle insurgée avec force. *Où est-elle ?!*

Miss Dowling ne comprenait toujours pas. Il fallait que je défende Rosalind.

— Elle est encore faible. Elle n'a pas encore assez rechargé sa magie. Mais elle m'a assuré qu'une fois qu'elle…

— Vous étiez dans le Cercle de Pierres tout à l'heure ? m'a-t-elle coupée, furieuse.

— Elle a caché notre présence grâce à sa magie, ai-je expliqué.

La directrice a mis une minute à digérer l'information. Son visage généralement impassible était soudain déformé par une colère noire. Je comprenais qu'elle soit fâchée, mais j'étais tellement surprise par l'intensité de son emportement que j'ai eu un mouvement de recul.

— Le Cercle de Pierres est un des conduits qui mène à la magie qui alimente tout Alféa. Comme notre électricité. Et la Barrière.

Il m'a fallu un peu de temps pour comprendre ce que ces mots signifiaient. Le château était plongé dans l'obscurité. La Barrière ne nous protégeait plus et les Brûlés étaient entrés.

J'ai eu du mal à formuler ma question.

— Vous voulez dire que c'est à cause de Rosalind que la Barrière s'est affaiblie et a permis aux Brûlés de passer ?

Elle m'avait dit que c'était après moi que les Brûlés en avaient et que je les avais aidés à envahir Alféa. C'était ma faute. J'avais tout gâché, et doublement.

Le silence de Dowling était la seule réponse dont j'avais besoin. Avant que je sache comment réagir, un râle glaçant a retenti à l'extérieur des portes, suivi d'un deuxième provenant de devant la cantine, puis de deux autres de chaque côté.

L'expression de Dowling s'est durcie et m'a rappelé Sky : c'était la détermination d'un soldat.

Il fallait que je lui dise.

— C'est moi que les Brûlés veulent, vous savez.

— C'est exact. Je ne m'en suis pas rendu compte tout de suite. Mais maintenant j'en ai la certitude. Ce qui signifie que c'est mon rôle de te protéger.

Je ne voulais pas être protégée. Je voulais aider. J'ai serré les dents en regardant autour de moi. Je pouvais réparer mes bêtises.

— On va les affronter. Rosalind m'a expliqué comment faire.

Miss Dowling a affiché une moue de mépris.

— L'école est en danger à cause de tes actes. Je crois que tu en as fait assez.

SPÉCIALISTE

Les cris gutturaux des Brûlés résonnaient dans la serre. Riven tenta de maîtriser la panique qui montait en lui alors qu'il distillait des huiles. Il fallait avoir la main sûre. Terra aurait fait une syncope si elle avait vu comment Dane broyait les herbes.

Riven lui confisqua le pilon et le mortier. Il allait s'en occuper lui-même.

— Euh… comment tu fais pour être aussi doué ?

Dane avait l'air surpris. Normal, conclut Riven : en réalité, le nouveau ne savait rien de lui. Il avait juste vu ce que Riven essayait de montrer.

— Terra et moi, on passait pas mal de temps ici avant. Je le nierai jusqu'à la mort mais, dans le fond, elle n'est pas si horrible.

C'est *moi* qui suis horrible. Elle avait raison sur tous les points.

— Je t'ai peut-être mal orienté, admit-il.

Il avait espéré que ce serait *son* année. Qu'il serait cool, compétent et entouré d'admirateurs. Qu'il ne se demanderait plus s'il était à sa place, que c'en serait fini de son sentiment d'insécurité. C'était drôle de penser qu'en fait il était beaucoup plus heureux l'année précédente. Dans la serre, entouré de choses qui l'intéressaient vraiment, à faire des activités qu'il aimait.

Oui, c'était drôle.

Riven versa l'huile dans la poudre. De la vapeur s'éleva. Elle était de la bonne couleur. Terra aurait été fière de lui.

Euh, non. Elle n'aurait pas été fière, parce qu'il était un salaud et un délinquant. Il plaça la mixture à côté du visage paisible de Beatrix.

Pendant ce temps, Dane contemplait la jeune fille avec des yeux admiratifs.

— Non, je ne crois pas, répondit-il. Beatrix est une fille super.

Riven l'examina pour essayer de comprendre. Est-ce que Dane était gay, hétéro ou juste attiré par les personnes les plus horribles ? S'il aimait les filles, Riven pourrait essayer de trouver un moyen de le livrer à Terra. Dane serait en sécurité avec elle. Riven ne pouvait pas être sauvé, de toute façon. Personne ne voulait le récupérer, mais Dane, lui, pouvait peut-être s'en sortir.

Le monde était sens dessus dessous en ce moment et des monstres s'apprêtaient à tous les tuer. Riven avait envie d'avoir une once de certitude.

Il décida donc d'interroger Dane sur son orientation sexuelle et ne fut pas trop surpris quand il rétorqua :

— Va te faire foutre.

Il fut stupéfait d'entendre Beatrix plaisanter :

— Ça répond à ta question.

Ils se retournèrent. Leur amie s'était redressée et s'étirait. Ce mouvement rappela à Riven quand elle se réveillait dans son lit, à l'époque où il imaginait qu'elle était sa petite amie. Quand il était heureux. Et qu'il se berçait d'illusions.

— Pas besoin de me mettre au courant des dernières infos. J'ai tout entendu.

Elle les fixa de ses yeux noirs, avec une gravité inhabituelle.

— Vous avez fait le bon choix. Quand tout sera terminé, vous serez contents d'être de notre côté.

Pris de panique, Riven se dit : *Je n'ai pas choisi !* Mais en réalité, si. Il avait aidé Dane. Et Beatrix. Comme d'habitude, il avait fait le mauvais choix.

Terra aurait mieux fait de le ficeler avec ses plantes grimpantes quand elle en avait l'occasion.

ESPRIT

Sam était en sueur et tremblait, des veines noires étaient visibles sous sa peau. Musa et Terra regardaient le professeur Harvey injecter l'huile directement dans l'avant-bras du malade. Les veines se rétractèrent un instant, avant de réapparaître comme une marée noire.

— Pourquoi le Zanbaq ne fonctionne pas ? s'énerva Terra.

Le front de son père était plus plissé que jamais. Musa percevait la concentration et l'inquiétude.

— La blessure est profonde. Il y a peut-être autre chose.

Harvey retira des gazes ensanglantées de la plaie. Sam poussa un cri. Sa douleur transperça Musa comme un deuxième hurlement, pire que le premier.

— Il souffre. Aidez-le.

— Je fais tout ce que je peux.

Il se tourna vers elle et la toisa du regard. Elle sentit le poids de ses interrogations.

— Tu peux le soulager, déclara-t-il ensuite. Tu es une fée de l'Esprit. Ressentir les émotions n'est qu'une petite partie de tes pouvoirs. Il y a un lien entre vous deux. Tu peux prendre une partie de sa douleur.

— Quoi ? Comment ?

— Au lieu de la repousser, accueille-la en toi. Essaye.

Musa serra la main de son petit ami et concentra sa magie sur lui. Mais Sam cria à nouveau. Toucher son esprit, c'était comme toucher une épine. Musa écarta instinctivement ses pouvoirs.

— Je ne peux pas. Je suis désolée.

— Tu n'as même pas essayé ! s'exclama Terra.

— Je te dis que je ne peux pas, OK ? grogna Musa.

Elle était terrassée par la honte, par la peur qu'elle éprouvait pour Sam, mais aussi pour elle-même. Elle ne pouvait pas y arriver. Elle ne s'en sentait pas capable. Elle aurait tant voulu, mais c'était impossible.

Alors que Musa s'en allait d'un pas chancelant, elle vit que Bloom suivait la scène avec un regard coupable, comme si c'était elle qui venait d'échouer.

FEU

Les fées du Feu étaient rassemblées devant les portes et prétendaient que la reine Luna et ses renforts n'arriveraient pas avant le lendemain. Sam ne survivrait pas jusque-là. Si les portes ne tenaient pas le coup, personne ne s'en tirerait vivant.

J'avais commis des erreurs mais, si Miss Dowling s'imaginait que j'allais rester les bras croisés alors que ce désastre était ma faute, elle se trompait dans les grandes largeurs.

J'avais appris au moins une chose.

Je me suis éloignée des autres fées du Feu et je suis allée trouver Sky.

Il essayait de porter seul un énorme tronc super lourd, ce qui était typique de lui. Il s'est arrêté devant une porte barricadée, en soulevant un côté un peu maladroitement. J'ai attrapé l'autre extrémité pour maintenir le bois en place. C'était l'heure de la vérité. S'il fallait être sincère, c'était maintenant.

— J'aurais dû t'expliquer ce que je faisais dans le Cercle de Pierres. J'aurais dû être honnête avec toi comme tu l'as été avec moi. Je regrette.

— Merci.

Nous avons renforcé la barricade ensemble. J'ai pris une profonde inspiration. Il était temps d'être encore plus franche, même si c'était flippant.

— Et notre baiser ? Sky, si tu penses que ce n'était pas sincère…

— C'est pas grave, Bloom. Peu importe…

Il n'a pas terminé. Je ne l'ai pas laissé faire. Je l'ai tiré pour l'embrasser une nouvelle fois. C'était tiède au début, c'est devenu chaud, puis brûlant comme le feu, aussi réel que la magie. Quand nous nous sommes écartés, son visage de soldat s'est enfin fendu d'un sourire.

— Si je dis que je ne te crois toujours pas, tu recommenceras ?

J'ai partagé son sourire, ravie que nous nous soyons retrouvés. Mais ce n'est pas pour cela que j'étais venue.

— Qu'est-ce qu'il y a ? Tu peux me le dire.

— Tu es sûr ?

Ce n'était pas une vraie question, cette fois. Malgré la situation extrêmement difficile dans laquelle je me trouvais, je n'avais plus de doutes sur les personnes à qui je pouvais accorder ma confiance. Tout me semblait clair. Nos sourires sont devenus complices, comme des gamins prêts à fomenter un mauvais coup.

— Je ne sais pas ce que tu comptes faire, mais j'en suis, m'a assuré Sky.

Il me fallait d'autres comparses.

Je suis partie à la recherche de mes colocs. J'ai trouvé Aisha et Stella en train de parler de moi dans un coin de la cour.

— Je connais Bloom, disait ma compagne de chambre. Elle n'est pas du genre à rester les bras croisés. Surtout si elle est convaincue que tout est sa faute.

Elle me connaissait bien.

— Si seulement tu ne l'avais pas trahie… a souligné la princesse.

— C'est pas vrai, tu recommences avec ça ? Je m'en veux, tu sais. C'est ça que tu veux entendre ? Je pensais que le fait que je fasse appel à toi t'aiderait à comprendre que je regrettais d'avoir mouchardé. Qu'est-ce que tu veux de plus ?

Stella a réfléchi.

— Je voulais profiter un peu de ma position pour te donner des leçons, pour une fois que j'ai raison. C'est bon, j'arrête. Qu'est-ce qu'elle va faire, à ton avis ?

J'ai choisi ce moment pour me montrer.

— Sans doute un truc risqué et un peu fou.

Elles se sont retournées.

— Et pour une fois, ai-je ajouté, je ne vais pas le faire toute seule.

SPÉCIALISTE

Sky engagea la conversation avec la dame de la cantine, discutant de mixtures d'herbes pour permettre à Bloom, Aisha et Stella de passer discrètement. Il adressa un signe de tête à son amie qui s'éloignait, ses cheveux roux flamboyant dans la nuit noire.

Il espérait qu'elle interpréterait le message qu'il voulait lui faire passer : *bonne chance, ma petite amie !*

Enfin. C'était *peut-être* sa petite amie. Ils pourraient mettre les choses au point plus tard, s'ils survivaient à cette nuit.

Il réfléchissait à la façon de prendre congé de l'employée quand Silva l'appela :

— Sky. Je voudrais te parler.

Il s'approcha du directeur, qui était en train de renforcer une porte, et l'aida par réflexe. Il se sentait toujours rassuré en présence de Silva, surtout lorsqu'ils réalisaient des missions ensemble. Ils se comprenaient quand ils accomplissaient leur devoir.

— Tu crois que ça va tenir ?

— Pendant un certain temps, répondit Silva d'un ton sinistre.

Puis, d'une voix douce qui paraissait étrange venant de lui, il ajouta :

— Je ne sais pas comment cette nuit va se terminer, Sky. Alors... je voudrais que tu saches la vérité sur Aster Dell.

— Bloom m'a tout raconté.

— C'est là qu'Andreas est mort.

Ça, Bloom ne le lui avait pas dit. Elle n'avait jamais mentionné le nom de son père. En dehors d'elle, tout le monde le répétait à la moindre occasion. Andreas d'Eraklyon, le grand héros.

Comment avait-il pu mourir à Aster Dell ? Ils avaient tendu une embuscade à leurs ennemis. Personne n'aurait eu l'occasion de l'attaquer.

— Comment c'est possible ? Tu m'as toujours dit qu'il était mort au combat.

— C'est la vérité. Je ne t'avais simplement pas précisé contre qui il se battait.

Silva lui expliqua enfin, au cœur de cette nuit de chaos et de lumières étranges. D'une voix lente et hésitante, il raconta comment il avait réalisé ce que Rosalind faisait à Aster Dell. Que les habitants devaient être évacués. Il voulait prévenir Miss Dowling et le professeur Harvey. Andreas, fidèle à Rosalind, s'était opposé à Silva, une lame à la main. Le directeur avait été obligé de l'éliminer.

Silva avait espéré pouvoir avertir les autres à temps. Hélas, il était arrivé trop tard.

Sky essaya de contenir ses émotions :

— Tu m'as toujours dit que mon père était un héros.

Il comprenait mieux ce que Bloom ressentait quand elle disait que tous les adultes autour d'elle mentaient.

Après une légère hésitation, Silva répliqua :

— Il a sauvé énormément de vies, mais pas ce jour-là. Il a tué plus de Brûlés que n'importe lequel d'entre nous. Mais il n'était pas infaillible, Sky. Aucun de nous ne l'est.

— *Pas infaillible* ? s'emporta Sky. C'est tout ce que tu trouves comme excuse ? Il a sacrifié des centaines d'innocents, puis tu l'as tué. Et la seule justification que tu me donnes, c'est que vous n'êtes pas infaillibles ?

— Sky…

— Qu'est-ce que je suis censé faire avec ça ?

Son univers entier s'écroulait autour de lui. Qui était-il censé être, s'il ne pouvait s'identifier ni à son père ni à Silva ? Il n'avait plus aucune raison d'être fier et plus de place à occuper.

Il comprenait maintenant pourquoi Silva avait toujours été aussi dur avec lui. Il n'y avait jamais eu d'amour, ni pour Sky ni pour son père. Silva ne l'avait élevé que par devoir et culpabilité.

Sky n'avait jamais eu personne qui soit proche d'un père.

— Tu grandis et tu l'acceptes, lui conseilla sèchement le directeur. Et tu te concentres sur l'essentiel.

Comme pour répondre à Silva, un énorme cri rauque se fit entendre, on aurait dit que les écailles d'un gigantesque alligator frottaient contre les murs en granit du château.

Puis la porte fut secouée avec une violence telle que Sky se demanda si elle allait résister.

— Les voilà, déclara Silva.

TERRE

Musa était assise seule dans un coin de la cour, son casque sur les oreilles. Elle tournait le dos au carnage. Terra l'approcha. L'attitude de sa coloc lui rappela les nombreuses fois où elle l'avait ignorée dans leur chambre et sa colère redoubla.

— Qu'est-ce qui t'arrive ? s'exclama-t-elle.

Mais Musa ne se retourna même pas. Terra lui retira son casque de force.

— Comment tu peux t'enfuir alors que Sam souffre ? Mon père fait ce qu'il peut, mais…

Quand Musa se retourna enfin, Terra vit la panique qui déformait ses traits.

— S'il te plaît, laisse-moi tranquille, la supplia Musa.

Voir la terreur de son amie fit à Terra l'effet d'une gifle, qui lui rappela qu'il n'y avait pas que son frère qui souffrait dans ce monde. Mais est-ce qu'elle aiderait vraiment sa coloc en lui permettant de rester assise dans son coin, en feignant d'ignorer ce qui se jouait autour d'elle.

— Je sais qu'il compte beaucoup pour toi.

Musa tremblait.

— C'est bien ça, le problème ! Je *ne peux pas* sentir ce qu'il ressent. Je ne peux pas sentir mourir quelqu'un qui m'est cher. Pas une deuxième fois.

— Quoi ? Musa…

— Ma mère est morte l'année dernière. Et j'étais avec elle. J'ai ressenti le moment où elle est partie. J'ai ressenti la même chose qu'elle jusqu'à la fin, expliqua-t-elle en contenant ses larmes. C'est pour ça que je ne veux jamais parler de ma famille. Et c'est pour ça que je ne peux pas être avec Sam en ce moment. Je ne peux pas supporter de vivre ça à nouveau. S'il te plaît, ne m'y oblige pas.

Elle semblait au bord de la crise de panique.

Terra comprit que la pousser était inutile. Tout ce qu'elle pouvait faire, c'était se montrer gentille avec elle.

— Ça va aller, lui promit Terra.

Elle la prit dans ses bras et sentit que sa camarade de chambre s'apaisait peu à peu.

La bouche collée contre ses cheveux, Terra lui fit une autre promesse.

— Et je ne le laisserai pas mourir.

Son père n'obtenait pas de résultats. Musa n'était pas capable de l'aider. C'était donc à Terra d'intervenir.

Elle tapota gentiment Musa, lui remit son casque sur les oreilles, puis tourna les talons et se dirigea vers les barricades où se trouvaient Silva et Sky. Les portes du château résonnaient sous l'impact des assauts. Les fées de l'autre côté de la cour serraient leurs armes. Terra entendit un bruit de verre brisé au loin.

— Les portes ne tiendront plus très longtemps, annonça Silva.

Super, se dit-elle. Elle devait retrouver le Brûlé qui avait blessé son frère et le tuer pour que Sam s'en sorte.

Elle tira sur la barricade pour essayer de la faire tomber.

— Terra !

Sky la saisit par l'épaule.

— On se cache alors qu'on devrait se battre, protesta-t-elle.

— On se battra quand il le faudra, trancha durement le directeur des Spécialistes, mais on ne va pas risquer nos vies.

Elle avait assez entendu de conneries de la bouche des adultes aujourd'hui.

— On est déjà en danger. La seule manière de sauver des vies, c'est d'éliminer ces créatures.

— Ce n'est pas aussi facile que tu…

Silva n'eut pas l'occasion de terminer. Il s'interrompit lorsqu'une partie de leur assemblage de bois s'abattit à quelques centimètres du visage de Terra. Elle recula d'un pas tandis que toute la barricade s'effondrait sous leurs yeux.

Partout dans le château, des bras de Brûlés essayaient de s'insinuer par des fissures dans les murs. Les troncs utilisés pour barrer l'accès roulaient sur le sol. Les râles affreux des monstres étaient aussi assourdissants que le tonnerre. À travers les protections endommagées, on apercevait des Brûlés qui montraient les dents et tendaient les mains. Leurs yeux horribles brillaient dans la nuit. Le bras d'une créature se faufila entre les planches déboîtées et essaya vainement de les attraper.

Le toit en verre se brisa avec fracas et un Brûlé tomba du ciel. Ailleurs, les flammes projetées par une fée du Feu qui défendait Alféa léchèrent le sol, semant la destruction sur leur passage.

La main du monstre tenta de s'emparer de Terra.

Puis le bras du Brûlé se retira à toute vitesse. On vit des silhouettes sombres battre en retraite, les cris rauques cessèrent et la nuit redevint calme. Terra regarda autour d'elle, hébétée.

— Qu'est-ce qui s'est passé ?

Un silence tendu s'installa. Dowling avança jusqu'au centre de la cour. Les râles n'étaient pratiquement plus audibles. Silva rejoignit la directrice d'un pas rapide.

— Ils s'en vont, lui dit-elle. Ils quittent le campus.

— Ils se déplacent tous ensemble, comme s'ils suivaient quelque chose, observa Silva, les sourcils froncés.

La directrice perdit son calme légendaire lorsqu'elle devina ce qui se passait.

— *Où est Bloom ?*

LUMIÈRE

Stella, Aisha et Bloom émergèrent du passage dans l'air froid de la nuit. La situation rappela à la princesse la fugue pour échapper à sa mère, seule et grelottante. Elle avait envie de retourner auprès de Miss Dowling, d'attendre l'arrivée de la reine et de son armée ou de s'agripper à Sky. De demander à quelqu'un, n'importe qui, de la protéger et de résoudre ses problèmes.

Mais ce n'était pas possible.

Une princesse avait le devoir de protéger son peuple. Elle ne leur voulait aucun mal. Elle voulait qu'Alféa et ceux qui s'y trouvaient soient en sécurité. Elle voulait se montrer aussi courageuse que Bloom, qui était déterminée à protéger tout le monde contre la menace qu'elle pouvait représenter.

Bloom se retourna pour jeter un coup d'œil aux lumières de l'école et Stella se demanda si elle allait se dégonfler. Elle ne lui en voudrait pas si c'était le cas.

— Allez, les exhorta Bloom, courageuse comme un chevalier. Il faut être sûres que les Brûlés me suivent.

Elles s'enfoncèrent dans l'obscurité que Stella avait toujours redoutée. Cette nuit, pourtant, elle avait un peu moins peur : pour la première fois, elle n'était pas seule dans le noir.

TERRE

Si les Brûlés poursuivaient Bloom, Terra devait courir à leurs trousses et les prendre en chasse. C'était clair. Kat, la Spécialiste, attrapa une arme et adressa un signe de tête à Terra. Elles se mirent en route.

Derrière elle, son père la rappela :

— Terra, n'y va pas !

Elle s'efforça de lui résister.

— Je sais que tu veux me protéger, papa, que tu penses que je ne suis qu'une gamine, mais tu te trompes. Je *dois* agir.

— Tu as raison.

Terra se retourna, stupéfaite qu'il l'admette.

— J'ai besoin de ton aide, avoua-t-il.

Elle lut la peur dans son regard et courut vers lui.

Quelques secondes plus tard, elle se battait déjà, même si ce n'était pas le combat qu'elle avait prévu. Elle se battait pour sauver la vie de son frère. Sam hurlait de douleur. Des morceaux de gaze ensanglantés jonchaient la table. Son père empoigna une pince chirurgicale, tandis que Terra tentait d'arrêter l'hémorragie.

— J'ai trouvé une écharde près de son cœur. Un morceau de Brûlé. C'est à cause de ça que l'infection continue à se propager. Si ça continue…

Son père ne réussit pas à finir sa phrase.

— Comment est-ce qu'on va l'extraire ?

— Je vais essayer, mais si je le heurte accidentellement…

D'une main tremblante, le professeur introduisit l'instrument dans la plaie. Terra se mordit nerveusement la lèvre. Chaque fois que Sam hurlait, son père tressaillait.

— Ça fait mal, gémit le blessé.

— Papa, l'implora Terra.

— Il faut que tu résistes à la douleur, Sam, supplia leur père. Essaie de ne pas bouger, s'il te plaît.

Le jeune homme ferma les paupières et même ce simple geste semblait lui causer d'atroces souffrances.

— Je ne peux pas ! hurla-t-il.

Terra cria pour se faire entendre par-dessus les gémissements.

— Papa, on va le perdre.

Comme elle ne supportait pas de regarder le visage de son frère dans cet état, elle se concentra sur sa main, qu'il serrait et desserrait. Elle avait peur de voir ses doigts se relâcher.

Puis une main se glissa dans celle de Sam. Les gémissements du blessé cessèrent. Il rouvrit les yeux. Ses pupilles étaient illuminées d'un violet ultra pur, celui de la magie de l'esprit.

Musa était penchée sur lui, les yeux illuminés aussi et le visage baigné de larmes.

— Musa… ahana-t-il.

— À mon tour de t'apporter un peu de paix.

Elle serra les doigts de son petit ami, puis laissa échapper un grognement de douleur. Ils partageaient la souffrance et Terra espéra que, divisée par deux, elle pourrait devenir supportable. Suffisamment pour que son père puisse accomplir les gestes nécessaires.

— Ça va ? murmura-t-elle à son amie, aussi terrifiée que soulagée.

Musa, d'habitude si posée et réservée, pleurait sans se cacher.

— Faites ce que vous devez faire.

Le professeur réintroduisit la pince dans la blessure. Sam et Musa semblaient perdus dans leur monde de souffrance partagée. Terra voyait à quel point c'était dur pour sa colocataire, mais celle-ci ne quittait pas son petit ami des yeux.

Son père n'avait personne d'autre vers qui se tourner, à part Terra. Il l'implora du regard.

— Je n'y arrive pas.

Il avait la voix d'un petit enfant terrifié, aussi terrorisé qu'elle. Mais elle devait se montrer forte quand on avait besoin d'elle.

— Si, tu peux y arriver. Je sais que tu peux.

Il prit une profonde inspiration. Ses mains cessèrent de trembler et il fit une ultime tentative. Sam et Musa étouffèrent un cri.

Les veines noires visibles sous la peau disparurent dès que le professeur parvint à extraire l'énorme écharde. Ils poussèrent tous les quatre un énorme soupir, mais leur soulagement ne serait que de courte durée.

— Il va bien pour l'instant. Mais son état est toujours grave. Il ne sera pas tiré d'affaire tant que le Brûlé qui l'a attaqué ne sera pas tué.

FEU

Aisha, Stella et moi avons pris position derrière l'école, dans les zones dégagées du Bastion. Aisha contemplait la surface chatoyante des étangs.

— Je pourrais utiliser cette eau, a-t-elle suggéré.

Stella me regardait avec inquiétude.

— Ma mère sera bientôt là. Avec une vraie armée. Tu n'es pas obligée de faire ça, Bloom.

C'était ma faute. Ma décision était prise.

— Elle n'arrivera pas à temps, Stella.

J'ai sondé l'obscurité de la forêt. Un râle a retenti dans le feuillage.

— C'est moi que ces Brûlés veulent. Depuis le début.

J'ai cru apercevoir des monstres en train de se faufiler entre les arbres. Des ombres se déplaçaient à une vitesse vertigineuse. Elles fonçaient vers leur cible.

— Si je parviens à établir un lien avec eux, comme Rosalind me l'a appris, je peux les arrêter.

J'essayais de garder un ton ferme. Mais je savais que ma peur était palpable.

— Pour y arriver…

Je me suis interrompue et j'ai avalé ma salive.

— … Je vais devoir puiser un max dans ma magie et je ne sais pas ce qui se passera quand je serai à fond.

— C'est bon, j'assurerai notre sécurité, m'a promis Aisha.

— Tu ne nous verras pas, mais nous serons là, murmura Stella.

Aisha m'a pris une main et Stella l'autre. Aisha serait l'eau qui éteindrait mon feu. Et Stella pourrait la faire disparaître pour que nos ennemis ne la voient pas.

Je les ai regardées et j'ai trouvé la force.

— Rosalind veut me faire croire qu'elle est la seule à pouvoir me sortir de là. Je sais que c'est faux.

J'ai rassemblé mon courage et je me suis tournée vers la clairière. Mes amies se sont éloignées. Quand je me suis retournée, elles n'étaient plus visibles.

J'ai fait quelques pas dans l'espace dégagé.

Approchez, ai-je dit dans ma tête. *Que tout ce qui me faisait peur vienne. Que je devienne tout ce que j'ai toujours redouté ou désiré.*

De l'eau s'est élevée en tourbillons des lacs. La magie d'Aisha l'attirait en un courant argenté qui se déplaçait dans l'air comme des flux aériens. Ce couloir de vent m'a encerclée dans un rideau d'eau, un cocon brillant comme un diamant qui m'a enveloppée, m'isolant du reste du monde. Suspendue à l'intérieur de cette protection, j'avais l'impression d'être légère comme une plume, j'avais l'impression de pouvoir voler.

L'eau et le feu. Bizarrement, alors que j'arrivais à la fin de mon parcours, je ne repensais ni à ce que m'avait dit Rosalind ni même aux recommandations de Miss Dowling. Je pensais à ma mère, quand nous jouions aux princesses dans un château et aux chansons entraînantes qu'elle me chantait.

Ferme les yeux et ouvre ton cœur !

D'accord, maman. J'ai fermé les paupières.

J'ai senti des flammes venir faire danser la vie au bout de mes doigts, encerclant mes mains.

J'ai senti des étincelles courir le long de mes jambes, alors que mes pieds se soulevaient du sol.

Des volutes de feu se sont déployées de mon dos, comme une fleur de flammes.

Finalement, j'ai ouvert les yeux. Le rideau d'eau s'est évaporé et des gouttes de pluie se sont formées. Je me consumais et l'air de la nuit agitait mes ailes incandescentes.

Mes pieds ont à nouveau touché le sol et j'ai tourné mon regard brillant vers la forêt.

Les Brûlés fonçaient vers moi. J'ai levé l'index pour leur faire signe d'approcher et une flamme magenta a jailli du bout de mon doigt. La flamme semblait rencontrer un écho de feu dans la poitrine des Brûlés. Je distinguais une lueur dans leurs torses, une lumière étrange et redoutable. Ça devait être ce que le professeur Harvey avait appelé un Charbon Ardent. Mais pourquoi est-ce que je les voyais ? Pourquoi les Brûlés me semblaient-ils soudain si étranges ?

— Qu'est-ce que vous êtes ? ai-je chuchoté tandis qu'ils s'élançaient entre les arbres pour me rejoindre.

J'ai couru à leur rencontre.

Quand le plus proche a voulu m'attaquer, j'ai levé la main. Le feu a glissé de sa poitrine jusqu'à moi et, lorsque le Charbon Ardent l'a quitté, la silhouette carbonisée du monstre a vacillé et changé.

Il s'est écroulé sur le sol, inerte, et les autres Brûlés se sont jetés sur moi. J'avais l'impression qu'ils se déplaçaient avec lenteur, comme s'ils étaient hors de leur élément, et moi dans le mien. J'ai à nouveau levé la main et la lumière a appelé la lumière. Les Charbons Ardents ont formé un sentier de torches tandis que leur magie venait à moi.

Les créatures sont tombées autour de moi, comme des feuilles d'automne. Des corps humains s'écroulaient les uns après les autres et je me suis retrouvée au milieu d'un cercle de cadavres.

Il n'y avait plus aucun Brûlé. Mon école était hors de danger. J'avais réussi.

Je me suis retournée et j'ai vu Miss Dowling au bord de la clairière.

Elle me regardait de la façon dont j'avais toujours rêvé qu'elle me regarde : avec fierté.

— Bravo, Bloom.

Je lui ai adressé un signe de tête. Puis, plus vite que ma magie n'avait surgi, les flammes ont reculé. Ma vision s'est obscurcie, mes genoux ont flanché et j'ai commencé à m'écrouler. La directrice a couru et m'a rattrapée juste à temps.

Aisha et Stella sont sorties de l'obscurité et se sont précipitées vers moi.

— Qu'est-ce qui ne va pas ? s'est inquiétée Aisha.

— Est-ce qu'elle… ? a commencé Stella d'un ton craintif.

— Elle va bien. Elle est juste épuisée. Vous pouvez l'accompagner jusqu'à sa chambre ?

Tandis que chacune de mes colocs plaçait un de mes bras sur leurs épaules, je les ai observées. Stella, belle princesse hautaine. Aisha, calme et décidée. Toutes les deux étaient déterminées et avaient eu peur pour moi. Elles me soutenaient fermement, comme elles l'avaient fait toute la nuit.

— On a réussi, ai-je chuchoté.

— Oui, on a réussi, a répété Aisha.

Sa voix était aussi chaude et forte que son épaule qui me soutenait.

ESPRIT

Musa était assise, recroquevillée contre Sam, et ressentait la douleur atroce les frapper tous les deux comme des vagues noires qui cherchaient à les déchirer, les séparer, les emporter et les noyer.

Puis, tout à coup, la marée s'éloigna.

Musa cligna des paupières pour tenter d'y voir clair.

— Sa douleur s'en va.

Elle esquissa un sourire.

— Je pense qu'ils ont tué le Brûlé.

Sam lui serra la main en la regardant. Ils s'observèrent. Il n'y avait plus de plaisanteries, plus de papotages. Juste de la gratitude dans les yeux de Sam, une émotion profonde et douce comme le démarrage de quelque chose de vrai.

— Merci.

Musa acquiesça, puis contempla la famille Harvey. Elle sentait les vagues de gratitude déferler de toutes parts. Les larmes lui montèrent aux yeux et elle se retint de pleurer. Elle n'était pas du genre émotive. Elle ne l'avait jamais été. Ce n'était pas prudent. Le professeur se tourna vers sa fille, le visage rayonnant de fierté.

— Merci à toutes les deux.

Terra était ravie, mais c'était trop pour Musa. Elle avait l'impression qu'une mer de sentiments allait la submerger. Elle se détourna, mais sa coloc la retint en passant un bras autour d'elle.

Elle la maintint en place avec douceur, juste assez longtemps. Les tourbillons d'émotions ne noyèrent pas Musa, comme elle le redoutaient. Grâce au soulagement et à la joie qui les entouraient, elle n'avait pas du tout l'impression de se débattre dans des eaux sombres, plutôt de sortir dans la pleine lumière.

— Non, lui susurra Terra à l'oreille. Il te faut aussi de bonnes vibrations.

Et, à sa propre surprise, Musa se détendit dans les bras de sa meilleure amie et se laissa emporter par la vague.

SPÉCIALISTE

En cette période de troubles et de combats, Riven trouvait du réconfort dans une de ses bonnes vieilles habitudes : taquiner Dane.

— Attends. « Se battre comme une fille » ? « Jouer au ballon comme une fille » ? « Courir comme une fille » ?

— Toutes ces expressions posent problème, lui assura Dane.

Et faire évader une tueuse ou garder rancune à une fille innocente qui t'aime vraiment, Dane, se dit Riven. Ça pose un problème ?

Mais c'était drôle de voir comme le jeune Spécialiste pouvait se montrer naïf et sérieux.

De sa position contre les vitres de la serre, Beatrix lança de sa voix nonchalante, légèrement amusée :

— Il se fout de toi, Dane. Riven comprend la façon de parler des gens bien mieux qu'il ne te le laisse croire. Sympa comme petite mise en scène, n'empêche.

Riven adressa un sourire à Beatrix. Elle le comprenait et elle était bien la seule. Elle le trouvait intelligent et sympa. Ça voulait dire qu'elle l'aimait bien.

Puis il adressa son sourire à Dane. C'est vrai, ses nouveaux amis étaient un peu horribles, mais Riven l'était aussi. Leur étrange bande était réunie et, au milieu de l'horreur, ça faisait du bien.

— Ce semestre n'était pas nul, grâce à vous, les gars, admit Beatrix d'un ton plus chaleureux que d'habitude. Merci.

Les lumières se rallumèrent et la conversation cessa.

Riven jeta un coup d'œil à Dane.

— On devrait y retourner.

— Ouais, il faudrait.

Personne ne bougea. S'ils partaient, c'était fini. Riven se retrouverait seul, avec sa peur et ses regrets.

— Rosalind sera bientôt là, intervint Beatrix. Écoutez ce qu'elle a à dire. Mon père et elle ont un projet. Vous pouvez en faire partie tous les deux. Tout ceci… n'a pas besoin de prendre fin.

Tout ceci. Donc Beatrix pensait qu'il y avait vraiment un « ceci ». Elle n'avait pas joué la comédie. Il y avait quelque chose entre eux. Et ça signifiait qu'il y avait quelque chose à perdre.

— Quoi ? s'étonna Dane. C'est ton père qui t'a envoyée ici ?

— Techniquement, ce n'est pas mon père, mais il saura quoi…

Juste à ce moment-là, la porte s'ouvrit. Une femme blonde d'un certain âge se tenait dans l'entrée principale de la serre. Elle arborait un sourire troublant. Riven était Spécialiste depuis assez longtemps pour reconnaître une autorité naturelle.

— Rosalind ! s'exclama Beatrix.

Rosalind. Youpi ! Le cerveau derrière le plan probablement machiavélique évoqué par Beatrix.

— Tu te souviens de moi, constata la nouvelle venue. C'est bien.

Elle regarda Riven et Dane de haut, l'air de dire *C'est qui, ceux-là ?* Riven la toisa à son tour, comme pour dire *C'est qui, celle-là ?*

Il ne posa pas la question à haute voix. Cette dame avait l'air vachement déséquilibrée. Si elle avait eu cinquante ans de moins, Sky aurait essayé de sortir avec elle.

— Ce sont des amis, lui assura Beatrix. Tous les deux.

C'était gentil. Et ça paraissait sincère.

Les yeux de Rosalind se mirent à briller et Riven sentit sa magie comme une lampe torche qui illuminait les recoins les plus sombres de son âme.

Elle finit par hocher la tête, comme s'il avait réussi l'examen haut la main.

Ça voulait dire que l'âme de Riven était suffisamment sombre.

— C'est toujours bien d'avoir des amis, commenta Rosalind. J'imagine qu'ils ont hâte de savoir ce qui va se passer maintenant ?

Rosalind sourit lentement, un sourire qui semblait à la fois aussi chaud que le soleil et glacé qu'un serpent. Riven n'était pas sûr de vouloir savoir ce qui allait arriver.

FEU

Alors que Stella m'aidait à entrer dans ma chambre, Aisha a écarté mes couvertures et m'a fait signe de me coucher d'un geste impérieux. Je me suis glissée dans le lit juste au moment où Terra entrait avec un thé apaisant. Musa la suivait, les mains vides.

Je voulais m'assurer que j'avais bien compris :

— Vous êtes sûres que Sam va bien ?

— Oui. Grâce à toi et à Musa, m'a répondu Terra, rayonnante de joie.

Musa lui a jeté un regard affectueux.

— N'importe quoi. Vous auriez dû voir Terra. D'ici une semaine, elle sera capable de nous opérer toutes. Juste pour s'entraîner, même si on n'a rien.

— Je suis un peu déçue de ne pas t'avoir vue avec tes ailes, a admis Terra. Tu ressemblais à la fée Clochette ?

— Elle était beaucoup plus cool que ça, a affirmé Stella.

C'était un fameux compliment, de sa part.

— *Plus cool* ? J'adore la fée Clochette, a signalé Terra d'un ton nostalgique.

— Tu m'étonnes, a murmuré Stella.

Mon téléphone a sonné sur la table de nuit. Mes parents.

— Repose-toi, m'a ordonné Aisha. Je vais répondre à ta place. Ce sera mon quota de mensonge pour le mois.

Elle a pris mon portable et est sortie de la pièce.

J'ai entendu sa voix prendre un timbre pétillant. Ça allait plaire à ma mère.

— M. et Mme Peters, bonsoir ! Quoi ? Non, Bloom va bien. Oui, la semaine a été dure. Les examens sont mortels.

J'ai regardé mes amies autour de moi. Leurs visages souriants. Elles étaient heureuses et en sécurité. Elles étaient avec moi. Je n'étais pas seule.

J'ai laissé mes paupières se fermer.

SPÉCIALISTE

Bloom avait réussi. Sky savait qu'elle pouvait y arriver.

À présent, il se demandait ce qu'il allait lui-même devenir.

Il était assis devant l'entrée principale de l'école, dans l'herbe. Les étoiles se déplaçaient au-dessus de sa tête, le ciel s'éclaircissait. Le soleil finit par se lever.

Le château illuminé par la lueur dorée de l'aube était le même qu'avant, il le savait, mais il lui paraissait différent. Sky s'était toujours senti chez lui à Alféa, mais plus rien n'était pareil.

Ses longues heures de stupeur furent interrompues par la voix de Bloom.

— Te voilà !

Elle s'assit sur le sol à côté de lui et se pencha un peu en laissant son épaule toucher la sienne. Le contact aurait été agréable s'il ne s'était pas senti à des millions de kilomètres de là.

— Il y a des rumeurs. On raconte que tu as été une fée accomplie hier soir.

— Des rumeurs positives ou négatives ? voulut savoir Bloom, avant de se raviser. En fait, je m'en fiche. Je me moque de ce que les autres pensent, pour la première fois, je me suis sentie moi-même. Totalement moi-même.

Elle ajouta, doucement :

— Je me sens chez moi ici.

Sky l'observait. Même s'il n'était plus très à l'aise dans son école, s'il s'interrogeait sur sa place dans le monde, il comprenait Bloom. Elle n'avait plus l'air perdue. Elle s'était trouvée. Il avait toujours été convaincu qu'elle finirait par y arriver.

— Tu l'es, renchérit-il.

Il ne pouvait pas en dire autant.

— Tu portes les mêmes vêtements qu'hier soir ? demanda tout à coup Bloom d'un ton inquiet.

Elle scruta son visage.

— Sky. Qu'est-ce qu'il s'est passé ?

Quand elle était venue le trouver, elle était si heureuse qu'elle rayonnait comme le soleil levant, radieuse d'avoir enfin trouvé sa place. Il ne voulait pas se transformer en nuage noir à l'horizon.

— Ça va, je te promets.

Puis il a aperçut Dowling dans l'allée. La directrice lui fournissait l'excuse parfaite.

— On dirait que quelqu'un veut te parler.

Sky, lui, n'avait plus rien à dire.

FEU

Un entretien de plus dans le bureau de Miss Dowling ! J'avais tellement souvent débarqué ici en claquant la porte et en exigeant la vérité que c'était bizarre à présent de tenter de nous montrer polies l'une envers l'autre.

— Comment tu te sens ? m'a demandé la directrice.

— C'est pas encore trop la forme. Mais je survivrai.

Miss Dowling a hoché la tête.

— Tu as fait appel à une quantité impressionnante de magie. Tu vas être épuisée pendant quelques jours et…

J'en avais assez de jouer la comédie. Peut-être que l'esprit pointilleux de Miss Dowling serait horrifié, mais il fallait que je libère le poids que j'avais sur le cœur.

— Je me suis comportée comme une garce. Je n'arrête pas de penser à ce que je vous ai dit hier soir.

Sans elle, je n'aurais pas Aisha, Sky, Terra, Musa ou Stella. Je n'aurais ni Alféa ni magie. Je me sentais coupable de l'avoir si mal traitée. Je réalisais à présent qu'elle avait fait de son mieux. Et je savais à quel point c'était difficile.

— Vous avez été incroyable avec moi. Vous m'avez trouvée quand j'étais perdue, vous m'avez emmenée dans un endroit pour me mettre en sécurité, vous m'avez guidée. Vous m'avez entourée de personnes géniales. Et moi j'ai été…

Ingrate.

Miss Dowling me faisait un peu penser à Rosalind, comme si elle avait modelé son attitude à partir de celle de son mentor, il y a bien longtemps. C'était peut-être pour ça que j'avais fait confiance à Rosalind trop vite : je mourais d'envie qu'elle soit tout ce que j'avais décidé que Miss Dowling ne pouvait plus être pour moi. Les cheveux blonds de Miss Dowling étaient d'une teinte plus foncée que ceux de Rosalind, ses yeux étaient sombres et non bleu vif. Elle n'était pas Rosalind, qui brillait comme un bijou en toc.

La directrice d'Alféa était de l'or véritable.

Et en ce moment, elle me souriait avec sincérité. Comme si, à partir d'aujourd'hui, nous allions être honnêtes l'une envers l'autre.

— C'est déjà pardonné.

Je la croyais.

— Est-ce que… on peut… Je pourrais vous serrer dans mes bras ?

C'est sorti tout seul. Ma demande gênante était probablement ridicule. Miss Dowling, froide et distante, allait sans doute être horrifiée.

Mais non. Elle a acquiescé, elle s'est avancée et m'a prise dans ses bras. La première fois que je l'ai vue, elle était nimbée de lumière. Elle avait l'air d'une apparition, mais la lumière était froide. Cette étreinte, en revanche, était chaleureuse. J'ai passé les bras autour d'elle et je l'ai serrée.

Nous allions mieux nous comprendre et mieux nous entendre à partir de maintenant. Elle serait mon mentor et Alféa serait le lieu où je me sentirais le mieux au monde.

Il me restait juste une chose à faire avant.

FEU

Ma maison en Californie était en meilleur état que la dernière fois que je l'avais aperçue. Tout s'arrange, avec le temps.

Mon père était surpris de me voir. Sa première réaction a été d'appeler ma mère.

— Bloom, s'est-elle exclamée en m'apercevant. Qu'est-ce que tu fais ici ? Tu as des ennuis ?

Elle n'avait aucune idée de ce que j'avais affronté ni de ce que je devrais sans doute encore combattre à l'avenir.

— Je vais tout vous expliquer. J'ai juste un truc à vous demander.

J'ai fait signe à mes amies d'entrer.

— Bonjour, a murmuré Aisha.

— Bonjour, a répété Stella d'un ton majestueux.

— Ravie de vous rencontrer ! a ajouté Terra avec un immense sourire.

— 'Jour, a marmonné Musa.

Les yeux de mes parents se sont écarquillés.

— Mes copines peuvent rester ici ce week-end ?

Ma mère avait l'air stupéfaite, mais son visage s'est illuminé. Son inquiétude était balayée par la joie de constater que j'avais enfin une vie sociale, comme elle en avait toujours rêvé.

— Euh… mais oui. Bien sûr.

J'ai demandé à mes colocs d'aller attendre dans ma chambre, pendant que je discutais avec mes parents et que je leur racontais la vérité. Ce que j'étais vraiment et ce que je leur avais fait. Je leur ai parlé de leur première fille, qu'ils avaient perdue sans le savoir.

Elle aurait été humaine, cette enfant. Elle n'aurait jamais mis le feu à leur maison et ne serait pas partie dans un royaume étranger. Mais elle n'aurait pas pu les aimer plus que moi.

J'avais trop peur pour regarder ma mère dans les yeux. Quand j'ai finalement osé, elle contemplait les traces de brûlures sur ses bras.

— Je suis désolée, ai-je chuchoté alors que des larmes roulaient sur mes joues.

J'avais l'impression que cela faisait des mois que j'attendais de leur dire tout ça.

Et de pleurer.

Comme chaque fois que je fondais en larmes, ma mère était là. Elle m'a serrée dans ses bras et j'ai su que j'étais sa fille et que j'étais à la maison. Nous avons parlé encore longtemps. Et mes amies et moi avons discuté ensuite, dans ma chambre.

Le lendemain matin, je suis descendue et mes parents ont pu accueillir dignement mes amies. Maman a laissé papa commander une pizza le soir et elle en a même mangé, comme c'était une occasion spéciale. Elle rêvait depuis si longtemps que j'aie un jour assez de copines pour organiser une soirée pizza.

Quand j'étais encore dans mon ancien lycée, j'avais lu dans des poèmes que les fées exauçaient les vœux et que le pays des fées s'appelait le pays des désirs du cœur.

Tous mes vœux s'étaient réalisés, même si ce n'était pas exactement de la façon que j'attendais. Mais j'avais pu rentrer chez moi, avec mes nouvelles amies. Maintenant que j'avais accepté qui j'étais vraiment, je pouvais obtenir tout ce dont j'avais rêvé.

Peut-être que le pays des fées était vraiment le pays des désirs du cœur.

SPÉCIALISTE

Sky aidait Silva à transporter des armes parmi les décombres de l'école. Les vitres étaient brisées, les portes défoncées, mais l'armurerie au moins serait bien rangée.

— Où est Riven ? voulut savoir le directeur.

— Sans doute en train de fumer des joints avec Dane.

Il consacrait ses journées à ça en ce moment. Et c'est aussi ce qu'il faisait le soir de l'attaque des Brûlés. Bloom et ses amies s'étaient montrées héroïques et, pendant la bataille, le meilleur pote de Sky se défonçait.

D'un autre côté, Riven avait compris avant lui que quelque chose ne tournait pas rond à Alféa. Peut-être qu'il était le plus malin des deux.

Silva posa les yeux sur Sky. Le Spécialiste avait toujours cru que ce regard était honnête.

— J'espère qu'un jour tu comprendras que j'ai fait tout ça pour ton bien. Le monde n'est pas parfait, Sky. Il n'est ni noir ni blanc. Il ne se divise pas entre les héros d'un côté et les méchants de l'autre. Le bien qui affronte le mal.

— Alors pourquoi tu as toujours cherché à me convaincre du contraire ?

En réalité, il avait envie de demander : *est-ce que tu m'as jamais aimé*, mais il n'avait jamais abordé ce genre de sujet avec Silva. Il n'en eut pas l'occasion cette fois non plus.

Un cortège de SUV remontait l'allée, suivi de la Rolls de la reine Luna.

Silva s'approcha des véhicules en fronçant les sourcils.

— Qu'est-ce que les Solariens viennent faire ici ? On les a prévenus que l'attaque était terminée.

Il s'approcha, confiant et sans peur, comme toujours. Il s'arrêta net lorsque les gardes pointèrent leur arc droit sur lui.

— Qu'est-ce qui se passe ? intervint Sky.

La reine Luna sortit majestueusement de la Rolls.

— Saúl Silva, c'est avec le cœur lourd que je vous annonce que vous êtes en état d'arrestation.

Son cœur était peut-être lourd, mais sa voix était légère comme une clochette qui tinte au vent.

— Pour quelle raison ? demanda Silva sans détour.

— Pour tentative de meurtre... sur la personne d'Andreas d'Eraklyon.

Un seul mot avait suffi à chambouler toute la vie de Sky.

— *Tentative* ? répéta-t-il.

La portière d'un des 4 × 4 s'ouvrit et un homme en sortit. Sky connaissait son visage grâce aux innombrables photos qu'il avait examinées et son tempérament à travers toutes les histoires que Silva lui avait racontées.

— Bonjour, Sky, dit simplement son père.

Le moment était mal choisi pour des retrouvailles émouvantes. Luna ordonna à ses soldats de pénétrer dans l'école et de régler ce qui devait l'être.

Un des points à régler était le cas de Silva. Il était encore abasourdi quand on lui passa les menottes aux poignets. Sky reçut l'ordre de s'écarter, comme tous les autres Spécialistes.

Sky fut contraint de regarder les soldats envahir sa maison, tout réorganiser et emmener le directeur menotté.

Pendant tout ce temps, son père était là. Il était en vie et n'avait pas pris la peine de le contacter une seule fois.

À côté d'Andreas, collée contre lui comme si c'était *son* père, il y avait Beatrix. Cette fille qui était un assassin et s'était enfuie de l'école. Elle adressait un sourire suffisant à ses amis, Riven et Dane.

Même si le choc lui donnait l'impression que la scène était irréelle et qu'il y assistait de loin, Sky eut une pensée pour Bloom. *Je suis content que tu ne sois pas là. Ne reviens pas. Alféa n'est pas un lieu sûr. Plus maintenant.*

Peut-être qu'on n'y a jamais vraiment été en sécurité.

Le cœur vieillit

Lorsque Rosalind vint la voir, Farah était en train d'enterrer les dépouilles des Brûlés. Quel acte noble. C'était bien son genre. Tellement noble qu'il en perdait toute efficacité.

— L'histoire des Brûlés est un truc de dingue, déclara Rosalind. Faites-moi confiance.

Mais son ancienne protégée ne lui faisait plus confiance. Comme c'était triste. Rosalind tapota le banc à côté d'elle pour inviter Farah à s'asseoir, mais elle refusait de faire le moindre pas vers elle. Farah n'avait jamais été une personne aimable.

C'était un défaut majeur. Rosalind trouvait cruciale sa propre capacité à se faire aimer.

Juste pour la taquiner, elle expliqua à Farah que les Brûlés avaient été soldats dans une guerre il y a bien longtemps et que ces combattants avaient été transformés par une magie appelée la Flamme du Dragon. La même flamme qui brûlait à l'intérieur de Bloom, la petite changeling.

Farah protesta avec colère :

— Vous avez laissé les Brûlés entrer dans l'école pour la mettre à l'épreuve. Vous avez risqué la vie de nombreux élèves…

Oui, oui. Où voulait-elle en venir ?

— Une guerre se profile à l'horizon. Les Brûlés ne sont rien par rapport à ce qui se prépare.

Rosalind allait droit au but. Elle poursuivit :

— Vous n'avez pas la carrure nécessaire pour accompagner la jeune génération dans ce conflit.

La bouche de Farah se tordit pour former un sourire ironique.

— Nous y voilà.

— Vous avez tout de même fait du bon travail, admit Rosalind avec condescendance.

Farah – Miss Dowling, la directrice, quelle blague… – répliqua :

— J'avais le choix. Poursuivre vos méthodes ou tirer les leçons de leurs faiblesses.

Elle semblait vraiment y croire. Elle semblait sûre d'elle. Rosalind ne se souvenait pas que Farah Dowling ait autant d'assurance. Avant, elle ne se fiait qu'à ce que Rosalind lui dictait.

— Regardez-moi ça, murmura Rosalind. Une vraie adulte.

Farah l'examina de la tête aux pieds.

— Dès que je suis sortie de votre ombre, j'ai découvert un monde rempli de lumière. Cet endroit n'a rien de funeste. C'est vous qui l'êtes.

— Quel dommage que la reine Luna ne partage pas votre opinion !

Elle n'avait même pas eu à faire chanter Luna pour la convaincre qu'Alféa avait besoin d'un changement de direction. De toute évidence, la souveraine en voulait à Farah après l'histoire avec sa fille.

C'était bien Farah, de se faire des ennemis !

Luna était impatiente que Rosalind change l'école. Ben Harvey ne broncherait pas, pour le bien de ses précieux enfants. Et Rosalind prit un malin plaisir à informer Farah que son cher Silva était emmené en prison tandis qu'elles conversaient. Pour *tentative* de meurtre sur Andreas d'Eraklyon.

Andreas récupérait son fils. Et Rosalind s'emparait de tout le reste. Du château et de Bloom.

Farah se détourna pour tenter de cacher à quel point elle était ébranlée par les catastrophes qui s'abattaient sur elle. Mais Rosalind la connaissait trop bien. Elle n'avait pas besoin de voir son expression. Elle savait ce que Farah ressentait. Et elle en tirait un plaisir délicieux.

— Maintenant, il ne nous reste plus qu'à parler de vous. Un petit conseil : prenez un congé sabbatique. Partez explorer les montagnes, prenez des vacances. Vous avez travaillé si dur, Farah.

— Je suis la directrice d'Alféa désormais, décréta l'intéressée d'un ton sans appel. Et il n'est pas question que je laisse l'école entre vos mains.

— Je le sais. Mais allez savoir ce que les autres vont imaginer.

Cette chère Farah, toujours trop noble. Elle pensait qu'elles avaient une conversation courtoise. Elle se tourna pour invoquer sa magie, mais Rosalind avait été plus rapide. Il lui suffit d'un geste de la main pour briser la nuque de Farah.

Ce fut presque trop facile.

Une dernière pensée traversa l'esprit de Farah Dowling : elle aurait dû mettre Bloom en garde, la protéger, lui apprendre plus de choses et mieux. Mais il était trop tard.

Toutes ses pensées s'arrêtèrent. La lumière s'éteignit dans ses yeux et la terre se dressa pour la réclamer. Sept nouvelles tombes devaient être creusées, au lieu des six pour les Brûlés.

Rosalind fit en sorte que les fleurs poussent à profusion sur la terre fraîchement retournée. Les plantations étaient magnifiques.

La journée s'annonçait splendide.

Tout cela aurait pu se terminer très différemment, songea Rosalind. Mais on ne change pas le cours des choses.

Il n'y avait de place que pour un seul mentor dans la vie de sa chère Bloom.

FEU

Alors que mes amies et moi remontions l'allée d'Alféa en bavardant et en riant, un rayon de soleil a illuminé les tourelles, faisant ressembler le château à une illustration de livre de contes à reliure dorée. Ce décor m'était tellement familier maintenant que ça m'a fait sourire. Je me sentais chez moi ici et la journée s'annonçait magnifique.

Nous avons franchi les portes toutes les cinq ensemble.

Puis les discussions et les rires se sont tus, face à la poussière et aux décombres d'Alféa en ruine. Stella a étouffé un cri en voyant sa mère. Aux côtés de la reine Luna se tenait une personne que je n'avais vue qu'en photo, un homme dont le visage ressemblait à celui de Sky. Et qui était censé être mort.

Au centre de la cour, comme si elle était la maîtresse des lieux, j'ai aperçu la femme que j'avais libérée. Rosalind. Elle nous a adressé son sourire le plus diabolique et nous a lancé :

— Soyez les bienvenues, mesdemoiselles.

CE ROMAN VOUS A PLU ?

Retrouvez tous les titres Hachette Romans sur notre site et nos réseaux :

LECTURE ACADEMY

« Pour l'éditeur, le principe est d'utiliser des papiers composés de fibres naturelles, renouvelables, recyclables et fabriquées à partir de bois issus de forêts qui adoptent un système d'aménagement durable. En outre, l'éditeur attend de ses fournisseurs de papier qu'ils s'inscrivent dans une démarche de certification environnementale reconnue. »

Composition et mise en pages : Nord Compo

PAPIER À BASE DE FIBRES CERTIFIÉES

hachette s'engage pour l'environnement en réduisant l'empreinte carbone de ses livres. Celle de cet exemplaire est de :
650 g éq. CO_2
Rendez-vous sur www.hachette-durable.fr

Achevé d'imprimer en France par
le groupe CPI Brodard & Taupin
Dépôt légal 1ere publication : mars 2021
69.5959.63 – ISBN 978-2-01-628-518-3
Loi n° 49-956 du 16 juillet 1949 sur les publications
destinées à la jeunesse.
Édition 01 – Dépôt légal : février 2021
N° d'impression : 3042035